A CAIXA-PRETA

AMÓS OZ

A CAIXA-PRETA

Tradução
Nancy Rozenchan

1ª reimpressão

COMPANHIA DE BOLSO

Título original
Kufsa Chhora

Capa
Jeff Fisher

Copidesque
Caio Fernando Abreu

Revisão
Renato Potenza Rodrigues
Thaíse Costa

Dados Internacionais de Catalogação na Publicação (CIP)
(Câmara Brasileira do Livro, SP, Brasil)

Oz, Amós, 1939-
A caixa-preta / Amós Oz ; tradução Nancy Rozenchan.
— São Paulo : Companhia das Letras, 2007.

ISBN 978-85-359-1067-4

1. Romance israelense (Hebraico) I. Título.

07-4787 CDD-892.43

Índice para catálogo sistemático:
1. Romance : Literatura israelense em hebraico 892.43

2009

EDITORA SCHWARCZ LTDA.
Rua Bandeira Paulista, 702, cj. 32
04532-002 — São Paulo — SP
Telefone: (11) 3707-3500
Fax: (11) 3707-3501
www.companhiadasletras.com.br

E tu sabias que era noite e que também folha alguma se movia
e só a minha alma estava atenta e doente
e só por mim teu choro veio, como que espezinhando,
e somente a mim escolheu como alimento.

Por vezes tremerei repentinamente e como que perdido irei,
e o temor dos cegos passa por mim,
quando dos quatro ventos sua voz me chama
como um jovem que engana um cego.

E tu cobriste o rosto e nada disseste,
e a escuridão do teu choro, o sangue da pomba,
e na escuridão foste atada e na distância amargaste
até o esquecimento, até o fim, até a incompreensão.

"O choro", in
Alegria dos pobres, de NATAN ALTERMAN

Dr. Alexander A. Guideon
Departamento de Ciências Políticas
Universidade de Illinois
Chicago, Illinois, EUA

Jerusalém, 5/2/76

Caro Alec,

Se você não destruiu esta carta no momento em que identificou a letra no envelope, é sinal que a curiosidade é até mais forte do que o ódio. Ou que o seu ódio necessita de combustível novo.

Agora você empalidece, comprimindo suas mandíbulas de lobo, até os lábios desaparecerem, e joga-se sobre estas linhas para descobrir o que quero de você, o que ouso querer de você, depois de sete anos de absoluto silêncio entre nós.

O que eu quero é que você saiba que Boaz não está bem. E que você o ajude urgentemente. Meu marido e eu não podemos fazer nada porque ele não mantém nenhum contato conosco.

Agora pode parar de ler e jogar esta carta direto no fogo. (Por alguma razão sempre imagino você num aposento comprido, cheio de livros, sentado sozinho junto a uma escrivaninha precheio de livros, sentado sozinho junto a uma escrivaninha prevata, e diante de você, através da janela, estendem-se planícies vazias cobertas de neve. Planícies sem colinas nem árvores, neve brilhante e árida. Um fogo arde na lareira à sua esquerda, e um copo vazio e uma garrafa vazia estão sobre a escrivaninha vazia em frente a você. A imagem toda é em preto-e-branco. Você também: asceta, arrogante, alto, e todo em preto-e-branco.)

Agora você amassa esta carta, solta um resmungo daquele

tipo britânico e joga-a certeiro no fogo: o que lhe importa Boaz? E além disso você não acredita mesmo em nenhuma palavra do que digo. Você finca seus olhos cinzentos no fogo bruxuleante e diz para si mesmo: lá vem ela de novo. Essa mulher não desistirá nem me dará sossego.

Por que então estou escrevendo para você?

Por desespero, Alec. Claro, em questão de desespero você é uma autoridade mundial. (Sim, certamente li — como todo mundo — o seu livro *A violência desesperada: um estudo comparativo do fanatismo*.) Mas não me refiro agora ao seu livro, e sim à substância da qual sua alma é feita: desespero congelado. Desespero polar.

Você ainda está lendo? Revivendo o seu ódio por nós? Saboreando a alegria do infortúnio com um uísque caro, em pequenos goles? Se é assim, é melhor eu parar de desafiá-lo e me concentrar em Boaz.

A verdade é que não tenho idéia do quanto você sabe. Não me admiraria se você estivesse a par de todos os detalhes, exigindo e recebendo do seu advogado Zakheim um relatório mensal sobre nossas vidas, mantendo-nos todos estes anos na tela do seu radar. Por outro lado, não me surpreenderia se você não soubesse de nada: nem que casei com um homem chamado Michael (Michel-Henri) Sommo, nem que tive uma filha, nem o que aconteceu com Boaz. Seria bem do seu estilo virar as costas num gesto brutal e nos cortar, de uma vez e para sempre, de sua nova vida.

Depois que você nos expulsou, fui com Boaz para o kibutz da minha irmã e do marido dela. (Não tínhamos nenhum outro lugar para ir, nem dinheiro.) Fiquei lá seis meses, depois voltei a Jerusalém. Trabalhei numa livraria, enquanto Boaz ficou cinco anos no kibutz, até completar treze anos. De três em três semanas costumava ir lá, e foi assim que cheguei a me casar com Michel — e desde então o menino me chama de puta. Exatamente como você. Ele não veio uma vez sequer nos ver em Jerusalém. Quando nossa filha (Madeleine Yifat) nasceu, ele bateu o telefone.

Então, dois anos atrás, ele apareceu de repente à uma da madrugada de uma noite de inverno para dizer que estava cheio do kibutz e que eu o matriculasse numa escola agrícola ou ele iria "viver nas ruas" e eu nunca mais ouviria falar nele.

Meu marido acordou e disse a ele para tirar as roupas molhadas, para comer alguma coisa, que tomasse um bom banho, se deitasse, que de manhã conversaríamos. E o menino (já então, aos treze anos e meio, ele era muito mais encorpado e alto que Michel) respondeu como se estivesse pisando num inseto: "E quem é você? Quem falou com você?". Michel riu e disse: "Sugiro que você vá dar uma volta lá fora, acalme-se, vire a fita, depois bata novamente na porta e entre agindo como uma pessoa, não como um gorila".

Boaz voltou-se em direção à porta, mas eu me coloquei entre ele e a saída. Eu sabia que ele não tocaria em mim. O bebê acordou e começou a chorar, Michel foi trocar a fralda e esquentar o leite na cozinha. Eu disse: "Está bem, Boaz. Você vai para a escola agrícola, se é isso que você realmente quer". Michel, de camiseta e cueca, embalando o bebê, que tinha ficado quieto, acrescentou: "Mas com a condição de que você diga *desculpa* à sua mãe, bem bonito, depois diga *obrigado*. O que é que há, você é um cavalo?". E Boaz, com a face contorcida pelo desespero e escárnio que herdou de você, sussurrou para mim: "E você deixa este *coisa* foder você toda noite?". Depois estendeu a mão, tocou meu cabelo e disse numa voz diferente, que machuca meu coração quando lembro: "Mas o bebê de vocês é bem bonito".

Depois matriculamos Boaz (com a influência do irmão de Michel) na Escola Agrícola Tlamim. Isso foi há dois anos, no começo de 1974, não muito depois da guerra em que você — assim me contaram — voltou a Israel como comandante de um batalhão de tanques no Sinai, antes de fugir outra vez. Também aceitamos a exigência dele de não visitá-lo. Pagamos as mensalidades e ficamos quietos. Quer dizer, Michel pagou. Bem, não foi exatamente Michel.

Não recebemos sequer um único cartão-postal de Boaz durante aqueles dois anos. Apenas avisos da diretora. O rapaz é violento. O rapaz meteu-se numa briga e quebrou a cabeça do guarda-noturno. O rapaz foge à noite. O rapaz tem ficha na polícia. O rapaz está sob a guarda de um oficial de correção. O rapaz tem que deixar a escola. Este rapaz é um monstro.

E do que é que você se lembra, Alec? A última coisa que você viu foi uma criatura de oito anos, um menino claro, magro e comprido como um pé de milho, sentado horas em silêncio num banquinho, apoiado na sua escrivaninha, concentrado, construindo para você modelos de aviões de madeira daqueles livrinhos tipo faça-você-mesmo que você comprava para ele — um menino cuidadoso, disciplinado, quase medroso, mesmo que já então, aos oito anos, fosse capaz de suportar humilhações com uma espécie de silenciosa e contida determinação. E enquanto isso, como uma bomba-relógio genética, Boaz está agora com dezesseis anos, um metro e noventa e dois de altura e continua crescendo, um garoto amargo e selvagem a quem o ódio e a solidão deram uma força física espantosa. Esta manhã aconteceu aquilo que eu esperava há tempos: um telefonema urgente. Decidiram expulsá-lo da escola, porque atacou uma das professoras. Recusaram-se a me fornecer detalhes.

Bem, fui para lá imediatamente, mas Boaz recusou-se a me ver. Limitou-se a mandar dizer que não tinha "nada a ver com aquela puta". Estava falando daquela professora? Ou de mim? Não sei. Ficou esclarecido que ele não havia exatamente "atacado" a professora: ele tinha feito alguma brincadeira pesada, levou uma bofetada dela e imediatamente deu duas de volta. Implorei para adiarem a expulsão até que eu encontrasse um lugar onde colocá-lo. Eles tiveram pena de mim e me deram duas semanas.

Michel diz que, se eu quiser, Boaz pode ficar aqui conosco (apesar de morarmos com o bebê num apartamento de quarto e sala, do qual ainda não acabamos de quitar a hipoteca). Mas você sabe tão bem quanto eu que Boaz não concordaria com isso. Esse garoto me detesta tanto. E a você também. Portanto temos algo em comum, eu e você, apesar de tudo. Sinto muito.

Também não há chances de ele ser aceito em outra escola, com aquelas duas fichas na polícia e o oficial de correção no pé dele. Estou escrevendo para você porque não sei o que fazer. Estou escrevendo para você mesmo que você não leia, e se ler, não me responda. No máximo instruirá seu advogado Zakheim para me enviar uma carta formal na qual honrosamente me lembrem que o remetente continua a negar a paternidade, que o exame de sangue não deu um resultado claro e que fui eu mesma que, naquela época, me opus categoricamente a um exame de tecidos. Xeque-mate.

Sim, o divórcio livrou você de toda responsabilidade em relação a Boaz e de qualquer obrigação comigo. Meu coração lembra de tudo isso, Alec. Não tenho nenhuma esperança. Escrevo para você como se estivesse numa janela e falasse com as montanhas. Ou com a escuridão entre as estrelas. O desespero é a sua especialidade. Se você quiser, pode me classificar como um espécime.

Você ainda continua sedento de vingança? Se é assim, estendo minha outra face. A minha, e a de Boaz também. Vá em frente, bata com toda a força.

Sim, vou mesmo mandar esta carta para você, mesmo depois de ter largado a caneta e decidido desistir: afinal, não tenho nada a perder. Todos os caminhos estão fechados. Compreenda: mesmo que o oficial de correção ou a assistente social consigam convencer Boaz a passar por algum tipo de tratamento, reabilitação, ajuda, transferência para uma outra escola (e não acredito que consigam), eu não tenho dinheiro para pagar por isso.

Enquanto você tem muito, Alec.

E eu não tenho relações, enquanto você pode mover tudo com dois telefonemas. Você é inteligente e forte. Ou era inteligente e forte há sete anos. (Contaram-me que você sofreu duas operações. Não souberam me dizer de que tipo.) Espero que você esteja bem agora. Não quero escrever mais do que isto aqui, para que você não me acuse de hipocrisia. Adulação. Bajulação. E não nego, Alec: continuo disposta a lamber as suas botas o quanto você quiser. Estou pronta a fazer tudo o que você pedir. E quero dizer: tudo. Apenas para que você salve o seu filho.

Se eu tivesse um pouco de juízo, apagaria agora a expressão "seu filho" e escreveria "Boaz", para não enfurecê-lo. Mas como posso apagar a verdade? Você é o pai dele. E quanto ao meu juízo, faz tempo que você chegou à conclusão de que sou totalmente idiota, não?

Vou fazer uma oferta a você. Estou preparada para confessar por escrito, diante de um tabelião, se você quiser, que Boaz é filho de qualquer um que você queira que eu diga. Meu amor-próprio foi assassinado há muito tempo. Assinarei qualquer pedaço de papel que o seu advogado colocar na minha frente se, em troca, você concordar em socorrer Boaz. Vamos chamar isso de "ajuda humanitária". Digamos, um ato gentil para um menino totalmente estranho.

É verdade, quando paro de escrever e penso nele, vendo-o diante de mim, eu me agarro atrás das palavras; Boaz *é* um garoto estranho. Não, não um garoto. Um homem estranho. Ele me chama de puta. Você, ele chama de cachorro. Michel, de "o pequeno alcoviteiro". A si próprio ele chama (também nos documentos) pelo meu sobrenome de solteira (Boaz Brandstetter). E a escola onde o matriculamos, como ele pediu, ele chama de "Ilha do Diabo".

Agora vou dizer uma coisa que você poderá utilizar contra mim. Os pais do meu marido nos enviam mensalmente de Paris um pouco de dinheiro para mantê-lo nessa escola, apesar de jamais terem visto Boaz e Boaz aparentemente nunca ter ouvido falar da existência deles. Eles são pessoas muito modestas (imigrantes da Argélia) e, além de Michel, têm mais cinco filhos e oito netos, na França e em Israel.

Alec, ouça: não vou escrever uma palavra sobre o que aconteceu no passado. Fora uma coisa, uma coisa que jamais esquecerei, mesmo que você se espante sobre como e onde fiquei sabendo dela. Dois meses antes do nosso divórcio, Boaz foi hospitalizado no Shaarei Tsedek com uma infecção renal. E houve complicações. Você foi, sem o meu conhecimento, perguntar ao professor Blumenthal se um adulto poderia, em caso de necessidade, doar um rim a um menino de oito anos. Você estava planejando doar a ele um de seus rins. E advertiu ao professor que só tinha uma exigência: que eu (e o menino) jamais soubéssemos. E realmente eu não soube, até que fiz amizade com o dr. Adorno, o assistente de Blumenthal, aquele médico jovem que você quis indiciar por negligência criminosa durante o tratamento de Boaz.

Se você ainda está lendo, neste momento provavelmente estará empalidecendo mais ainda, pegando o isqueiro com um gesto de violência sufocada e levando o fogo até seus lábios (porque o cachimbo não está lá), e repetindo para si mesmo: Claro. O dr. Adorno. Quem mais? E se você ainda não destruiu a minha carta, este é o momento em que você a destruirá. E a mim e a Boaz também.

Depois Boaz curou-se e então você nos expulsou da sua casa, do seu nome e da sua vida. Nunca doou nenhum rim. Mas eu acredito que você realmente pretendeu doar. Porque tudo em você é sério. Isso é o que mais reconheço — você é sério. Adulando você outra vez? Se você quiser, confessarei a culpa. Adulando. Bajulando. De joelhos diante de você, com a testa tocando o chão. Como então. Como naqueles velhos e bons tempos.

Porque não tenho nada a perder e não me importa implorar. Farei o que você ordenar. Só não demore muito, porque dentro de duas semanas jogarão o garoto na rua. E a rua está esperando por ele.

Afinal, nada no mundo está além de suas forças. Mande o seu advogado monstro. Talvez aceitem o garoto na escola de oficiais da Marinha. (Boaz tem uma estranha atração pelo mar, desde menino. Você lembra, Alec, em Ashkelon, no verão da Guerra dos Seis Dias? O redemoinho? Aqueles pescadores? Aquela jangada?)

E uma última coisa, antes de encerrar esta carta: também me deitarei com você, se você quiser. Quando você quiser. Do jeito que você quiser. (Meu marido sabe a respeito desta carta e concordou que eu a escrevesse — menos a última frase. E agora, se você quiser me destruir, poderá simplesmente fazer uma fotocópia, sublinhar a última frase com lápis vermelho e enviá-la ao meu marido. Funcionará maravilhosamente. Admito: menti para você quando escrevi aqui que não tinha nada a perder.)

E assim, Alec, agora estamos todos completamente em suas mãos. Até a minha filhinha. E você pode fazer o que quiser de nós.

Ilana (Sommo)

*

Sra. Halina Brandstetter-Sommo
R. Tarnaz, 7
Jerusalém, Israel
EXPRESSA

Londres, 18/2/76

Prezada senhora,

Sua carta de 5/2 foi-me enviada ontem à noite dos Estados Unidos. Responderei somente a uma pequena parte das questões que a senhora escolheu levantar nela.

Esta manhã conversei por telefone com um conhecido em Israel. Logo após essa conversa, telefonou-me, por iniciativa própria, a diretora da escola em que seu filho se encontra. Ficou decidido entre nós que a expulsão está cancelada e, em substituição, será registrada uma admoestação. Se, apesar disso, seu filho preferir — como foi aludido vagamente em sua carta — passar para uma escola de cadetes da Marinha, tenho bons motivos para supor que isso poderá ser concretizado (por intermédio de meu advogado Zakheim). Da mesma forma, o dr. Zakheim lhe transferirá um cheque no valor de dois mil dólares (em libras israelenses e em nome do seu marido). Seu marido deverá atestar por escrito o recebimento desta quantia como um presente devido à gravidade da situação de vocês, e de modo algum como precedente nem como admissão de qualquer obrigação de nossa parte. Seu marido também deverá declarar que não haverá da parte de vocês quaisquer pedidos adicionais no futuro (espero que a família pobre e muito ramificada de Paris não pretenda seguir o seu exemplo e solicitar de mim favores pecuniários). Sobre o resto do conteúdo de sua carta, inclusive as mentiras grosseiras, as contradições grosseiras, banalidades ou simplesmente grosserias, prefiro silenciar.

A. A. Guideon

P.S.: Arquivei sua carta.

*

Dr. Alexander A. Guideon
Escola de Economia de Londres
Londres, Inglaterra

Jerusalém, 27/2/76

Prezado Alec,

Como é do seu conhecimento, assinamos na semana passada os papéis que o seu advogado apresentou e recebemos o dinheiro. Mas Boaz abandonou a escola agrícola e já há alguns dias está trabalhando no mercado central de Tel Aviv com um atacadista de verduras casado com uma prima de Michel. Foi Michel que arranjou esse serviço para ele, de acordo com o desejo de Boaz.

O que aconteceu foi o seguinte: depois que a diretora informou a Boaz que ele não seria expulso da escola, mas apenas receberia uma admoestação, Boaz simplesmente pegou sua sacola e desapareceu. Michel ligou para a polícia (tem alguns parentes lá), e eles nos informaram que o garoto se encontrava com eles sob custódia. Tinha sido preso em Abu-Kabir por posse de objetos roubados. Um amigo do irmão de Michel, que tem um cargo importante na polícia de Tel Aviv, foi falar por nós com o oficial encarregado da guarda de Boaz. Depois de algumas complicações nós o liberamos mediante fiança.

Utilizamos parte do seu dinheiro para isso. Sei que não foi esta a intenção quando você o enviou, mas simplesmente não temos nenhum outro dinheiro: Michel é apenas professor não qualificado de francês na escola religiosa do governo, e o salário dele, depois do pagamento da hipoteca, quase não é suficiente para comer. E há também a nossa filhinha (Madeleine Yifat, com quase três anos).

Quero que você saiba que Boaz não tem idéia de onde veio o dinheiro para a fiança dele. Se contassem a ele, acho que cuspiria no dinheiro, no oficial de correção e em Michel também. Mesmo assim, no início ele se recusou totalmente a ser liberado e pediu para ser "deixado sozinho".

Michel viajou para Abu-Kabir sem mim. O amigo do irmão dele (o homem da polícia) arranjou para que ele e Boaz ficassem sozinhos no gabinete da prisão, para poderem conversar em particular. Michel disse a ele, olha, talvez por acaso você tenha esquecido quem eu sou. Eu sou Michael Sommo e ouvi dizer que você me chama pelas costas de cafetão da sua mãe. Você pode me dizer isso na cara, se ajudar você a se acalmar um pouco. E eu poderia responder que você é completamente doido. E a gente podia ficar se insultando o dia inteiro e você não venceria porque eu posso xingar você também em francês e em árabe e você mal sabe o hebraico. Mas e daí, depois que acabarem os insultos? Em vez disso, talvez seja melhor que você respire fundo, se acalme, e me faça uma lista, dizendo exatamente o que você quer da vida. Depois disso eu digo a você o que eu e a sua mãe podemos dar. Vamos ver. Quem sabe a gente pode fazer algum acordo.

Boaz replicou que não queria nada da vida, e que a última coisa que queria eram todas essas pessoas em volta perguntando o que ele queria da vida.

Nessa altura Michel, que nunca teve uma vida fácil, fez a coisa certa. Simplesmente levantou-se para ir embora e disse a Boaz bom, se é assim, eu te desejo boa sorte, meu caro. Por mim, podem colocar você numa instituição para retardados mentais ou debilóides e pronto. Estou fora disso.

Boaz ainda tentou discutir, disse a Michel e daí? Eu mato alguém e dou o fora. Mas Michel apenas se voltou para ele da porta e respondeu tranqüilamente: olhe aqui, criancinha, eu não sou a sua mãe, eu não sou o seu pai, não sou nada seu, então não precisa fazer teatro para mim, porque estou pouco me lixando para você. Só decida nos próximos sessenta segundos se você quer sair daqui sob fiança, sim ou não. Por mim, você pode matar quem você quiser. Apenas, se puder, nos deixe longe disso. Até logo.

E quando Boaz disse a ele espere um momento, Michel soube imediatamente que o garoto havia piscado primeiro. Michel conhece esse jogo melhor do que todos nós, porque ele sempre viu a vida de baixo e o sofrimento o transformou num diamante humano — duro e fascinante (sim, na cama também, se você quer saber). Boaz disse: se realmente você não se importa comigo, por que veio de Jerusalém para pagar a fiança? Michel riu da porta e disse: está bem, dois pontos para você. A verdade é que vim ver de perto que tipo de gênio a sua mãe tinha, talvez exista algum potencial do gênero na filha que ela me deu. Você vem ou não vem?

E foi assim que Michel o liberou com o seu dinheiro e o convidou para ir a um restaurante chinês *kacher* que abriu há pouco em Tel Aviv e depois foram ao cinema (quem sentou atrás deles deve ter pensado que Boaz é o pai e Michel o filho dele). À noite Michel voltou sozinho para Jerusalém e me contou tudo, enquanto Boaz ficava com o atacadista de verduras no mercado da rua Karlebach, aquele casado com a prima de Michel. Porque foi isto o que Boaz disse que queria: trabalhar, ganhar dinheiro, não depender de ninguém. Michel lhe respondeu na hora, sem me consultar: "Estou gostando desta idéia e vou lhe arranjar ainda esta noite alguma coisa aqui em Tel Aviv". E arranjou.

Boaz está agora no planetário de Ramat Aviv: um dos responsáveis de lá é casado com uma moça que estudou com Michel em Paris, na década de 50. E Boaz tem atração pelo planetário. Não, não pelas estrelas, mas pelos telescópios e aqueles jogos ópticos.

Escrevo para você com todos os detalhes sobre Boaz com o consentimento de Michel. Ele diz que considerando que você deu o dinheiro, nós devemos informá-lo do que está sendo feito com ele. E eu acho que você vai ler esta carta muitas vezes seguidas. Acho também que você leu a minha primeira carta muitas vezes. E adoro pensar que ficou furioso com as duas cartas. A raiva torna você viril e atraente, mas também infantil e quase comovente: você começa a jogar fora uma tremenda força física em objetos frágeis como caneta, cachimbo, óculos. Não para despedaçá-los, mas para manter o controle movimentando esses objetos três centímetros para a direita ou dois centímetros para a esquerda. Este desperdício de força que você faz, eu guardo na memória como um tesouro, e eu adoro imaginar que está acontecendo agora, enquanto você lê minha carta, nesse seu quarto preto-e-branco, entre o fogo e a neve. Se existe alguma mulher que dorme com você, admito que neste momento tenho ciúme dela. Tenho ciúme até do que você faz com o cachimbo, a caneta, os óculos, com as folhas de minha carta entre seus dedos fortes.

Voltando a Boaz: escrevo a você como prometi a Michel que faria. Quando recebermos de volta o dinheiro da fiança, toda a quantia que você nos deu irá para uma poupança em nome do seu filho. Se ele decidir estudar, pagaremos os estudos com esse dinheiro. Se quiser alugar um quarto em Tel Aviv ou aqui em Jerusalém, apesar de ser tão jovem, alugaremos para ele um quarto com o seu dinheiro. Para nós mesmos, não queremos nada de você.

Se você concorda com tudo isso, não precisa me responder. Se não, informe o mais cedo possível, antes que usemos o dinheiro; nós o devolveremos ao seu advogado e nos arranjaremos sem ele (apesar da nossa situação financeira bem ruim).

Só mais um pedido:

Destrua esta minha carta e também a anterior ou — se decidiu utilizá-las — faça isso agora, imediatamente, não demore. Cada dia que passa e cada noite são mais uma colina e mais um vale que a morte conquistou de nós. O tempo está passando, Alec, e nós dois estamos murchando.

E outra coisa: você me escreveu que as mentiras e as contradições da minha carta despertaram em você um silêncio de desprezo. O seu silêncio, Alec, e também o seu desprezo, me causaram um medo repentino. Será que você realmente não encontrou em todos estes anos, em todas as suas viagens, alguém que pudesse lhe oferecer uma mísera migalha de afeto? Lamento por você, Alec. Que coisa terrível: eu sou a única que agiu errado, e você e seu filho pagam toda a crueldade do castigo. Se você quiser, apague "seu filho" e escreva Boaz. Se você quiser, apague tudo. No que se refere a mim, não hesite, faça tudo que puder aliviar seu sofrimento.

Ilana

*

Sr. Michel-Henri Sommo
R. Tarnaz, 7
Jerusalém, Israel
CARTA REGISTRADA

Genebra, 7/3/1976

Prezado senhor,

Com seu conhecimento — e, segundo as palavras dela, também com seu incentivo —, sua esposa recentemente me enviou duas cartas longas e bastante embaraçosas, que não a enaltecem. Se fui bem-sucedido na tentativa de captar o sentido de suas palavras confusas, há indicações de que a segunda carta dela veio também insinuar qualquer coisa a respeito de suas dificuldades financeiras. Imagino que o senhor esteja manipulando os cordéis, colocando-se por trás dos pedidos dela.

As circunstâncias me permitem (sem nenhum sacrifício especial da minha parte) vir em sua ajuda mais uma vez. Instruí meu advogado, o dr. Zakheim, para transferir para a sua conta uma contribuição adicional no valor de cinco mil dólares (em seu nome, em libras israelenses). Se também isso não for suficiente, solicito-lhe, meu senhor, que não se dirija novamente a mim por intermédio de sua esposa e em termos ambíguos, mas que informe (por Zakheim) qual seria a quantia final e total necessária para resolver todos os seus problemas. Se o senhor puder especificar uma quantia razoável, é provável que o senhor me encontre disposto a concordar. Tudo isso com a condição de que o senhor não me moleste com uma investigação sobre meus motivos para conceder dinheiro, nem com efusivas expressões de agradecimento em estilo levantino. Eu, da minha parte, naturalmente me abstenho de emitir qualquer julgamento a respeito dos valores e princípios que permitem ao senhor solicitar e receber de mim ajuda financeira.

Com o devido respeito,

A. A. Guideon

*

Ao advogado
Sr. Manfred Zakheim
Escritório Zakheim & di Modena
R. King George, 36
NESTA

Pela graça de D'us
Jerusalém, 13 de Adar II, 5736 (14/3/76)

Ao Ilustre Advogado Sr. Zakheim, Saudações

Em continuação à nossa conversa telefônica de ontem: necessitamos no total da soma de cerca de sessenta mil dólares americanos para encerrar o pagamento da nossa hipoteca e para a construção de mais um aposento e meio, e mais uma quantia semelhante para arranjar o futuro do filho e outro tanto também para a filhinha, num total de cento e oitenta mil dólares americanos. Igualmente solicita-se uma contribuição no valor de noventa e cinco mil dólares americanos para a aquisição e reforma da Casa Alcalai, no bairro judaico da Hebron antiga (propriedade judaica tomada à força por desordeiros árabes nos tumultos de 1929 e que agora tentamos retomar, não pela violência mas pelo pagamento do preço de mercado).

Com os agradecimentos antecipados pelo seu empenho, senhor, e com profundo respeito ao dr. Guideon, cujo trabalho científico desperta admiração em nosso povo e eleva a honra do povo judeu entre os povos, e com os votos de feliz festa de Purim.

Sinceramente seus,

Ilana e *Michael* (*Michel-Henri*) *Sommo*

*

A GUIDEON HOTEL EXCELSIOR BERLIM OCIDENTAL

ALEX FAVOR ESCLARECER IMEDIATAMENTE SE SE TRATA TENTATIVA EXTORSÃO DEVO GANHAR TEMPO POR ENQUANTO DEVO ENVOLVER ZAND AGUARDO INSTRUÇÕES MANFRED

*

PESSOAL ZAKHEIM JERUSALÉM ISRAEL

VENDA PROPRIEDADE ZICHRON YAAKOV SE NECESSÁRIO TAMBÉM POMAR DE BINYAMINA PAGUE A ELES EXATAMENTE CEM MIL VERIFIQUE IMEDIATAMENTE ANTECEDENTES MARIDO VERIFIQUE SITUAÇÃO GAROTO ENVIE FOTOCÓPIA DOCUMENTOS DIVÓRCIO VOLTO LONDRES FIM DE SEMANA ALEX

*

Ilana Sommo
R. Tarnaz, 7
Jerusalém

20/3

Ilana,

Você me pediu para pensar um dia ou dois, e depois lhe dizer a minha opinião. Nós duas sabemos que quando você pede opinião ou conselho de alguém, o que pede na verdade é uma aprovação para o que já fez ou decidiu fazer. Não importa — decidi escrever de qualquer maneira, para esclarecer para mim mesma por que nos separamos com amargura.

A noite que passei com vocês na semana anterior me lembrou dos maus dias de antigamente. Voltei para minha casa em pânico. Mesmo que aparentemente tudo estivesse como de costume, fora a chuva que caiu a noite toda. E fora Michel, que parecia cansado e triste. Ele passou uma hora e meia tentando montar uma nova estante de livros, Yifat lhe deu a chave de fenda, o martelo e o alicate, e quando eu me levantei uma vez para ajudá-lo a segurar as duas colunas, você, da cozinha, sugeriu zombeteira que eu o levasse comigo para o kibutz, porque aqui os talentos dele são desperdiçados. Depois ele ficou sentado junto à escrivaninha, de roupão sobre o pijama de flanela, corrigindo com tinta vermelha os cadernos dos alunos. Corrigiu cadernos a noite toda. O aquecedor a querosene estava aceso no canto, Yifat brincou durante muito tempo na esteira de palha com a ovelhinha de lã que comprei para ela na rodoviária, no rádio tocava um concerto para flauta com Rampal, você e eu ficamos sentadas sussurrando na cozinha e aparentemente tivemos uma tranqüila noite em família. Michel esteve retraído, e você não dirigiu a ele mais que vinte palavras durante toda a noite. Na verdade, nem a Yifat, nem a mim. Você estava mergulhada em si própria. Quando contei sobre as doenças das crianças, sobre o novo cargo de Yoash na fábrica de plásticos do kibutz, sobre a decisão da secretaria de me enviar para um curso de cozinha dietética, você nem ouviu direito, não fez uma pergunta sequer. Não foi difícil perceber que, como de hábito, você aguardava o fim do meu relatório banal para passar aos seus próprios dramas fatais. Você sempre espera que eu pergunte. Então perguntei. Mas não recebi resposta. Michel entrou na cozinha, passou margarina e pôs queijo em fatias de pão, preparou um café e garantiu que não tinha intenção de atrapalhar e que logo colocaria Yifat na cama, para que nós duas pudéssemos continuar a conversar sem nos interromperem. Quando ele saiu, você me contou sobre Boaz, sobre suas duas cartas para Alex, sobre as duas quantias que ele transferiu para vocês e sobre a decisão de Michel "de exigir dele desta vez até o último centavo que deve" na suposição de que "o mau-caráter talvez finalmente comece a reconhecer os seus pecados". A chuva martelava nas janelas. Yifat adormeceu na esteira, Michel conseguiu pôr nela o pijama e metê-la na cama sem que acordasse. Depois ligou a televisão, baixo, para não atrapalhar a nossa conversa, assistiu ao noticiário das nove e voltou silenciosamente aos seus cadernos. Você descascou verduras para o almoço do dia seguinte e eu a ajudei um pouco. Você me disse: olhe, Rahel, não nos julgue, vocês no kibutz não têm idéia do que é dinheiro. E você disse: há sete anos estou tentando esquecê-lo. E você disse também: de qualquer maneira, você não pode entender. Pela porta da cozinha eu podia ver as costas curvadas de Michel, os ombros arqueados, o cigarro que ele manteve toda a noite entre os dedos, controlando-se para não acender porque as janelas estavam fechadas, e eu pensei: ela está mentindo de novo. Está mentindo também para si própria. Como de costume. Nada mudou. Mas tudo o que eu disse quando você quis ouvir a minha opinião foi algo como: Ilana, não brinque com fogo. Cuidado, você teve o bastante.

E você respondeu raivosa: eu sabia que você ia começar a dar lições.

Eu disse: Ilana, se você não se importa, não fui eu que levantei a questão. E você: mas você me fez falar. Então eu sugeri que parássemos. E paramos, porque Michel entrou outra vez na cozinha, pediu desculpas brincando pela invasão do "setor feminino", lavou e enxugou a louça do jantar e contou com a voz abafada qualquer coisa que ouvira no noticiário. Depois juntou-se a nós, fez uma piada sobre "o chá dos poloneses", bocejou, perguntou por Yoash e pelas crianças, acariciou distraído as nossas cabeças, desculpou-se, recolheu os brinquedos de Yifat na esteira, saiu para fumar na varanda, deu boa-noite e foi dormir. Você disse: eu não posso proibi-lo de se encontrar com o advogado de Alex. E você disse: para garantir o futuro de Boaz. E sem nenhuma relação aparente, acrescentou: de todo modo ele está presente o tempo todo em nossas vidas.

Eu não disse nada. E você, num ódio contido, me chamou de Rahel, a inteligente, a normal, e acrescentou: só que a sua normalidade é uma fuga da vida.

Não pude me conter. E disse: Ilana, toda vez que você usa a palavra *vida* eu me sinto como se estivesse no teatro.

Você se ofendeu. E cortou a conversa. Arrumou a cama para mim, me deu uma toalha e prometeu me acordar às seis, para que eu pudesse tomar o ônibus para Tiberíades. Você me mandou dormir e voltou para a cozinha, para sentar sozinha com pena de si própria. À meia-noite fui ao banheiro, Michel ressonava suavemente, e vi você sentada em lágrimas na cozinha. Sugeri que fosse se deitar, sugeri sentar-me com você, mas quando você disse no plural "deixem-me só", decidi voltar para a cama. A chuva não parou a noite toda. De manhã, antes de sair, quando estávamos tomando café, você me pediu baixinho que eu pensasse um dia ou dois tranqüilamente e que escrevesse contando o que tinha pensado. Assim, tentei pensar sobre o que você me contou. Se você não fosse minha irmã, seria mais fácil. De qualquer forma, decidi escrever dizendo que, na minha opinião, Alex é um desastre para você, e Michel e Yifat são tudo o que você possui. Quanto a Boaz, é melhor deixá-lo em paz agora, porque toda tentativa sua de "estender uma mão materna" só vai aumentar a solidão dele. E a distância entre vocês dois. Não toque nele, Ilana. Se houver novamente necessidade de se envolver, deixe Michel cuidar disso. E quanto ao dinheiro de Alex, como tudo o que é ligado a ele, é um dinheiro amaldiçoado. Não arrisque tudo o que você tem. É o que eu sinto. Você pediu que eu escrevesse, então escrevi. Tente não ficar zangada comigo.

Rahel

Lembranças de Yoash e das crianças. Um beijo para Michel e Yifat. Seja boa com eles. Não tenho idéia de quando irei novamente a Jerusalém. Aqui chove o tempo todo e há muitos cortes de energia elétrica.

*

Dr. A. A. Guideon
Hampstead Heath Lane, 16
Londres
NW3, Inglaterra

CARTA REGISTRADA-EXPRESSA

Jerusalém, 28/3/76

Meu caro Alex,

Se você acha que chegou a minha hora de ir para o inferno, por favor mande-me um telegrama com cinco palavras, "Manfred vá para o inferno", e eu ficarei quieto. Mas se, ao contrário, você decidiu dar um pulo na ala psiquiátrica, então por favor vá para lá sozinho, sem mim. Não tenho nada a ver com isso.

De acordo com as suas instruções e contra minha própria opinião, descongelei ontem a nossa plantação de laranjas em Binyamina (mas não a propriedade em Zichron Yaakov: por enquanto, ainda não enlouqueci). De todo modo, em vinte e quatro horas terei disponíveis cerca de cem mil dólares para entregá-los ao marido de sua bela ex-mulher, se realmente você me der uma instrução final para fazê-lo.

Por outro lado, me permito não fechar o negócio ainda, e deixar a você a possibilidade de mudar de idéia e cancelar todo este carnaval, antes de qualquer prejuízo maior (exceto a minha comissão).

Por favor, no mínimo envie urgentemente uma prova convincente de que você não ficou louco varrido: desculpe-me, meu caro Alex, por esta linguagem cáustica. A única coisa que me restou fazer na situação agradável em que me colocou é enviar a você uma bela carta de demissão. O problema é que eu gosto de você.

Como você bem sabe, seu extraordinário pai me encurtou a vida por cerca de trinta anos, antes, durante e depois da esclerose, quando já esquecera o próprio nome e também o meu e como se soletra Alex. E ninguém melhor que você sabe como eu dei duro por cinco ou seis anos até conseguir que você fosse declarado o único curador dos bens dele sem que três quartos desaparecessem no imposto sobre heranças, taxas sobre senilidade ou em algum outro desses sorvedouros bolcheviques. Todo este exercício me rendeu — não vou esconder de você — uma grande satisfação profissional, um belo apartamento em Jerusalém e até alguns divertimentos cujo preço, tudo indica, paguei com uma úlcera. Mas se eu tivesse imaginado naquela época que, dez anos depois, o filho único de Volodia Gudonski começaria de repente a distribuir tesouros a *Les misérables*, não teria feito aqueles esforços titânicos para transferir todo aquele dote completo de um doido para outro doido. Para quê?

Permita-me informar, Alex, que a fatia que você pretende dar ao pequeno fanático é, num cálculo malfeito, de sete a oito por cento de tudo o que você possui. E como posso ter certeza de que amanhã você não receberá mais uma pancada na cabeça e decidirá dividir o resto entre o "Lar de Pais Solteiros" e o "Abrigo para Maridos Espancados"? Na verdade, por que você dá dinheiro a ele? Só porque fez o favor de se casar com a sua ex-esposa de segunda mão? Ou como um auxílio urgente ao Terceiro Mundo? Ou talvez como compensação monetária pela discriminação contra os judeus orientais? E se você já ficou completamente louco, talvez ainda assim possa fazer só mais um pequenino esforço e enlouquecer de um outro jeito: que tal legar seus bens aos meus dois netos? Arranjarei isso para você sem pedir comissão. Certamente nós, alemães, sofremos tanto quanto os marroquinos. Vocês não nos desprezaram e esmagaram, seus aristocratas russo-francófilos da região do norte de Binyamina? E leve em conta, Alex, o fato de que os meus netos investirão a sua fortuna no desenvolvimento do país! Eletrônica! Lasers! Eles ao menos não a desperdiçarão na restauração de ruínas de Hebron ou na transformação das latrinas árabes em sinagogas! Porque devo informar a você, meu caro Alex, que o seu bem-amado sr. Michel-Henri Sommo deve ser um homem muito pequeno, mas um fanático muito grande. Não um fanático barulhento mas um fanático do tipo disfarçado: silencioso, educado e cruel. Releia oportunamente em seu excelente livro o capítulo intitulado "Entre fanatismo e fervor".

Ontem examinei um pouco o sr. Sommo. Aqui no meu escritório. Ele ganha quando muito umas duas mil e seiscentas libras por mês, das quais doa mensalmente um quarto a um pequeno grupo religioso-nacionalista, cerca de três dedos à direita do Movimento Grande Israel. Aliás, poder-se-ia pensar que a sua estonteante mulher, depois de ter ido para a cama com metade dos homens de Jerusalém, acabou optando por alguma espécie de Gregory Peck — bem, então verifica-se que o sr. Sommo começa (como todos nós) no chão mas acaba de repente quando chega mais ou menos a um metro e sessenta. Ou seja, é mais baixo do que ela pelo menos uma cabeça. Talvez ela o tenha comprado com desconto, por metro.

E este Napoleão Bonaparte africano me aparece no escritório usando calça de gabardine, paletó xadrez um pouco grande demais, cabelo encaracolado, meticulosamente barbeado, bem imerso em loção após-barba sintética, usando óculos finos de armação dourada, relógio de ouro com corrente de ouro e gravata verde-vermelha presa com prendedor de ouro, e na cabeça, para evitar qualquer possível mal-entendido, um pequeno solidéu.

É óbvio que o cavalheiro está longe de ser um bobo. Particularmente quando se trata de dinheiro, ou de manipular sentimentos de culpa e também fazer alusões claras a toda espécie de contatos poderosos espalhados em posições estratégicas na prefeitura, na polícia, no seu partido e até no imposto de renda. Posso garantir a você quase com certeza, meu caro Alex, que um dia você ainda verá este Sommo sentado no Parlamento, disparando longas e devastadoras rajadas patrióticas sobre pessoas de nobres sentimentos como você e eu. Então, depois de tudo, talvez seja melhor você proteger-se dele em vez de financiá-lo.

Alex. O que, com todos os diabos, você deve a eles? Você, que no processo do divórcio me deixou louco, na melhor tradição do seu pai maluco, que me fez lutar como um tigre para que ela não recebesse de você um centavo, nem um azulejo do palacete de Yefe-Nof, nem mesmo a caneta com que foi forçada no final a assinar os documentos! Foi com relutância que você concordou que ela retirasse os sutiãs e as calcinhas dela junto com algumas frigideiras e panelas, numa generosidade especial, e ainda insistiu como uma mula que ficasse escrito que isso era "uma concessão *ex gratia*".

Então, o que aconteceu de repente com você? Diga, talvez alguém o esteja ameaçando? Se for isso, conte-me imediatamente. Como se eu fosse o médico de família. Mande-me um sinal rápido — depois relaxe na poltrona e veja como eu faço picadinho deles por você. Será um prazer.

Ouça, Alex: a verdade é que não preciso me envolver com os seus esquemas lunáticos. Tenho, na plataforma de lançamento, um caso de questões pecuniárias podre e suculento (referente a bens da Igreja russa ortodoxa) e o que ganho com eles, mesmo se perder no julgamento, vale aproximadamente o dobro da gratificação que você decidiu doar à festa de Pessach dos judeus norte-africanos ou para a Associação das Ninfomaníacas de Terceira Idade. Foda-se, Alex. Só me dê uma instrução final e eu transfiro o que você quiser, quando você quiser, para quem você quiser. Para cada um, de acordo com os seus berros.

Aliás, a verdade é que o Sommo absolutamente não berra. Ao contrário, fala muito bonito, em tons suaves e brandos, com uma delicadeza didática sorridente, como um intelectual católico. Estes passaram, pelo visto, no caminho da África para Israel, por uma reciclagem básica completa em Paris. Por fora, ele parece quase mais europeu do que você ou eu. Em resumo, ele poderia até dar aulas de boas maneiras.

Pergunto a ele, por exemplo, se tem idéia de por que subitamente o professor Guideon está lhe dando as chaves do cofre. E ele sorri para mim com moderação, uma espécie de "ora, vamos, o que é isso", como se eu tivesse feito uma pergunta infantil, abaixo da dignidade dele e minha, recusa-se a aceitar um cigarro Kent e me oferece o seu Europa, mas digna-se — talvez como um gesto de amor por Israel — a aceitar o fogo. E expressa o seu agradecimento lançando-me uma espécie de olhar aguçado, que os óculos de armação dourada aumentam como o olhar de uma coruja ao meio-dia: "Estou certo que o professor Guideon poderia responder a esta questão melhor que eu, sr. Zakheim".

Contenho-me e pergunto a ele se não é natural que um presente da ordem de cem mil dólares desperte alguma curiosidade. A isso, ele responde: "Realmente, senhor", e cala-se e fecha-se como uma ostra. Espero uns vinte segundos antes de perguntar se por acaso ele tem alguma teoria própria sobre a questão. A isso ele responde com tranqüilidade que realmente tem, mas ele, com minha permissão, prefere ouvir a minha própria teoria.

Bem, nesta etapa decido desconcertá-lo com um foguete lançado diretamente, coloco a máscara de Zakheim, o Terrível, que uso em investigações minuciosas, e disparo, com pequenos intervalos de terror entre uma palavra e outra: "Sr. Sommo, se não lhe importa, a minha hipótese é que alguém está pressionando fortemente o meu cliente. O que se chama entre vocês de 'arrancar dinheiro'. E pretendo descobrir logo quem, como e por quê". Aquele macaco não se assusta, sorri uma espécie de doce sorriso religioso e responde: "Apenas a vergonha dele, sr. Zakheim, isso é tudo o que pressiona". "Vergonha? Vergonha do quê?", pergunto, e a resposta está pronta na ponta da língua adocicada ainda antes de eu acabar de perguntar: "Dos pecados dele, senhor". "Que pecados, por exemplo?" "Envergonhar alguém, por exemplo. Envergonhar alguém no judaísmo é como derramar sangue."

"E o senhor, o que é? Algum fiscal de impostos? Um oficial de justiça?"

"Eu", ele responde, sem mover uma pálpebra. "Meu papel é puramente simbólico. O nosso professor Guideon é um homem letrado. Respeitado no mundo inteiro. Enormemente respeitado. Pode-se dizer, admirado. Mas até que ele corrija o que fez de errado, todos os seus bons atos nada valem. Porque foram construídos sobre o pecado. Agora ele sente remorsos, e aparentemente começa enfim a procurar os caminhos do arrependimento."

"E o senhor é o cobrador dos portões do arrependimento, sr. Sommo? O senhor fica parado ali vendendo ingressos?"

"Eu casei com a ex-exposa dele", ele diz e fixa em mim, como um projetor, os olhos três vezes aumentados pelas lentes dos óculos, "eu curei a vergonha dela. E também cuido dos passos do filho dele."

"Ao preço de cem dólares por dia durante três anos, à vista e adiantado, sr. Sommo?"

Então, finalmente, consegui arrancá-lo de sua calma. A pátina parisiense estilhaçou-se, e a raiva africana irrompeu feito pus.

"Sr. Zakheim, com todo respeito, o senhor ganha por meia hora de suas filosofias mais do que eu já vi em todo o meu trabalho. Tome nota, sr. Zakheim, que não pedi para receber um centavo do professor Guideon. Foi ele quem ofereceu. E eu também não solicitei este encontro com o senhor. Foi o senhor quem pediu para encontrar comigo. E agora" — o pequeno professor ergueu-se repentinamente, por um momento temi que quisesse pegar uma régua da mesa para golpear os meus dedos, e sem estender a mão, sufocando com dificuldade o ódio, ejaculou: "E agora, com sua gentil licença, dou fim a esta conversa devido às suas insinuações maliciosas e indecentes".

Apressei-me em acalmá-lo. Fiz aquilo que se pode denominar de "recuo étnico". Coloquei a culpa no meu impossível senso de humor germânico. Solicitei a ele que fizesse a gentileza de ignorar minha piada mal-sucedida e tomasse as minhas últimas palavras como se não tivessem sido pronunciadas. Em seguida expressei interesse no donativo financeiro que pediu a você em benefício de alguma artimanha dos fanáticos de Hebron. Então ele adotou um ar didático entusiasmado e, ainda esticado em suas pernas curtas, com gestos de marechal sobre o mapa de Israel que há no meu escritório, me brindou de graça (sem considerar meu tempo, pelo qual você paga) com um ardente e compacto sermão sobre a questão de nosso direito à terra etc. Não cansarei você com assuntos que conhecemos *ad nauseam*. E tudo condimentado com versículos bíblicos e alusões, muito bem explicadinho, como se eu parecesse um pouco lerdo para compreender.

Perguntei a esse Maimônides em miniatura se por acaso ele estava ciente do fato de que as concepções políticas do professor estão mais próximas do outro lado do espectro, e que todas essas loucuras de Hebron são diametralmente opostas às posições públicas declaradas do professor.

Também desta vez ele não se atrapalhou. (Digo a você, Alex, ainda ouviremos falar muito deste dervixe!) Respondeu pacientemente, em tons melosos, que na sua modesta opinião "o dr. Guideon, como muitos outros judeus, está passando por uma experiência de purificação, com repentes de arrependimento que causarão brevemente uma mudança geral no seu coração".

Neste ponto — não ocultarei a você, meu caro Alex —, chegou a minha vez de perder minha pátina européia e explodir: com base no que, em nome do céu, ele supunha saber o que se passa na sua cabeça? De onde vinha a sua insolência, sem nunca sequer ter visto você, para decidir por você — e talvez também por todos nós — o que acontece em nossos corações e o que está para acontecer, antes que nós mesmos saibamos a respeito?

"Certamente o professor Guideon está tentando expiar os pecados entre o homem e o seu semelhante. Foi por essa razão que o senhor me convidou hoje para este encontro no seu escritório, sr. Zakheim. Então por que não aproveitamos a oportunidade para abrir uma porta que permita a ele expiar, por meio de um donativo, também o pecado entre o homem e o Senhor?"

Não sossegou, e não foi embora enquanto não se empenhou em me explicar a ambigüidade inerente à palavra hebraica *sangue*, que também pode significar *dinheiro. Ecce homo.*

Meu caro Alex, espero que você tenha se enfurecido adequadamente com a leitura desta descrição. Ou melhor, que tenha explodido numa boa gargalhada e mudado de idéia sobre a questão. Exatamente para isto é que me empenhei em recompor por escrito toda a cena. Como era mesmo que dizia o pequeno pregador? "Os portões do arrependimento nunca estão trancados." Portanto, arrependa-se imediatamente de sua idéia esquisita e mande esses dois para o inferno.

A não ser que algo na minha velha intuição esteja certo quando me sussurra que, de alguma forma, alguém ficou sabendo algum detalhe embaraçoso, e esse demônio — ou quem se esconde por trás dele — ameaça você e arma uma extorsão grosseira para comprar o silêncio dele (e também as ruínas de Hebron). Se realmente é isso, imploro mais uma vez que você me dê um leve sinal e veja com que elegância desmontarei o artefato explosivo dessa gente.

Por enquanto, de acordo com as instruções do seu telegrama, fiz uma pequena investigação particular a respeito de Sommo (nosso velho amigo Shlomo Zand), e anexo o relatório. Se você se der ao trabalho de ler atentamente, certamente perceberá que se trata de intimidação. Nós temos a que nos apegar, e sem dificuldade poderemos mostrar a este cavalheiro que neste jogo podem jogar dois. Autorize-me e enviarei Zand até ele para um pequeno *tête-à-tête*. Garanto que em dez minutos reinará um silêncio absoluto na frente de batalha. Por minha conta. Você não ouvirá mais nenhum pio deles.

Estão anexados portanto três documentos à minha carta: (a) o relatório de Zand sobre Sommo; (b) o relatório de Zand sobre o rapaz B. B.; (c) cópias da decisão da Corte Rabínica sobre o término do seu casamento e da decisão da Corte Distrital a respeito das demandas de sua belezinha contra você. Grifei os trechos importantes em vermelho. Mas não esqueça que todo esse negócio acabou há mais de sete anos, e agora isto é só arqueologia.

É mais do que você me solicitou no telegrama. Espero que ao menos você esteja satisfeito comigo, porque eu, com você, não estou em absoluto. Aguardo instruções adicionais, humildemente, como de hábito. Em nome de Deus, não enlouqueça.

Seu muito preocupado
Manfred

*

PESSOAL ZAKHEIM JERUSALÉM ISRAEL

VOCÊ EXTRAPOLOU SUA AUTORIDADE PAGUE IMEDIATAMENTE CEM EXATOS PARE ME IMPORTUNAR ALEX

*

A GUIDEON NICFOR LONDRES

PAGUEI RETIRO-ME CONDUÇÃO SEUS NEGÓCIOS FAVOR ENVIAR IMEDIATAMENTE INSTRUÇÕES A QUEM TRANSFERIR DOCUMENTOS VOCÊ ESTÁ DOIDO MANFRED ZAKHEIM

*

PESSOAL ZAKHEIM JERUSALÉM ISRAEL

DEMISSÃO NÃO ACEITA TOME CHUVEIRO FRIO ACALME-SE E SEJA UM BOM MENINO ALEX

*

A GUIDEON NICFOR LONDRES

MINHA DEMISSÃO CONTINUA VÁ PARA INFERNO ZAKHEIM

*

PESSOAL ZAKHEIM JERUSALÉM ISRAEL

NÃO ME ABANDONE ESTOU MUITO MAL ALEX

*

A GUIDEON NICFOR LONDRES

VOAREI ATÉ AÍ ESTA NOITE CHEGAREI AMANHECER CASA NICHOLSON NÃO FAÇA POR ENQUANTO NENHUMA OUTRA BOBAGEM SEU MANFRED

*

Para Michael Sommo
Tarnaz 7
Jerusalém

Alô Michel. Vou direto ao açunto — preciso de uma grana. Estou trabaliando duro pro seu cunhado Avram Abudram, arrasto todo o dia caichotes de verduras. Você pode verificar com ele que ando OK. Eu também estou satisfeito porque ele se comporta legal comigo e paga todo dia e também me dá duas refeissões por dia. Obrigado por arranjar isso pra mim. A grana é para comprar material para montar um telescópio pelo método faça-você-mesmo. Sua amiga Janin (a senhora Fucs) me arranjou como você também um trabalho de guarda noturna (com pouzo) no planetário de graça. Quer dizer eu não pago e eles não me pagam. Mas se eu for bom na manutensão do equipamento ópitico que eu entendo um pouco eles também vão me pagar um pouco. A verdade é que eu quaze não gasto, só ganho. Mas com o telescopio quero começar já agora e o presso é 4 mil libras de modo que eu te peço um empréstimo de 3 mil (já guardei mil). Devouvo para você 300 por mês do meu salário imaginando que você não vai cobrar juros de mim. Se você não pode ou é difícil para você então esquessa não tem importânsia. Por enquanto ainda não asaçinei ninguém. A única coisa que eu pesso para você é que a mulher não saiba nada sobre isso. Para você peçoalmente e também para a minininha desejo tudo de bom.

Obrigado
Boaz B.

*

Para Boaz Brandstetter
Aos cuidados de Avraham Abudarham
Mercado Atacadista
Rua Karlebach, Tel Aviv

Pela graça de D'us
Jerusalém
Primeiro Dia Intermediário de Pessach (16/4/76)

Caro Boaz,

Recebi a sua carta e senti muito você não ter vindo para a noite do Seder, de acordo com o nosso convite. Mas respeito o acordo entre nós, pelo qual você faz tudo o que quer com a condição de que fará tudo com o suor do seu rosto e retidão. Você não veio, não veio. Não faz mal. Quando você quiser vir, venha. Avram me telefonou e me disse que você é ótimo. Também pela sra. Janine Fucs recebemos notícias muito positivas sobre você. Muito bem, Boaz! Eu tinha quase a sua idade quando fui com meus pais da Argélia para Paris e trabalhei duro como aprendiz de um técnico de raios X (era meu tio) para ganhar um pouco de dinheiro. É verdade que, ao contrário de você, o meu trabalho era só à noite, porque durante o dia eu estudava. E é interessante comparar que também eu pedi uma vez um empréstimo a esse meu tio para comprar um dicionário Larousse que eu precisava muito então (mas ele negou).

O que me leva ao seu pedido. Estou anexando um vale postal de 3 mil libras para você. Se você precisar mais, e se for por um bom motivo, nós daremos de boa vontade. Quanto aos juros que você citou, eu justamente não me oponho a que você devolva o dinheiro com juros, mas não agora, Boaz, e sim dentro de muitos anos, quando você estiver rico de boas ações e cumprimento dos preceitos e também materialmente (antes disso, aprenda a escrever sem erros!!). Por enquanto, é melhor para você continuar nesse lugar para guardar algumas economias. Ouça o que eu digo, Boaz.

Mas em um assunto fui obrigado a não atender o seu pedido: sua mãe sabe sobre o dinheiro que estou enviando. Isso porque não há segredos entre nós e, com todo o respeito a você, não estou disposto a manter nenhum assunto secreto com você, nem por razões sublimes. Se você não aprova, não aceite o dinheiro. Concluo aqui com os votos calorosos e saudações pela data festiva.

Seu Michael (Michel)

*

Para Michael Sommo
Tarnaz 7
Jerusalém

Michel saudasões e obrigado pelo empréstimo. Já comprei e comecei devagarzinho a montar o equipamento. Bruno Fucs do planetário (o marido de Janin) me ajuda um pouco. Um cara legal. Conhece ópitica e não fica dando lição de moral. É minha opinião e não dê risada, porque cada um deve saber uma coisa bem e fazer ela muito bem e não ficar disendo para os outros o que fazer e como. Então vai ter muito mais satisfassão no país e menos problemas pessoais, não me faz muita diferença que sua mulher sabe do empréstimo simplesmente não quero complicassões com ela. Com você é outra coisa. Diga, você comprou aquele dicionário que você precisou então em Paris? E novamente obrigado e lembransas para a minininha bonita, de mim Boaz. P.S. De todo modo comessarei no mes que vem a lhe devolver devagarzinho o seu dinheiro. O dinheiro é seu, certo?

Boaz B.

*

Boaz Brandstetter
A/C A. Abudarham
Mercado Atacadista
R. Karlebach, Tel Aviv

Pela graça de D'us
Jerusalém
23 de Nissan de 5736 (23/4/76)

Caro Boaz,

Já que você perguntou, tenho o dever de responder. Este dinheiro é do seu pai, não meu. Se você vier a Jerusalém neste sábado ou em outro, contaremos a você, com prazer, tudo o que sabemos sobre esta questão (aparentemente há também aspectos que desconhecemos). Sua mãe e sua irmã juntam-se a mim no convite. Deixe de ser um burro, Boaz, simplesmente venha e pronto. Logo começaremos a fazer uma obra na casa, um anexo de dois quartos (na direção do pátio), sendo que um deles é destinado a você para quando quiser. Mas mesmo antes disso, temos sempre lugar para você. Então não seja criança e venha neste sábado. Na minha opinião, o seu orgulho anda todo o tempo na direção errada. Estou certo, Boaz, que a diferença entre um menino e um homem é que o homem já não desperdiça o seu sêmen nem o seu orgulho, mas os conserva para o momento certo, "até que seja prazeroso", como está escrito nos bons livros. E você já não é mais criança, Boaz. Dei este exemplo com referência à sua recusa (até agora) de vir para casa, e também com referência à sua atitude desobediente em geral em relação à sua mãe, e também para que você não reaja de forma infantil à informação que passei acima, sobre a origem do dinheiro. Afinal, eu podia não contar para você, certo?

O que me leva à segunda pergunta da sua carta: como comprei o Larousse em Paris, quando tinha a sua idade, depois que o meu tio se recusou a dar o empréstimo? A resposta é que simplesmente não comprei, somente após um ano, mas aquele tio na hora perdeu um ajudante barato e aplicado, porque eu fiquei ofendido e arrumei um outro trabalho, limpando escadas (depois da escola!). Isso foi em 1955, e você pode dizer que eu fui definitivamente um grande burro. De qualquer maneira, eu ainda era criança. Assino aqui com bons votos e amizade,

Seu,
Michel

P.S.: Se você realmente insiste em começar a me devolver o empréstimo agora, em prestações mensais, não tenho nada a opor. Isso até me impressiona! Mas, neste caso, que fique claro que os juros estão fora de questão.

*

Três anexos à carta do advogado Zakheim de Jerusalém ao dr. Guideon em Londres, do dia 28/3/76:

ANEXO A: Relatório de Shlomo Zand (investigador particular) do Escritório S. Zand Ltda., de Tel Aviv, referente a Michel-Henri (Michael) Sommo. Realizado por solicitação do advogado M. Zakheim do Escritório Zakheim & di Modena de Jerusalém e apresentado ao solicitante em 26/3/76.

Prezado senhor,

Uma vez que recebemos suas instruções de 22/3 e fomos solicitados a realizar uma rápida averiguação para apresentar um relatório em poucos dias, o presente material não deve ser considerado um relatório completo, mas apenas resultados preliminares, fruto de uma coleta apressada. Ainda assim frisamos que o material proporciona uma base para várias linhas de investigação, inclusive algumas particularmente importantes. Se for solicitado a continuar trabalhando neste caso, estou certo de que poderei apresentar um relatório abrangente dentro de aproximadamente um mês.

Suas instruções englobaram uma coleta de fatos sobre os antecedentes de M. H. S., bem como o seu modo de vida atual, inclusive no âmbito profissional, financeiro e familiar. Seguem-se alguns de nossos resultados.

ANTECEDENTES GERAIS

M. H. S. nasceu em Oran, na Argélia, em maio de 1940. Os nomes de seus pais eram Jacob e Sylvie. O pai trabalhou como coletor de impostos de Oran até 1954, quando a família mudou-se para um subúrbio de Paris. (Três irmãos e uma irmã, todos mais velhos do que M. H. S., tinham emigrado antes para a França e estabeleceram suas próprias famílias. O irmão mais velho mora em Israel.)

M. H. S. estudou no Liceu Voltaire até 1958 e depois cursou dois anos de literatura francesa na Sorbonne. Não completou os estudos e não tem diploma universitário. Durante esse período associou-se a grupos do movimento Beitar em Paris (por influência do irmão mais velho) e também começou a seguir os preceitos judeus (aparentemente por influência de um outro irmão, que tornou-se religioso e até hoje trabalha em ensino religioso-sionista em Paris).

M. H. S. abandonou gradualmente seus estudos na Sorbonne e dedicou-se ao estudo do hebraico e matérias judaicas. Quando emigrou para Israel já dominava a língua hebraica. No final de 1960, foi para Israel e trabalhou durante alguns meses como operário de construção de um empreiteiro religioso em Petach Tikva. Depois foi aceito (aparentemente por recomendação de um parente) na Escola de Polícia, mas a abandonou no meio (não conseguimos esclarecer o motivo) e começou a estudar na Yeshivá Lâmpada Luminosa, em Jerusalém. Mas não continuou os estudos e entre os anos 1962-4 sustentou-se em turno parcial como lanterninha do Cinema Orion, enquanto tentava, sem sucesso, completar os estudos no Departamento de Cultura Francesa da Universidade Hebraica. Nesse período, morou na área de serviço e lavanderia no telhado do prédio em que mora o irmão do cunhado, no bairro de Talpiot. Em 1964 M. H. S. foi liberado permanentemente do serviço militar (reservista na unidade do oficial da cidade) em conseqüência de um problema renal com complicações.

Desde 1964 tem trabalhado, inicialmente como professor auxiliar, depois como professor efetivo (não graduado) de francês, na Escola Governamental Religiosa Masculina Tenda de Isaac, em Jerusalém. Desde seu casamento em 1970 com Ilana (Halina) Guideon, nascida Brandstetter, ele mora num apartamento de um aposento e meio na rua Tarnaz, 7, em Jerusalém. Esse apartamento foi adquirido com a ajuda dos seus familiares de Israel e França, com uma hipoteca mensal para dez anos, da qual metade já foi quitada.

SITUAÇÃO FINANCEIRA

M. H. S. recebe pelo seu trabalho 2550 libras mensais. A esposa não trabalha. Fontes adicionais de renda: aulas particulares (cerca de quatrocentas libras mensais) mais uma ajuda fixa de seus pais em Paris (quinhentas libras mensais). Despesas principais: 1200 libras mensais de hipoteca pelo apartamento. Quinhentas libras mensais para manter o filho da esposa, Boaz Brandstetter, na Escola Agrícola Tlamim (até há três semanas); donativo mensal, por débito automático no banco Leumi, agência Talpiot, ao movimento União de Israel, no valor de seiscentas libras. Freqüentemente atrasa no pagamento das contas comuns (luz, água, impostos), mas é sempre pontual no pagamento da hipoteca, da mensalidade escolar e do donativo.

NO ÂMBITO FAMILIAR

Casado (desde 1971), tem uma filha de quase três anos (Madeleine Yifat). A esposa é divorciada do conhecido professor A. Guideon, atualmente vivendo nos Estados Unidos. De acordo com a sentença da Corte Rabínica e como conseqüência de um processo entre as partes em 1968, não existe nenhum compromisso financeiro de nenhuma das partes. M. H. S. e esposa têm uma vida marital respeitável. A família obedece o shabat, ingere alimento *kacher* etc. e mantém um padrão de vida que pode ser definido como tradicional ou moderadamente religioso (não deixam de ir ao cinema, por exemplo).

Não encontramos nenhuma evidência de relações amorosas fora do casamento, seja da parte de M. H. S. ou de sua esposa. Por outro lado, há informações confiáveis (o que extrapola o âmbito da tarefa que nos encomendaram) relativas a envolvimentos do tipo acima citado por parte de Ilana Guideon Sommo, na época de seu primeiro casamento. Igualmente, há informações de que o filho dela, Boaz, está sob controle do oficial de correção desde maio de 1975 (verificar relatório do nosso investigador A. Maimon apresentado, de acordo com seu pedido, junto com este relatório). As relações entre o jovem Boaz com M. H. S. e sua esposa são confusas (recusa-se há alguns anos a visitá-los em Jerusalém). Por outro lado, as relações de M. H. S. com a grande família Sommo (primos, cunhados etc.) são muito estreitas.

Aqui encontramos sem dificuldade muitas informações. As concepções de M. H. S. pendem para a direita. Seu irmão mais velho e outros familiares são conhecidos pela atividade no Movimento Herut (alguns são do Partido Nacional Religioso). M. H. S. foi em diversos períodos membro dos dois partidos acima mencionados, alternadamente. Em 1964 foi um dos organizadores do grupo de intelectuais e estudantes procedentes do Norte da África em Jerusalém, denominado *Moledet* (Pátria). O grupo se desfez por motivos financeiros e ideológicos e deixou de existir em 1965. Na véspera da Guerra dos Seis Dias M. H. S. foi muito ativo na propaganda e na coleta de assinaturas contra a política de "espera" do governo Eshkol e a favor da iniciativa militar contra o Egito e outros países árabes.

Logo após a Guerra dos Seis Dias M. H. S. alistou-se para atuar nos círculos do que mais tarde tornou-se o Movimento pela Grande Israel, especializando-se em propaganda e demonstrações. Em 1971 abandonou repentinamente o movimento. Pouco tempo depois devolveu de modo ostensivo sua carteira de membro ao Partido Nacional Religioso (NRP). Em 1972 foi um dos fundadores do grupo chamado União de Israel, no qual a maior parte dos membros são jovens imigrantes dos Estados Unidos e da Rússia. M. H. S. atua até hoje como membro do conselho executivo desse grupo. Após a Guerra do Yom Kipur o grupo envolveu-se em demonstrações contra os acordos de separação de forças no Sinai e em Golan, bem como em tentativas de adquirir ilegalmente terras dos árabes nas cercanias de Belém. M. H. S. foi convocado duas vezes para interrogatório policial baseado em sua atividade no grupo citado (em outubro de 74 e novamente em abril de 75), mas não foi preso. Até onde conseguimos apurar, M. H. S. não esteve envolvido pessoalmente em qualquer ato violento de transgressão à lei. Publicou cerca de dez cartas à redação, em dois jornais vespertinos, nas quais pedia à polícia que expulsasse a população árabe do país e dos territórios, mas por meios pacíficos e com incentivos financeiros.

Para concluir, citaremos um detalhe que nos parece especialmente significativo, e que aparentemente refere-se a uma informação importante que ainda não pudemos averiguar. Em dezembro do ano passado (quatro meses atrás) M. H. S. dirigiu-se à embaixada da França em Tel Aviv solicitando renovação de sua cidadania francesa (da qual havia desistido voluntariamente em 1963), junto com sua cidadania israelense. O pedido foi negado. Logo depois, em 10 de dezembro do ano passado, foi para Paris e permaneceu ali apenas quatro dias (!). Não é claro por conta de quem ou para que fim viajou. Pouco tempo depois de sua volta foi-lhe concedida novamente a cidadania francesa, e isso com uma rapidez excepcional. Não conseguimos esclarecer o que há por trás desse episódio.

Como foi dito, consideramos este relatório como um trabalho parcial e incompleto, diante da grave limitação de tempo imposta pelos senhores. Ficaremos felizes em colocarmo-nos à sua disposição, se estiverem interessados na continuação de nosso trabalho neste ou em qualquer outro assunto.

Shlomo Zand
Zand Investigações Particulares Ltda.,
Tel Aviv

ANEXO B: Relatório de Albert Maimon (investigador particular) do Escritório S. Zand de Investigações Particulares Ltda., Tel Aviv, referente ao jovem Boaz Brandstetter. Realizado por solicitação do advogado M. Zakheim, do Escritório Zakheim & di Modena de Jerusalém e apresentado ao cliente em 26/3/1976.

Prezado senhor,

De acordo com sua solicitação, efetuamos uma rápida averiguação (um dia de trabalho) e verificamos que o acima mencionado, filho da sra. I. Brandstetter Sommo de Jerusalém e de pai desconhecido, abandonou no dia 19/2/76, por vontade própria, a Escola Agrícola Tlamim, por inadaptação geral e problemas disciplinares antigos e repetidos, e saiu com destino desconhecido. Dois dias depois, em 21/2, foi preso na rodoviária de Tel Aviv e interrogado a respeito de negócios com objetos roubados (o acima citado tem duas fichas anteriores semelhantes, e encontra-se sob observação do oficial de correção desde maio de 1975). No dia seguinte, em 22/2, foi libertado com fiança pelo sr. Michael Sommo de Jerusalém (marido da mãe) e, aparentemente, com conivência de algum elemento interno da polícia. Desde então está empregado por um parente do sr. Sommo no mercado atacadista de Tel Aviv, aparentemente numa transgressão à lei de emprego de menores. Atualmente, B. B. está domiciliado no edifício do planetário, em Ramat Aviv, a convite de um dos responsáveis pela instalação, e chamado de "guarda-noturno voluntário". B. B. tem menos de dezesseis anos (nasceu em 1960) mas parece ter muito mais (segundo minha impressão pessoal, eu lhe daria no mínimo dezoito anos: fisicamente muito grande e excepcionalmente forte). Pelo que consegui averiguar, não mantém no momento nenhum relacionamento social. Sobre sua vida social durante o período em que estudou na Escola Tlamim, recebi testemunhos contraditórios. Não há informações significativas adicionais. Por favor informem-nos se restaram perguntas específicas que os senhores gostariam que investigássemos.

A. Maimon, investigador
Escritório S. Zand de Investigações Particulares Ltda.,
Tel Aviv

ANEXO C: Trechos grifados em vermelho no material que o advogado Zakheim anexou à carta para A. A. Guideon em Londres, datada de 28/3/76.

1. Da decisão do Tribunal Rabínico no caso de divórcio de A. A. Guideon *versus* Halina Brandstetter Guideon, Jerusalém, 1968: "[...] de acordo com isto estabelecemos que a pleiteante cometeu adultério, e isto de acordo com a confissão dela [...] perde a quantia da sua ketubá e alimentos [...]".

2. Da decisão do Tribunal Regional de Jerusalém, 1968: "[...] quanto à demanda pela alimentação dela e do filho menor [...] devido à declaração do acusado que não é o pai do menor

[...] diante dos resultados inconclusivos do exame do tipo sangüíneo [...] o Tribunal sugeriu às partes que passassem por testes de classificação de tecidos [...] a pleiteante recusou-se a passar por este exame [...] também o acusado recusou-se a passar pelo teste de classificação de tecidos [...] e tendo a pleiteante recuado de sua demanda de pensão alimentar para si e para o menor [...] o Tribunal elimina a demanda dela depois que ambas as partes declararam que de agora em diante nada mais têm entre si".

*

Dr. Alexander Guideon
Departamento de Ciências Políticas
Universidade de Illinois,
Chicago, Illinois, EUA

Jerusalém, 19/4/1976

Alec distante,

Estou escrevendo para o seu endereço de Illinois na esperança que alguma secretária se empenhe em enviar esta carta a você. Não sei onde você está. O quarto em preto-e-branco, sua mesa vazia, a garrafa vazia e o copo vazio cercam sempre você em meus pensamentos, como uma cabine de nave espacial onde você passeia sem cessar de um continente para outro. E o fogo ardendo na lareira, iluminando seu corpo asceta e a cabeça que fica grisalha e calva, e os campos de neve desertos refletidos na janela estendendo-se até fundirem-se na neblina. Tudo como numa xilogravura. Sempre. Onde quer que você esteja.

E o que é que eu desejo desta vez? O que mais a mulher do pescador exigirá do peixe de ouro? Mais cem mil? Ou um palácio de esmeralda?

Nada, Alec. Não tenho nenhum pedido. Escrevo apenas para conversar com você. Mesmo que eu já conheça todas as respostas. Por que você tem orelhas tão compridas. E por que os seus olhos brilham e cintilam para mim. E por que dentes tão afiados.

Não há nada de novo, Alec.

Neste ponto você pode amassar a carta e jogá-la no fogo. O papel se incendiará por um momento e viajará para outros mundos, uma língua de fogo se levantará e se extinguirá como se acesa por paixão ilusória, uma tira fina carbonizada se erguerá para flutuar no aposento e talvez também pouse aos seus pés. E novamente você ficará só. Pode servir-se de uísque e comemorar sua vitória, completamente só: lá está ela, chafurdando aos meus pés. Perdeu o interesse na "descoberta africana" e agora roga clemência.

Porque além da maldade, você não tem nem teve outras alegrias na vida, Alec cruel e solitário. Então leia e rejubile-se. Leia e ria em silêncio para a lua sobre a neve na sua janela.

Desta vez eu escrevo para você escondida de Michel. Sem dizer nada a ele. Às dez e meia ele desligou a televisão, apagou sistematicamente as luzes da casa, cobriu a menina, verificou se a porta estava bem trancada, colocou uma malha em meus ombros, enrolou-se no cobertor, espiou o jornal da manhã, murmurou alguma coisa e caiu dormindo. Agora os óculos e o maço de cigarros dele estão ao meu lado na mesa, a respiração de seu sono tranqüilo mistura-se ao tique-taque do relógio marrom que ganhamos de presente dos pais dele. Estou sentada na escrivaninha dele, escrevendo para você e com isso estou pecando contra ele e contra a nossa menina. Desta vez não posso sequer usar Boaz. Está tudo bem com seu filho: seu dinheiro e a sabedoria de Michel livraram o menino dos problemas. Os amigos da família Sommo limparam a ficha dele na polícia. Lentamente Michel vai abrindo o caminho a Boaz. Como abrir um caminho na floresta. Você acredita? Ele conseguiu fazer com que Boaz viesse nos ver em Jerusalém no último sábado, e muitas vezes não consegui conter o riso ao ver meu pequenino marido e meu filho gigante competindo o dia todo pelos favores da menina, que parecia adorar a disputa e até a atiçou. No fim do shabat Michel preparou para nós uma salada com azeitonas, pimentões ardidos, hambúrgueres e batata frita, chamou o filho dos vizinhos para tomar conta de Yifat e fomos com Boaz à segunda sessão de cinema.

Esta narrativa confunde toda a sua estratégia? Sinto muito. Você perdeu um ponto. Como foi que você me disse uma vez? Quando a batalha está no auge não há mais sentido nas regras iniciais. Em todo caso, o inimigo não conhece as regras e não age de acordo com elas. Assim, informo a você que Boaz e Michel estão agora quase amigos, enquanto eu olho e sorrio: por exemplo, quando Michel subiu nos ombros de Boaz a fim de trocar uma lâmpada na varanda. Ou quando Yifat tentou enfiar os chinelos de Michel nos pés de Boaz.

Por que estou contando tudo isso a você?

Na verdade, deveríamos voltar ao silêncio estipulado entre nós. A partir de agora, até o fim de nossas vidas. Aceitar o seu dinheiro e calar. Mas ainda persiste alguma luz trêmula sobre o charco nas noites, e nenhum de nós consegue desviar o olhar dela.

Se apesar disso você decidiu continuar lendo estas páginas, se você não as atirou ao fogo que arde em seu quarto, suspeito que neste momento seu rosto se cobre com aquela máscara de desprezo e arrogância, que combina tão bem com você e lhe dá um ar de força glacial. Sob o toque desses raios congelados eu derreto, como se estivesse enfeitiçada. Sempre foi assim, desde o começo. Derreto e odeio você. Derreto e me entrego a você.

Eu sei: depois desta carta que você segura agora nas mãos, não há volta.

Na verdade, minhas duas cartas anteriores são suficientes para, se quiser, você me destruir.

O que foi que você fez com minhas cartas anteriores? Jogou no fogo ou guardou-as?

E na verdade, quase não há diferença.

Porque você não massacra, Alec: você pica. Seu veneno tênue e lento não mata de uma vez mas me destrói e acaba comigo pouco a pouco.

Seu silêncio prolongado, que tentei enfrentar durante sete anos, exorcizá-lo com os ruídos da minha casa nova. No oitavo ano, desisti.

Eu não estava mentindo quando, em fevereiro, enviei as minhas primeira e segunda cartas. Todos os detalhes que levei ao seu conhecimento sobre Boaz eram exatos, como Zakheim sem dúvida já lhe confirmou. Mesmo assim, era tudo mentira. Enganei você. Preparei uma armadilha para você. Em meu coração, eu tinha certeza, desde o primeiro momento, que seria Michel quem libertaria Boaz dos seus problemas. Michel, não você. Realmente, assim foi. E eu sabia desde o primeiro momento que, mesmo sem o seu dinheiro, Michel faria a coisa certa. Na hora certa, do jeito certo.

E eu sabia também, Alec: mesmo que o demônio fizesse você tentar ajudar seu filho, você na verdade não saberia o que fazer. Nem saberia como começar. Nunca em sua vida você soube fazer alguma coisa com suas próprias forças. Nem mesmo quando decidiu me pedir em casamento você conseguiu. Foi seu pai que pediu em seu nome. Toda a sua sabedoria olímpica e seus poderes titânicos começam e terminam numa coisa — o talão de cheques. Ou num interurbano internacional para Zakheim ou para algum ministro ou general da sua antiga turma (eles, por sua vez, telefonam para você quando chega a hora de matricular os filhos em alguma escola de prestígio ou arrumar para si mesmos um ano sabático agradável).

E o que mais você pode fazer? Espalhar charme ou temor frio com seu ar de condescendência sonolenta. Classificar fanáticos históricos. Fazer galopar no deserto trinta tanques para esmigalhar árabes. Eliminar uma esposa e uma criança com um nocaute frio. Por acaso, alguma vez em sua vida você conseguiu gerar ao menos um sorriso de alegria no rosto de um homem ou uma mulher? Enxugar uma lágrima de algum olho? Cheques e telefonemas, Alec. Um Howard Hughes em meio expediente.

E realmente não foi você, mas Michel, quem apoiou Boaz e encontrou o lugar certo para ele.

Portanto, se eu sabia de antemão que seria desta forma, por que escrevi a você?

É melhor você parar de ler aqui. Faça uma pequena pausa. Acenda o cachimbo. Deixe seu olhar cinzento passear um pouco pela neve. O vazio encontrando com o vazio. Depois tente se concentrar e ler o que se segue com a mesma gravidade cirúrgica com a qual você analisa o texto de um niilista russo do século passado ou o sermão virulento de algum patriarca.

Meu verdadeiro motivo para escrever aquelas duas cartas em fevereiro foi o desejo de me colocar em suas mãos. Você realmente não compreendeu? Não combina com você ter o inimigo no centro da mira e esquecer de apertar o gatilho.

Ou quem sabe eu tenha escrito como uma linda donzela das histórias de fadas que envia ao cavaleiro distante a espada com a qual ele poderá matar o dragão e libertá-la. Agora começa a espalhar-se em seu rosto aquele sorriso predatório, aquele amargo e fascinante sorriso. Sabe, Alec, uma noite eu gostaria de vesti-lo com uma túnica preta e colocar um capuz preto na sua cabeça. Você não se arrependeria, porque essa imagem me excita muito.

E imaginei que, de alguma forma, você ajudaria Boaz. Mas muito mais que isso, eu quis que você me apresentasse a conta. Estou ansiosa para pagar.

Por que você não veio? Será que você já esqueceu o que somos capazes de fazer um ao outro? A fusão de fogo e gelo?

Isso também era mentira. Eu sabia que você não viria. Agora vou despir meu último véu: a verdade é que, também nos meus mais lunáticos anseios, não esqueci por um momento sequer o que você é. E eu sabia que nunca receberia um soco seu ou uma ordem para me apresentar. Sabia que a única coisa que receberia de você seria um sopro gélido de silêncio mortal. No máximo uma cuspida de humilhação venenosa. Não menos, mas também não mais. Eu sabia que tudo estava perdido.

E, ainda assim, confesso que a sua cuspida, quando veio, me atordoou totalmente. De todos os milhares de coisas que imaginei que você faria, nunca me passou pela cabeça a idéia de que você simplesmente abriria a tampa do seu esgoto para afogar Michel em dinheiro. Desta vez você me deixou atordoada. Como eu sempre gostei. Não há limite para seu diabólico talento inventivo. E de dentro da poça para onde você me jogou, eu me ofereço coberta de lama. Como você sempre gostou, Alec. Como nós dois gostávamos.

E então, nada está perdido?

Não há caminho de volta para esta carta. Nem haverá. Traio Michel como traí você tantas vezes em seis dos nove anos do nosso casamento.

Sangue de puta.

Sim, eu sabia que você diria isso, com a maldade oceânica flamejando como a aurora boreal na profundeza de seus olhos cinza. Mas não, Alec. Você está enganado. Esta traição é diferente: toda vez que eu o traí com seus amigos, com seus comandantes do Exército, com seus alunos, com o eletricista e com o encanador, estava sempre tentando me aproximar de você por meio da traição. Era sempre você que eu tinha na mente. Mesmo quando gritava de prazer. Especialmente nesses momentos. Como está escrito em letras de ouro sobre a Arca Sagrada, na sinagoga de Michel: "Coloquei meu Senhor sempre diante de mim".

Agora são duas da madrugada em Jerusalém, Michel está encolhido como um feto nos lençóis suados, o cheiro de seu corpo peludo mistura-se no ar quente com o cheiro de urina que vem da pilha de lençóis da menina num canto do quarto atulhado, um vento seco e quente vindo do deserto passa pela janela aberta e bate com ódio na minha cara. Estou de camisola, sentada à mesa de Michel, rodeada de cadernos dos seus alunos e escrevo para você à luz de um abajur recurvado, com um mosquito demente zumbindo sobre mim e luzes árabes distantes me olhando do outro lado do uádi, e eu escrevendo para você das profundezas, traindo Michel e traindo minha filha de maneiras diferentes. De um jeito como nunca traí você. E eu o traio justamente com você. Traindo-o depois de todos esses anos, nos quais nem uma sombra de mentira pairou sobre nós.

Será que estou fora de mim? Será que fiquei louca como você?

Meu marido, Michel, é um homem raro. Nunca encontrei ninguém como ele. "Papai", eu o chamava, antes que Yifat nascesse. E há vezes em que eu o chamo de menino e abraço seu corpo pequeno e moreno como se eu fosse a mãe dele. Na realidade, Michel não só é meu pai e meu filho, mas acima de tudo meu irmão. Se existe alguma espécie de vida após a morte, se chegarmos alguma vez a algum mundo onde mentiras sejam impossíveis, Michel será ali o meu irmão.

Mas você foi e continua sendo meu marido. Meu senhor e mestre. Para sempre. E na vida após a vida, Michel segurará o meu braço para me conduzir ao altar para a cerimônia de casamento com você. Você é o senhor do meu ódio e da minha saudade. O mestre dos meus sonhos à noite. Governante do meu cabelo e da minha garganta e das solas dos meus pés. Soberano dos meus seios meu ventre minhas partes secretas meu útero. Como uma serva sou subordinada a você. Eu amo meu senhor. Não quero ser livre. Mesmo se você me enviar em desgraça aos confins do reino, no deserto, como Hagar com o filho Ismael, para morrer de sede no ermo, será na sede por você, meu senhor. Mesmo se me arrancar de sua presença e me transformar num brinquedo para os seus escravos, nos calabouços do palácio.

Mas você não esqueceu, meu solitário e cruel Alec. Você não pode me enganar. Seu silêncio é transparente para mim, como as lágrimas. O feitiço que lancei sobre você o corrói até os ossos. Em vão você se esconde numa nuvem, como uma divindade estéril. Há mil coisas no mundo que você sabe fazer mil vezes melhor do que eu — mas enganar não é uma delas. Não, nesse assunto jamais chegou nem chegará aos meus pés.

"Senhor juiz", assim você disse antes que a sentença fosse pronunciada, com sua voz indiferente e entorpecida. "Já ficou provado aqui sem qualquer sombra de dúvida que esta senhora é uma mentirosa patológica. Até quando ela espirra é muito perigoso acreditar nela."

Foi o que você disse. E houve um risinho de escárnio no público. Você sorriu levemente e não parecia em absoluto um marido traído em quem houvessem crescido cem chifres e tivesse virado a piada da cidade inteira. Ao contrário, naquele momento você me pareceu mais alto do que os advogados, mais alto do que o juiz em seu estrado elevado, mais alto que você mesmo. Parecia um cavaleiro que matou um dragão.

Mesmo agora, depois de sete anos, quase às três da madrugada, quando registro a lembrança daquele momento, meu corpo procura você. As lágrimas enchem meus olhos e há uma espécie de estremecimento nos bicos dos meus seios.

Bem, Alec, você leu? Duas? Três vezes? Divertiu-se? Acabou? Será que realmente consegui agora fazer brotar ao menos um ramo de alegria na aridez da sua solidão?

Se é assim, chegou a hora de você pegar mais uma dose de uísque. Encha o cachimbo. Porque agora, Senhor Deus da Vingança, você vai precisar muito do seu uisquinho.

"Como um cavaleiro que matou um dragão", escrevi há um momento. Mas não se apresse em comemorar. Sua arrogância é prematura, meu senhor: você é o cavaleiro louco que matou o dragão, e depois matou também a donzela e por fim destroçou também a si mesmo.

Na realidade, você é o dragão.

E este é o momento mais delicioso para mim: revelar que Michel-Henri Sommo é muito melhor do que você na cama. Em tudo o que se refere ao corpo, Michel foi muito bem dotado desde que nasceu. Em qualquer momento ele sempre sabe me proporcionar, e em abundância, o que o meu corpo nem sequer sabe que anseia receber. Sabe me encantar durante metade da noite em viagens por praias de prazer, como uma folha levada pelo vento, através de campos de graça paciente, através de arte e desejo, através de luz e sombra de florestas e rios turvos e marés agitadas até o instante da fusão.

Você já estraçalhou seu copo de uísque? Dê lembranças de Ilana para a sua caneta, seu cachimbo e também para os óculos de leitura. Espere, Alec, ainda não acabei.

Na verdade, não apenas Michel. Quase todos eles poderiam ter ensinado uma ou duas lições a você. Até o rapaz albino que era seu motorista no Exército: casto como um cabrito, talvez no máximo dezoito anos, culpado, assustado, mais submisso que talo de grama, tremendo todo, os dentes batendo, quase implorando que eu desistisse dele, quase em lágrimas, e de repente começou a esporrar antes sequer de me tocar, soltou um uivo de cachorrinho e, mesmo assim, Alec, no instante em que os olhos assustados do rapaz me lançaram um brilho puro de gratidão, de admiração, de adoração sonhadora, inocente como o canto dos anjos, isso fez meu corpo e o meu coração estremecerem mais do que você conseguiu em todos os nossos anos juntos.

Quer que eu diga o que você é, Alec, comparado aos outros que eu tive? Você é uma montanha rochosa e nua. Exatamente como naquela música. Você é um iglu na neve. Você se lembra da Morte no filme *O sétimo selo*? A Morte que ganha a partida de xadrez? É você.

E agora você se levanta e destrói as páginas da minha carta. Não, desta vez não rasga cuidadosamente em quadrados pedantes, mas atira ao fogo. E talvez no fim de tudo você venha a se sentar outra vez na escrivaninha e comece a bater a cabeça grisalha no tampo preto; o sangue jorra do cabelo para os olhos. E assim finalmente seus olhos cinzentos ficarão molhados. Eu abraço você.

Há duas semanas, quando Zakheim entregou a Michel o seu surpreendente cheque, ele preveniu Michel com as palavras: "Leve em conta, meu senhor, que neste jogo podem jogar também dois". Acho divertida essa pequena frase, e a envio para você como se fosse uma mensagem de boa-noite. Você não se livrará de mim, Alec. Você não conseguirá comprar sua liberdade com dinheiro. Você não virará a página.

Aliás, quanto a seus cem mil: somos muito gratos. O dinheiro está em boas mãos, não se preocupe. Sua mulher e seu filho também estão em boas mãos. Michel está ampliando a casa e poderemos morar todos juntos. Boaz vai construir para Yifat um escorregador e uma caixa de areia no pátio. Vou ter uma máquina de lavar roupa. Um aparelho de som estereofônico. Vamos comprar uma bicicleta para Yifat e Boaz terá um telescópio.

Vou parar de escrever agora. Vou me vestir e sair sozinha para a rua escura e vazia. Caminharei até a caixa do correio. Enviarei esta carta para você. Depois voltarei para casa, tirarei a roupa, acordarei Michel e me esconderei entre os seus braços. Michel é um homem simples e delicado.

O que não se pode dizer sobre você. Nem sobre mim, meu amor. Nós dois, como você sabe, somos criaturas repugnantes e podres. E este é o motivo do abraço que a serva está enviando agora para o distante dragão de mármore.

Ilana

*

Para Boaz Brandstetter
A/C da Família Fucs
R. do Limoeiro, 4
Ramat Hasharon

Pela graça de D'us
Jerusalém
2 de Iyyar de 5736 (2/5/76)

Saudações Boaz, seu perverso burro rebelde:

Não pense que eu o chamo assim porque o sangue me subiu de repente à cabeça. Até controlei os meus instintos e só te escrevi depois de ouvir você contar ao telefone, esta manhã, a sua versão do que aconteceu. (Não pude ir ver você porque sua mãe adoeceu, na minha opinião por sua causa.) Agora que conversamos por telefone posso dizer, Boaz, que você ainda é uma criança e não um homem. E começo a temer que você nunca cresça. Talvez o seu destino seja tornar-se um valentão esquentado. Talvez os tapas que você deu naquela professora no Tlamim e a cabeça que você rachou do guarda-noturno não tenham sido apenas episódios lamentáveis, mas um sinal de que uma mula está crescendo entre nós. Embora "crescendo" não seja o termo exato no seu caso — porque seria melhor que você parasse de crescer como uma espécie de pepino e em vez disso começasse a amadurecer um pouco.

Diga-me uma coisa, se não se importa: tinha que acontecer justamente dois dias depois que você esteve na minha casa no fim de semana? Depois que todos nós fizemos tantos esforços (sim, você também) e começamos a sentir que nós, afinal, somos uma família? Justamente quando sua irmã começou a se acostumar a você e depois que nos emocionamos tanto com o ursinho que trouxe para ela? Justamente quando você deu à sua mãe um pouco de esperança, depois de todo o sofrimento que causou a ela? Diga-me, você ficou maluco?

Devo dizer a você, Boaz, que se fosse meu filho ou meu aluno não o teria poupado do castigo — na cara e também no traseiro. Embora, depois de pensar um pouco, não esteja tão seguro no seu caso. Você ainda seria capaz de jogar um caixote de verduras contra mim.

Então, depois de tudo, nós cometemos um erro quando o salvamos daquela instituição para delinqüentes juvenis. Talvez lá seja o lugar mais natural para um cara do seu tipo. Compreendo muito bem o que aconteceu, Avram Abudarham lhe deu um ligeiro pontapé depois que você foi insolente. E permita-me dizer que dou toda razão a ele (mesmo que eu não seja favorável a pontapés).

Mas o que é que você acha que é? Diga-me: um marquês? Um príncipe? Então você levou um pontapezinho por causa de sua boca grande, e daí? É motivo suficiente para começar a jogar caixotes nas pessoas? E logo em quem você jogou um caixote? Em Avram Abudarham, um homem de sessenta anos que, para sua informação, sofre de pressão alta! E isso depois que ele aceitou você para trabalhar mesmo com as duas fichas que você tem na polícia, sem falar na terceira ficha que o inspetor Almaliach e eu limpamos com dificuldade? O que é você? Diga-me. Um árabe? Um cavalo?

Quase fiquei louco quando você me disse no telefone que realmente jogou um caixote em Avram porque ele lhe deu um mísero pontapé devido à sua insolência. Você é filho da minha mulher e irmão da minha filha, mas você não é um ser humano, Boaz. Os Livros Sagrados dizem: "Eduque o jovem segundo o seu modo". E a minha interpretação é a seguinte: no caso de o jovem ir pelo caminho correto, ele deve ser educado com mão suave, mas se o jovem fez uma sujeira, merece levar a sua! Qual é, você está acima da lei? Você é o presidente?

Avram Abudarham era seu benfeitor e amigo, e você retribuiu a bondade dele com o mal. Ele investiu muito em você e você o decepcionou, assim como a mim e ao inspetor Almaliach, e faz três dias que a sua mãe está na cama doente, por sua causa. Você decepcionou todos os que tentaram fazer alguma coisa por você. Como está nas Escrituras: "Ele procurou por uvas, mas só encontrou frutos azedos".

Por que você fez isso?

Agora você se cala. Muito bonito. Certo, então vou dizer por quê: por causa da arrogância, Boaz. Porque você nasceu grande e bonito como um semideus e recebeu muita força nos braços, mas em sua estupidez pensa que força é para bater nas pessoas. Força é para se fortalecer, seu idiota! Para dominar os instintos! Para absorver tudo o que a vida nos proporciona e continuar avançando em silêncio, mas com firmeza no caminho que decidimos seguir, quer dizer, o caminho da retidão. A isso eu chamo de força. Abrir a cabeça de uma pessoa — isso é algo que qualquer tábua ou pedra pode fazer!

Por isso eu disse acima que você não é gente. E certamente não é um judeu. Talvez combine com você ser árabe. Ou um gentio. Porque ser judeu, Boaz, é saber como enfrentar a adversidade, superá-la e continuar pelo nosso antigo caminho. Isto é toda a Torá numa só palavra: superar-se. E também compreender muito bem por que a vida o golpeou, tirar disso uma lição para aprimorar o seu caminho e aceitar as mudanças da sorte, Boaz. Avram Abudarham, se você pensar nisso por um momento, tratou-o como um filho. É verdade, um filho teimoso e rebelde. E você, Boaz, em vez de beijar agradecido a mão dele, mordeu a mão que o alimentou. Tome nota, Boaz: você envergonhou sua mãe e a mim, mas antes de mais nada envergonhou a si próprio. Acho que você é incapaz de aprender a humildade. Estou desperdiçando palavras com você. Você se recusa a ouvir.

Devo dizer por quê? Mesmo que lhe doa ouvir? Tudo bem, eu direi. Por que não? Isto tudo acontece porque, no fundo da sua cabeça, você se considera uma espécie de príncipe ou algo assim. Como se houvesse sangue azul correndo nas suas veias. Como se fosse um delfim. Então deixe-me dizer uma coisa, Boaz, de homem para homem, mesmo que você esteja a milhares de quilômetros de tornar-se um homem, mesmo assim vou colocar as cartas na mesa.

Não tenho a honra de conhecer o seu pai, encantador e famoso, nem faço questão dessa honra. Mas posso lhe dizer com toda a segurança: seu pai não é marquês nem rei — mas talvez o Rei dos Canalhas. Se você soubesse a que vergonha e tristeza ele reduziu a sua mãe, como a humilhou e conspurcou a honra dela, e como afastou você mesmo da presença dele, como um filho abominável!

Portanto está certo que ele agora se lembre de pagar algo como recompensa pelo sofrimento e desgraça. E também está certo que eu tenha decidido não levar em conta nosso orgulho e aceitar o dinheiro dele. Talvez você tenha se perguntado por que decidi receber o dinheiro contaminado dele. Por você, seu animal ingrato! Para tentar trazê-lo para o caminho correto!

Agora ouça bem cuidadosamente por que contei tudo isso. Não para fazê-lo odiar seu pai, o Céu me perdoe, mas na esperança de que talvez você escolha seguir o meu exemplo, não o dele. Aprenda que, para mim, o orgulho e a humanidade revelam-se no controle dos instintos primários. Aceitei dinheiro dele em vez de matá-lo. Esta é a minha honra, Boaz: dominei meu sentimento de humilhação. Como está escrito: "Todo aquele que apaga a própria honra, sua honra não será apagada".

Estou continuando a escrever esta carta à noite, depois de ter feito um intervalo para dar duas aulas particulares, preparar o jantar e cuidar de sua mãe, que está doente por sua causa, e depois de ver o noticiário na televisão. Acho que devo acrescentar aqui algo sobre minha própria vida, continuando o que escrevi a respeito de controlar e dominar os instintos. Sem lembrar, Boaz, o que sofremos na Argélia na nossa época, primeiro dos árabes e depois em Paris, entre os *pieds noirs* dos franceses, se você sabe o que isso significa, falo com você apenas sobre o que eu mesmo passei aqui em Israel e continuo a passar por causa das minhas crenças e opiniões, por causa do meu jeito e por causa da minha origem. Se você soubesse, poderia talvez compreender que levar um pequeno pontapé de alguém bom e querido como

Avram Abudarham é o equivalente a uma carícia. O problema é que você tem sido mimado. E de qualquer forma, você não entende. Desde o começo da minha vida estou acostumado a levar três pontapés por dia, e nunca joguei caixotes em ninguém. E isso não só para cumprir o preceito "ama ao próximo como a ti mesmo", mas, antes de mais nada, porque acredito que o homem deve saber receber sofrimentos com amor.

Você está disposto a ouvir mais uma coisa? Na minha opinião, é melhor receber mil sofrimentos do que causar apenas um, o Céu me perdoe. Sem dúvida deve haver na caderneta do Senhor alguns pontos negativos no nome de Michael Sommo. Não nego isso. Mas entre os meus pontos negativos, você não encontrará o item "Causar Sofrimentos". Isso, não. Pergunte à sua mãe. Pergunte a Avram, depois que você pedir gentilmente desculpas e ele o perdoar. Pergunte à sra. Janine Fucs, que me conhece desde Paris. Quanto a você, Boaz, um rapaz a quem o Céu deu beleza física e porte, maravilhosas habilidades manuais e uma aparência de príncipe, você já começou a seguir os caminhos enlameados de seu pai: arrogância, crueldade, perversidade. Causando sofrimentos. Violência. Apesar de minha decisão de não dizer uma palavra sequer nesta carta sobre os duros sofrimentos que você está causando à sua mãe há muitos anos, e agora ela está doente por sua causa — porque, para mim, você ainda não é capaz de ouvir falar de sofrimentos. Pelo visto, você é ainda pequeno demais para isso. Pelo menos até que você se levante, para se mostrar como um homem que tem alguma vergonha no coração.

E se você já decidiu ser uma segunda edição de seu querido pai, então vá para o inferno. Desculpe por estas palavras. Não pretendia escrevê-las. Mas uma pessoa não deve ser julgada em seu sofrimento, como está nos nossos escritos. Na realidade, quero dizer exatamente o contrário: que eu rezo para que você não queime no inferno. A verdade, Boaz, é que tenho sentimentos por você.

Isso foi só um preâmbulo. Agora, vamos ao que importa na carta. As palavras seguintes refletem a minha opinião e a da sua mãe. De nós dois.

1. Vá imediatamente ver Avram e peça a ele desculpas e perdão. Esta é a primeira coisa.

2. Enquanto a família Fucs, Bruno e Janine, concordar em mantê-lo no depósito do jardim deles — por que não?, continue com eles. Mas a partir de agora pagarei aluguel a eles. Do dinheiro que seu pai mandou como reparação. Você não vai morar lá de graça. Você não é mendigo, e eu não sou um assistente social.

3. A coisa mais importante é que você vá agora estudar a Torá e procure um ofício num colégio dos territórios libertados (sua ortografia é pior que a de um menino de sete anos). Mas não temos absolutamente nenhuma intenção de impor nada a você. Se quiser, arranjaremos tudo. Se não, tudo bem. Na Torá está escrito: "Seus caminhos são caminhos agradáveis". Não de coerção. Logo que a sua mãe sarar irei ver você, conversaremos e quem sabe nos entenderemos. Você concorda? Mas se o que você quer é estudar óptica, só me informe qual o curso, ou melhor, mande-me um projeto e eu pagarei. Daquele fundo financeiro que mencionei antes. E se por acaso você quer procurar outro trabalho, venha aqui para Jerusalém, more em casa e veremos o que é possível arranjar. Só que sem caixotes.

4. Tudo isto na suposição que você vai melhorar o seu jeito a partir de agora.

Com muita tristeza e preocupação,
Michel, *Yifat* e *mamãe*

P.S.: Por favor, anote minha palavra de honra: se houver apenas mais um ínfimo caso de violência da sua parte, Boaz, nem as lágrimas de sua mãe me tocarão mais. Você seguirá sozinho o seu mau caminho, e enfrentará seu destino sem mim.

*

Família Sommo
R. Tarnaz 7
Jerusalém

Ôi. Recebi sua longa carta Michel e telefonei pedindo desculpa pro Avram mesmo que não tenho certeza quem é que tinha que pedir desculpas pra quem. Fora disto deixei um bilhete de muito obrigado para Bruno e Janin Fuks antes de eu sair. Quando esta carta chegar aí já vou estar navegando num navio no mar. Da minha parte me esqueçam. E isto apesar de que eu gosto muito da Yifat das duas vezes que estive aí e você Michel eu admiro mesmo que as vezes você me enche. De você Ilana eu tenho pena que era melhor que você nunca me tivesse tido.

Grato
Boaz

*

Para Ilana e Michel Sommo
R. Tarnaz 7
Jerusalém

8/5/76

Michel e Ilana: quando Michel telefonou ontem e perguntou se Boaz tinha estado aqui, fiquei muito chocada para entender o que havia acontecido. E a ligação estava tão ruim que foi muito difícil ouvir. Não consegui compreender a história da briga em que Boaz se envolveu. Esta manhã tentei telefonar para a sua escola, Michel, mas foi impossível completar a ligação. Por isso escrevo estas linhas que envio por intermédio do tesoureiro do kibutz, que vai amanhã a Jerusalém. Com certeza avisarei imediatamente se Boaz de repente aparecer por aqui. Mas na verdade não acho que ele virá. Sou otimista, e creio que nos próximos dias vocês receberão algum sinal de vida dele. Parece-me que sua necessidade de desaparecer e cortar qualquer ligação não provém do incidente que ocorreu em Tel Aviv. Ao contrário, a última complicação, como as anteriores, vem talvez do impulso de afastar-se de vocês dois. De todos nós. Naturalmente não estou escrevendo este bilhete apenas para acalmá-los e recomendar que sentem e esperem — é preciso continuar a procurá-lo de todas as maneiras possíveis. Mas gostaria de compartilhar com vocês a sensação — e talvez seja apenas uma sensação ou intuição — que Boaz está bem e encontrará por fim o seu lugar. Claro que ele pode envolver-se várias vezes em pequenos problemas aqui e ali mas, durante os anos em que ficou conosco no kibutz, pude observar o outro lado dele, o estável, bem mais positivo, com um sólido elemento mental de decência e lógica clara. Ainda que uma lógica diferente da de vocês ou da minha.

Por favor, acreditem: não escrevo isto apenas para dar uma força neste momento difícil, mas porque estou convencida de que Boaz simplesmente não é capaz de fazer um grande mal, nem aos outros, nem a si mesmo. Comuniquem-me logo, por intermédio do tesoureiro que leva este bilhete, se quiserem que Yoash ou eu, ou nós dois, tiremos alguns dias de folga para ficar com vocês.

Rahel

*

Ao Ilustríssimo
Prof. Guideon
Aos cuidados do Advogado Sr. Zakheim
R. King George, 36
NESTA

Pela Graça de D'us
Jerusalém
9 de Iyyar de 5736 (9/5/76)

Prezado senhor,

Eu, abaixo assinado, fiz uma promessa de que não teria com o senhor nenhum assunto bom nem mau, neste mundo ou no próximo, devido ao que está escrito no Livro de Salmos, capítulo 1, versículo 1. "Feliz é o homem que não caminhou segundo o conselho dos maus e na senda dos pecadores não se deteve e não se sentou entre os desdenhosos." O motivo pelo qual transgrido essa promessa é uma questão de vida ou morte e talvez, o Céu me perdoe, de duas almas.

A. Seu filho Boaz. Como o senhor sabe pela leitura das cartas da mãe dele, já aconteceu uma ou duas vezes que o rapaz saiu do bom caminho e eu me empenhei em reconduzi-lo para a senda correta. Anteontem recebemos um telefonema da querida família com a qual Boaz estava vivendo: ele desapareceu. Imediatamente viajei para lá, mas o que poderia fazer? Esta manhã recebemos um sinal de vida dele, um bilhete informando que, desta vez, fugia para trabalhar num navio. E isso depois de novamente ter se envolvido em confusões.

Por motivos que alguém como o senhor deve ser incapaz de compreender, decidi continuar a zelar por ele, e imediatamente acionei minhas relações a fim de que o procurassem em todo navio, israelense ou estrangeiro, que estivesse para deixar o país. Lamentavelmente não há certeza de que as buscas darão resultado positivo: pode ser que o rapaz não esteja no mar, mas em algum lugar do país. Por isso decidi dirigir-me ao senhor, apesar de tudo, para pedir que também faça algo no sentido de ajuda, diante do grande mal que o senhor causou a ele e à mãe dele. Para um estudioso como o senhor espero que uma alusão seja suficiente para que entenda que não estamos solicitando dinheiro, mas pedindo que aja urgentemente (talvez acionando os círculos mais próximos). Friso isso para evitar a desagradável repetição do passado próximo, quando minha esposa solicitou sua ajuda para os problemas do menino e o senhor não moveu um dedo para ajudar. Em vez disso, tentou calar a consciência dela com o dinheiro que nos enviou, sem que fosse solicitado. Tento isso na suposição de que, mesmo em alguém como o senhor, exista alguma espécie de consciência. Talvez eu continue a ser ingênuo demais.

B. Minha esposa, Ilana Sommo. As confusões de Boaz deixaram-na doente. Ontem, ela confessou que, sem o meu conhecimento, enviou mais uma carta pessoal para o senhor, logo depois do pagamento em dinheiro. O senhor pode imaginar que fiquei muito zangado com ela, mas logo controlei a raiva e a perdoei, porque confessou, e especialmente porque os sofrimentos expiam os pecados. A sra. Sommo é alguém que tem sofrido muitíssimo por sua causa, senhor professor.

Naturalmente, não me ocorreu investigar o que ela escreveu na carta ao senhor (coisas desse tipo estão abaixo da minha dignidade), mas ela, por vontade própria, contou que o senhor não respondeu. Na minha opinião, com o seu silêncio o senhor acrescenta insulto à injúria. Não se preocupe, não quero ler o que o senhor escrever a ela, não somente por escrúpulos religiosos mas também por considerar que o senhor pertence ao passado. Talvez ela esqueça alguns dos inúmeros sofrimentos que o senhor causou se escrever a ela uma carta explicando por que a tratou tão mal, e desculpe-se por todos os seus pecados. Sem isso, todo dinheiro que o senhor deu terá sido dado em vão.

C. O dinheiro. No dia 7 de março, o senhor me enviou de Genebra uma carta arrogante e até insolente, dizendo que pegasse o dinheiro, fechasse a boca e não agradecesse. Bem, saiba que nunca tive intenção de agradecer! Agradecer por quê? Por ter se dignado a lembrar muito tardiamente de pagar uma pequena parte do que o senhor, conforme a justiça, deve a Boaz e à sra. Sommo, e na realidade também à nossa filhinha? Pelo visto seu atrevimento não tem limite, meu senhor. Como está nos nossos Livros: "uma testa de cobre".

De acordo com o valor da quantia que o senhor considerou conveniente enviar (cento e sete mil dólares americanos em libras israelenses, em três pagamentos desiguais), compreendi que a contribuição para o resgate da Casa Alcalai em Hebron foi sumariamente abandonada. Apesar disso, utilizo esta oportunidade lamentável para repetir e insistir que o senhor doe sem demora a quantia de cento e vinte mil dólares americanos para essa causa sagrada: aqui também talvez haja uma questão de vida ou morte, como nos dois itens anteriores, embora num sentido mais amplo. Como disse acima, se não fosse uma questão de vida ou morte, não me dirigiria ao senhor de maneira alguma. Explicarei isso a seguir. Segundo a nossa fé, há uma conexão entre seus atos maus, os problemas de Boaz e os sofrimentos da mãe dele. É possível que o seu arrependimento e o seu donativo levem ao rapaz a compaixão divina e ele volte em paz. Há recompensas e punições no mundo, há justiça divina, mesmo que eu não seja capaz de compreender como funciona, nem por que os seus pecados são descontados nos sofrimentos da sua mulher e seu filho. Quem sabe? Talvez algum dia o seu filho venha a gozar o privilégio de viver em Hebron, sob o teto que pretendemos resgatar das mãos de estranhos por meio de seu donativo, e assim será feita justiça, e Aquele que Habita o Céu sorrirá. Como está em nossos Livros "o vento dá voltas", e também está escrito "Lance o pão sobre a água porque quando chegar o dia você o achará novamente". E talvez esta contribuição servirá para contrabalançar seus pecados quando chegar o dia de comparecer perante o juiz diante do qual não há nem riso nem leviandade. E lembre-se, meu senhor, que lá o senhor não terá nenhum advogado, e se encontrará em situação difícil.

O que me leva a frisar aqui, para finalizar, que sou obrigado a enviar esta carta por intermédio do advogado, sr. Zakheim, por razões que independem de mim, já que o sr. Zakheim simplesmente se recusa a me fornecer o seu endereço, e não pedirei à minha mulher porque não quero que ela saiba desta carta — os nervos dela já estão suficientemente abalados.

Gostaria de protestar contra o comportamento do sr. Zakheim. Pelo visto, ele tem na cabeça um filme barato de tensão sobre ameaças e extorsões, um *thriller* com Michael Sommo no papel de dom Corleone da Máfia ou alguma coisa assim. Se isso viesse de alguma outra pessoa, eu deixaria passar em branco. Mas, pelo nome do sr. Zakheim, compreendo que ele ou sua família podem ter vindo do Holocausto. Em judeus que vieram do Holocausto eu perdôo tudo: talvez o sr. Zakheim tenha passado por experiências que causaram suspeitas doentias, especialmente contra alguém feito eu, com opiniões como as minhas e com a minha origem, sem mencionar minhas convicções religiosas. Como está escrito, "Ele vê sombras de montanhas como se fossem montanhas".

Decidi portanto perdoar o seu advogado. Mas não ao senhor. Para o senhor, não há perdão. Talvez se cumprir fielmente cada um dos três itens desta carta — procurar o rapaz, desculpar-se com a senhora e contribuir para a Redenção da Terra —, talvez o Altíssimo o julgue com misericórdia. Pelo menos, verão que o senhor possui algo em seu crédito.

Com saudações pela Festa de nossa Independência,

Michael Sommo

ANEXO

9/5/76

Meu caro Alex,

Apenas algumas linhas. Com esta, estou enviando um envelope lacrado do seu pequeno herdeiro. Aposto que ele está novamente pedindo dinheiro. Provavelmente ele pensa que conseguiu ligar-se através de um terminal automático diretamente à impressora do governo. Se por acaso você decidir construir por sua conta o Templo ou simplesmente dar um bônus à mula do Messias, faça-o — sem mim, se não se importa. Vou me converter ao islamismo e dar um basta nisso.

Pelo que entendi da carta de Sommo, o colosso juvenil desapareceu novamente: como um obelisco assim consegue desaparecer? Mas não é preciso se preocupar, certamente o encontrarão dentro de um dia ou dois parado na rodoviária vendendo mercadorias surrupiadas de marinheiros, como na última vez que desapareceu.

A propósito, vi por acaso a tua ex-mulherzinha há alguns dias na rua Ben Yehuda. Parece que o cavalheiro lhe proporciona uma manutenção à altura: ela está muito bem para a quilometragem que tem, especialmente levando em conta por quantas mãos já passou.

O que não se pode dizer de você, Alex: fiquei alarmado com

a sua aparência quando nos encontramos da última vez em Londres. Cuide-se e pare de procurar encrencas.

Seu fiel
Manfred

*

SOMMO TARNAZ 7 JERUSALÉM

ZAKHEIM RECEBEU INSTRUÇÃO PARA ENCONTRAR MENINO CARTA SOLICITADA SEGUIRÁ BREVEMENTE PARA SENHORA VOCÊS RECEBERÃO MAIS CINQÜENTA MIL SE CONCORDAREM REALIZAR TESTE TECIDOS GAROTO FAREI SIMULTANEAMENTE EXAME SEMELHANTE AQUI EM LONDRES

ALEXANDER GUIDEON

*

Advogado Manfred Zakheim
Escritório Zakheim & di Modena
R. King George, 36
Jerusalém

14/5/76

Prezado sr. Zakheim,

Meu ex-marido nos informou por telegrama que solicitou ao senhor que me ajudasse a encontrar meu filho, que aparentemente fugiu para trabalhar num navio. Por favor, faça tudo que puder, e telefone quando souber de algo. Meu ex-marido mencionou no telegrama o teste dos tecidos em Boaz, para estabelecer a paternidade. Como eu disse ao senhor esta manhã ao telefone (e o senhor me pediu para fazê-lo por escrito), retiro minha oposição de sete anos para realizar este exame. O único problema agora é encontrar o garoto e convencê-lo a fazer o exame que o pai pede. E isso não será fácil. Por favor, sr. Zakheim, explique ao meu ex-marido que retiro a minha oposição ao exame, sem qualquer relação com a doação que ele menciona no telegrama. Resumindo, ele não é obrigado a nos dar mais dinheiro. Ao contrário, fico contente que o pedido de exame parta dele agora. Por ocasião do julgamento, como o senhor se recorda, sr. Zakheim, eu me opus ao exame — mas também ele não concordou em fazê-lo.

Se é desejo dele fazer um donativo para a causa mencionada por meu atual marido, que o faça, mas sem qualquer ligação com a questão do exame. Simplesmente diga a ele que da minha parte tudo está perfeitamente certo agora. E principalmente, sr. Zakheim, imploro que, se tiver qualquer informação sobre o garoto, informe-nos, mesmo se for no meio da noite.

Grata,

Ilana Sommo (*Guideon*)

*

Para a Sra. Sommo
PARTICULAR
Para ser entregue pessoalmente pelo
advogado Zakheim

Hampstead, Londres, 15/5/76

Prezada sra. Sommo,

Zakheim está se esforçando para recuperar sua propriedade perdida. Embora eu imagine que não seja fácil para ele competir sozinho com as hordas dos Sommo, cujos tambores tribais certamente já convocaram uma multidão para a caça. De qualquer forma, imagino que antes de esta carta ser entregue chegará um sinal de Boaz. Aliás, isso quase me deixa triste: quem de nós nunca sonhou em desaparecer sem deixar rastros?

Ontem recebi uma carta do seu marido. Pelo visto, ele passou por algum tipo de revelação divina, uma voz celestial ordenou-lhe que reconstruísse as muralhas de Jericó, e isso justamente com meu dinheiro. E como parte de seu plano para construir a

Jerusalém celestial, ele ordena que eu me arrependa e comece pedindo desculpas e dando explicações a você. A seguir, pelo visto, chegará a vez das mortificações e dos jejuns.

E eu ingenuamente pensava que o que houve entre nós já havia sido bem explicado nas duas ações no Tribunal Rabínico e no Tribunal Civil Regional. Na verdade, tenho a impressão de que você é que me deve uma explicação. Realmente, na sua carta percebe-se uma vaga tentativa de explicar a sua situação, inclusive detalhes sobre as façanhas na cama do sr. Sommo. Não tenho interesse no assunto (apesar da sua descrição estar muito bem escrita; talvez um tanto literária demais para meu gosto). Também as sensações que a minha pessoa continua ou não a despertar em você não me afetam em nada. Agradeceria se ambos parassem de solicitar minhas contribuições com tal energia: não sou nem o Banco da Inglaterra nem um banco de esperma. Por outro lado, você não tocou em absoluto na única questão que me preocupa: por que, naquela época, você resistiu tão violentamente à realização do teste dos tecidos? Se tivesse ficado claro que eu era o pai biológico, teria sido muito mais difícil e talvez até impossível vencer você na ação. Até hoje não consegui compreender isso. Será que você tinha medo que ficasse provado que não sou o pai? Será que você tinha medo que fosse provado que eu sou o pai? Por acaso há alguma dúvida sobre quem afinal é o pai, Ilana?

E o que levou você, agora, a mudar subitamente de opinião e concordar em fazer aquele teste? Ou seja, se é que você realmente mudou de idéia. E se você não mudou novamente.

É realmente só pelo dinheiro? Mas também havia dinheiro naquela ocasião. E você também lutou pelo dinheiro. E perdeu. Perdeu na Justiça.

Repito minha sugestão: vocês receberão mais cinqüenta mil dólares (e não me importa para quê — pode ser para a conversão do papa) depois que for realizado o exame, e não importa o resultado. Mesmo que Zakheim diga que enlouqueci completamente. De acordo com a lógica decisiva dele, a partir do momento em que prometi que vocês receberiam o dinheiro independente do resultado do teste, todas as cartas estavam em suas mãos, e eu próprio ofereci a minha cabeça numa bandeja de ouro. Assim falou Zakheim. Ele tem razão?

Você está preparada para me explicar agora por que queimou a si própria e a Boaz, no julgamento, ao se opor ao teste, em vez de exigi-lo? O que mais você teria a perder que já não tivesse perdido de algum modo? Será que você tinha alguma dúvida sobre os resultados do teste? Ou talvez, deliberada e maliciosamente, você preferiu perder tudo e ser atirada com o menino na rua, somente para plantar uma dúvida em mim?

E agora você ousa me escrever que eu "não massacro. Só pico". É algum tipo de humor negro? Eis aqui outra sugestão do dragão aposentado: se você me der uma resposta direta sobre a questão de por que se opôs ao teste de paternidade em 1968 e por que concordou agora, eu nomearei Boaz meu herdeiro. E também enviarei mais cinqüenta mil dólares a vocês pelo correio. Na verdade, se você me der uma resposta, o exame será desnecessário. Desisto dele em troca de uma resposta convincente à minha única pergunta.

Por outro lado, se você escolher acrescentar uma mentira a outra, é melhor pararmos por aqui. E, desta vez, para sempre. Você já me disse mentiras suficientes para um regimento de maridos enganados. Você não conseguirá mentir outra vez para mim. E aliás, que espécie de explicações o seu marido exige de mim depois que você própria confessou a três rabinos que, durante os anos do nosso casamento, dormiu com um exército inteiro?

De um modo ou de outro é melhor parar por aqui. O que mais você quer de mim? O que é que eu tenho para dar além de dinheiro? Subitamente você sentiu desejo de devorar um bife de dragão com fritas? Por que você veio desenterrar nossos fantasmas depois de sete anos?

Pare com isto. Vivo sozinho, tranqüilo. Deito toda noite às dez e durmo sem sonhos. Levanto às quatro toda manhã para trabalhar em algum artigo ou conferência. Todos os desejos passaram. Até comprei uma bengala num antiquário em Bruxelas. Mulheres e homens, dinheiro, poder e fama — tudo me aborrece. Às vezes ainda saio a divagar um pouco entre conceitos e idéias. Leio diariamente duzentas páginas para colher aqui e ali alguma citação ou nota de rodapé. É isto que existe, Ilana. E já que se trata da minha vida, suas descrições poéticas com naves e neve e etc. são realmente muito bonitas (isso sempre foi o seu lado forte) mas, para sua informação, meu quarto tem aquecimento central, não uma lareira. E fora da minha janela não há neve alguma (estamos em maio, afinal), apenas um trecho de jardim, relva inglesa bem tratada com um banco vazio, um salgueiro-chorão e céu cinzento. E brevemente voltarei a Chicago. Quanto ao meu cachimbo e ao uísque, estou proibido de beber e fumar há um ano. Se realmente lhe importa o testamento em nome de Boaz, se o seu marido deseja mais algumas dezenas de milhares de dólares, tente responder honestamente à única pergunta que fiz. Mas lembre-se: outra mentira e vocês não receberão mais nada de mim. Nem uma palavra, nem um tostão. Jamais. Assino com o nome novo que você me deu:

Alec, o malvado solitário

*

Dr. A. Guideon
A/C Advogado Zakheim

Jerusalém, 24/5/76

Caro malvado solitário,

Hoje recebemos um postal de Boaz. Ele está em algum lugar do Sinai, não diz onde, mas segundo o cartão está "trabalhando e ganhando um bom dinheiro". Por enquanto não conseguimos localizá-lo. Pelo visto o seu todo-poderoso, Zakheim, também falhou. Por outro lado, em sua carta você conseguiu me ferir e até me assustar. E não com seus trechos venenosos, mas quando diz que está proibido de fumar e beber. Por favor, escreva o que aconteceu. Que cirurgias você fez? Diga-me toda a verdade.

Você me coloca duas questões: por que me opus na ação que apresentei contra você ao teste dos tecidos em nós três, e se por acaso ainda me oponho à realização do exame. A resposta para a segunda pergunta é não. Só que, agora, na realidade isto é uma questão entre você e Boaz. Se isto é mesmo importante para você, tente convencê-lo a fazer o teste. Mas antes disso vá achá-lo. Vá você mesmo, não mande em seu lugar Zakheim e os detetives dele.

Estou gastando verbo à toa. Você se esconde em sua toca e não sai.

A resposta à primeira pergunta é que, há sete anos, eu realmente queria muito receber de você pensão alimentícia e também uma parte dos bens, mas pagando o preço de entregar Boaz em suas mãos. Fico admirada como você, com sua inteligência internacional, não percebeu isso naquela época.

Na realidade, não me espanto.

A razão por que me opus ao teste dos tecidos foi que o meu advogado explicou que, no caso de o exame provar que você era o pai, e depois que você me obrigou a confessar adultério, o Tribunal Rabínico ou qualquer Tribunal daria a custódia do menino a você. Eu estava convencida que você nos odiava tanto que não hesitaria em tirar Boaz de mim e deixar um pouco de dinheiro no lugar dele. E Boaz tinha só oito anos naquela época.

Este é todo o segredo, senhor.

A verdade simples é que eu não quis ganhar no julgamento e perder o menino. Eu esperava tirar também algum sustento de você, porque não tinha um centavo, mas não ao preço de desistir de Boaz. Esta é a razão por que usei meu direito de recusar o exame, que provaria que o seu filho é filho seu.

Na verdade, nós dois perdemos. Boaz pertence somente a si próprio, e talvez seja um estranho para si próprio também. Exatamente como você. Meu coração se confrange quando penso na trágica semelhança entre você e seu filho.

Se, naquele tempo, você tivesse me dado um décimo do dinheiro que começou a fazer chover sobre nós agora, eu poderia ter criado Boaz comigo. As coisas teriam sido menos ruins para nós dois. Mas esse foi exatamente o motivo que fez você tirar tudo de mim. Mesmo agora, você não nos daria nenhum centavo se não tivesse ficado mortalmente assustado com o que contei sobre a maneira como Michel está conquistando a afeição do garoto e como Boaz, à sua maneira vaga, aparentemente gosta de Michel. Aliás, não me importo que Michel continue a crer ingenuamente que de repente você começou a penitenciar-se e, segundo a linguagem dele, a corrigir os seus caminhos. Mas você não me engana, Alec: você nos deu o dinheiro não para corrigir, mas para destruir. Pobre Alec: foi em vão que você tentou fugir. Em vão você atuou como uma divindade distante, ocultando-se numa nuvem e tentando abrir um novo capítulo. Conseguiu ainda menos do que eu. Em vão nós dois nos calamos por sete anos. Você vestiu o manto preto? Cobriu a cabeça com o capuz? Continuemos. Estou pronta.

Mas me escreva toda a verdade sobre sua saúde. O salgueiro-chorão e o céu cinzento na janela do seu quarto de repente começaram a me perturbar.

Espere só mais um minuto, Alec. Afinal, isto é um jogo para dois. Agora é a minha vez de fazer uma pergunta: por que você aceitou a minha recusa? E por que na verdade você também se recusou a fazer o teste dos tecidos? Por que não lutou por Boaz tão duramente quanto lutou para me derrotar no julgamento? Por que você não lutou por ele para me aniquilar completamente? E por que justamente agora você lembrou de nos oferecer uma fortuna para realizar o exame? É a sua vez de não mentir. Espero uma resposta.

Ilana

*

Para Ilana Sommo
PARTICULAR
Aos cuidados do sr. Zakheim

Londres, 2/6/76

Porque não pude, não quis, levar Boaz comigo. Não sabia o que faria com ele. Se tivesse concordado com o exame, teriam entregado o menino para mim, por ordem do juiz. O que seria dele se crescesse comigo?

Essa é a resposta à sua pergunta.

O que está escrito no final da nossa sentença judicial? "E de agora em diante nada têm a exigir um do outro."

Enquanto isso Zakheim e os detetives conseguiram achar Boaz. Isto é, eu consegui, e não Sommo. Como diz o seu anjo da guarda? "Queira tomar nota disto." Descobriu-se que ele trabalha num desses barcos de turismo com o fundo de vidro, em Sharm al-Sheikh, e realmente ganha bastante bem. Instruí Zakheim por telefone para que o deixasse em paz. Confio que seu marido também terá juízo suficiente para não interferir. Talvez você possa sugerir a ele que registre Boaz como minha contribuição para a redenção dos territórios libertados, e que me mande um recibo selado.

Você deu a ele as minhas cartas para ler? Suponho que ele insiste no seu direito de lê-las antes de você, e talvez até de censurá-las aqui e ali. Por outro lado, é possível que, honradamente, ele evite espiar as cartas da esposa e esquadrinhe secretamente as suas gavetas. Uma terceira possibilidade — ele lê cada palavra furtivamente quando você está ausente, depois jura pela Torá que confia na mulher e que ela não tem, Deus o livre, quaisquer pensamentos pecaminosos e ele considera a correspondência dela sagrada. Uma quarta possibilidade é que você jura que ele não lê minhas cartas, mesmo que você as dê para ele ler. Ou que você me diga que as dá para ele ler, embora não faça isso. Traia-o comigo, a mim com ele, aos dois um com o outro, ou a ambos com o leiteiro. Com você, tudo é possível. Tudo, Ilana, menos uma coisa: deixar-me saber quem realmente você é. Eu daria tudo que tenho para saber. Mas tudo o que tenho é dinheiro, e o dinheiro, como você me escreveu, não ajudará. Xeque-mate.

Por falar em dinheiro, diga quanto mais você precisa. Você realmente quer que eu faça uma doação para redimir Hebron? Não me importa. Comprarei Hebron para ele. E depois comprarei Nablus para ele. Quando é o aniversário dele? Em troca, pedirei que você me revele qual é o segredo deste justo. Como conseguiu atrair e prender você? Tenho uma declaração oficial de dois investigadores particulares segundo a qual você jamais o traiu (se não levarmos em conta o cupom de fazer sexo que você me enviou ao preço de cem mil dólares, graças ao qual entramos para o livro *Guinness* como o preço mais alto jamais pago por uma trepada que nunca aconteceu). Aliás, na última (por enquanto) exigência de pagamento feita por ele, o seu pilha-a-presa-rapidamente insinua que fui eu que a "induzi ao pecado". Histórias desse tipo pelo visto são populares no ambiente de onde ele provém. Não é difícil imaginar o que foi que você contou a ele sobre nossa vida em comum. Histórias da Bela e da Fera.

O que é que você viu nele? O que é que Boaz vê nele?

"Um garoto amargo e selvagem", você me escreveu, a quem o ódio conferiu "uma força física espantosa". Lembro-me da maneira como ele dormia à noite: todo encolhido no cobertor pesado, cobrindo a cabeça loira como um filhote de animal acuado. Lembro do canteiro de balas no jardim. O cemitério de borboletas. O labirinto e o parque de diversões que montou para a tartaruga. Suas mãozinhas na direção do meu carro. As batalhas de tanque no tapete e o cachimbo que ele, uma vez, lavou com água e sabão. A fuga dele para o uádi depois de um de seus suicídios. E como voltei uma vez à noite e encontrei na mesa da cozinha um isqueiro verde que não era meu, e bati em você com os punhos e de repente ele apareceu de pijama de astronauta e me pediu baixinho que parasse, porque você era mais fraca. Quando eu disse a ele "volte para a cama" e continuei a bater em você, ele atirou em mim um pequeno cacto e me atingiu no rosto, eu larguei você e o agarrei loucamente e bati a cabeça loira dele muitas vezes na parede. O revólver estava no meu bolso, eu podia atirar em vocês dois naquela noite e depois meter uma bala em mim mesmo. Na verdade eu fiz mesmo isso, e desde então nós três temos sido um sonho.

Quero que você saiba que, todos esses anos, não se passou um mês sem que eu tivesse recebido de Zakheim e dos detetives um relatório sobre você e Boaz. Tudo o que fiquei sabendo, inclusive a violência dele, me agrada muito: essa árvore está crescendo longe das maçãs podres. Nós não o merecemos, nenhum de nós. Nenhum de nós merece nada, exceto uma bala na cabeça. Talvez apenas o seu demônio negro seja merecedor de algo: ser enterrado na Tumba dos Patriarcas no seu Hebron. E quanto mais cedo, melhor.

O que é que você viu nele, Ilana? O que é que Boaz vê nele?

Se você me der uma resposta convincente, você receberá o cheque prometido.

Sua repentina preocupação com minha saúde (ou a sua ansiedade pela herança) é, como sempre, tocante. Mas por favor não exagere: continuo firme. Apesar daquelas cirurgias. Mas sem o uísque e o cachimbo, de modo que do seu arsenal poético restaram apenas a caneta e os óculos, que eu realmente movo às vezes um ou dois centímetros para a esquerda ou para a direita, na escrivaninha. Exato como você descreveu em sua carta. Embora eu não estraçalhe objetos de vidro, nem atire coisas ao fogo. No lugar das suas neves e o copo vazio e a garrafa vazia, você pode usar o salgueiro-chorão da minha janela. O preto-e-branco está correto, desde que você o use com moderação e não no seu estilo costumeiro e exuberante.

Agora vou me servir de um tantinho de uísque, antes de tentar a receita que você recomendou, bater a cabeça no canto da mesa até que a dor pare.

Seu
Dragão

*

GUIDEON NICFOR LONDRES

BOAZ APARECEU AQUI PEDE VOCÊ CINCO MIL DÓLARES PARA COMPRAR UM BARCO DE VIDRO PARA INICIAR NEGÓCIO PRÓPRIO EM SHARM MAIS MIL PARA CONSTRUIR TELESCÓPIO PARA TURISTAS DEI RESPOSTA NEGATIVA PARA SEU CONHECIMENTO MANFRED

*

PESSOAL ZAKHEIM JERUSALÉM ISRAEL

DÊ A ELE IDIOTA ALEX

*

GUIDEON NICFOR LONDRES

AGORA ELE PEDE CINCO MIL PARA UM APARTAMENTO EM OFIRA AGÊNCIA ZAND DESCOBRIU ELE VIVE POSTO GASOLINA COM DUAS SUECAS UMA FRANCESA E UM BEDUÍNO NÃO DEI UM TOSTÃO VOCÊ NÃO TEM DINHEIRO AQUI NÃO CONSEGUI CONVERTER ALGUM BEM EM DINHEIRO VÁ A UM PSIQUIATRA MANFRED

*

PESSOAL ZAKHEIM JERUSALÉM ISRAEL

MANFRED FAÇA-ME UM FAVOR CONCEDA-ME UM EMPRÉSTIMO CONTRA PROPRIEDADE DE ZICHRON DÊ O QUE ELE PEDIU DIGA QUE É ÚLTIMA VEZ ALEX

*

GUIDEON NICFOR LONDRES

EMPRÉSTIMO RECUSADO MANFRED

*

PESSOAL ZAKHEIM JERUSALÉM ISRAEL

VOCÊ ESTÁ DESPEDIDO ALEX

*

GUIDEON NICFOR LONDRES

GRAÇAS A DEUS ESTOU DESPEDIDO PARA QUEM TRANSFERIR DOCUMENTOS ZAKHEIM

*

PESSOAL ZAKHEIM JERUSALÉM ISRAEL

DEMISSÃO NÃO ACEITA VOCÊ UMA BESTA ALEX

*

GUIDEON NICFOR LONDRES

CONTINUO COM CONDIÇÃO QUE SEJA INTERROMPIDA PARA SEMPRE AJUDA CAMADAS NECESSITADAS EM TODOS TERRITÓRIOS DE ISRAEL INCLUSIVE RESPOSTA NEGATIVA BARCOS APARTAMENTOS EM SHARM VOCÊ É DIMITRI KARAMAZOV OU REI LEAR MANFRED

*

PESSOAL ZAKHEIM JERUSALÉM ISRAEL

OK RASPUTIN ACALME-SE SUBMETO-ME POR ENQUANTO ALEX

*

Sr. M. H. Sommo
R. Tarnaz, 7
Jerusalém
REGISTRADA

7/6/1976

Prezado sr. Sommo,

Venho por meio desta adverti-lo que não continue a se dirigir ao meu cliente dr. A. A. Guideon, seja diretamente, seja por intermédio de sua esposa ou do filho de sua esposa com pedidos/exigências adicionais de pagamentos além do que o senhor já recebeu.

Permita-me chamar sua atenção para o fato de que o meu cliente me autorizou por telegrama a impor daqui por diante um veto absoluto a transferências de valores que forem extraídos dele no futuro sob pressão emocional ou outros meios. Em palavras simples, é bom que o senhor meta em sua cabeça que, se deseja mais alguma coisa, não há sentido em continuar a perturbar o dr. Guideon, seja sozinho ou por intermédio de seus parentes. Tente dirigir-se a mim e, se agir com sabedoria, encontrará um ouvido atento. Para seu próprio benefício, meu senhor, sugiro-lhe que leve em conta que temos em nosso poder todas as informações necessárias caso surjam dificuldades de sua parte no futuro.

Ao seu dispor sempre,
M. Zakheim
Advogado e Administrador de Negócios

*

Advogado M. Zakheim
Escritório Zakheim & di Modena
R. King George, 36
NESTA

Pela graça de D'us
Jerusalém, 13 de Sivan de 5736 (10/6/76)

Ilustre advogado sr. Zakheim, antes de mais nada, saudações pela Festa de Shavuot!

O Céu não permita que o senhor pense que tenho algum rancor ou reivindicação contra o senhor. Como consta em nossos escritos, "Guarde-me o Senhor de suspeitar dos justos ou de espalhar calúnias". Ao contrário, acho que o senhor cumpre sua função da melhor forma possível a serviço do professor Guideon. Igualmente, aprecio os esforços que o senhor fez por nós para a renovação do contato com Boaz, peço desculpas pela angústia que causamos, agradeço-lhe pela preocupação e expresso a minha fé que suas boas ações serão recompensadas.

Contudo, com todo o devido respeito, perdoe-me por me achar obrigado a observar, em resposta à sua carta, que o senhor é desqualificado para atuar como intermediário entre mim e a minha família e o professor Guideon. Isso pelo simples motivo que o senhor está totalmente identificado com o outro lado, e é a outra parte quem paga pelas suas preocupações. Então, conforme está escrito em nossas obras, "nem do seu ferrão nem do seu mel", sr. Zakheim. Se o professor Guideon se persuadir pela bondade do seu próprio coração a fazer um donativo para a construção do país, o senhor, com todo o respeito, não terá direito algum de impor veto — o senhor não pertence ao quadro, faça o favor de sair dele.

Por outro lado, se o senhor também decidir doar algo para nossa causa sagrada, sua contribuição será aceita com regozijo, sem que a examinemos acuradamente.

Além do mais, anotei sua clara alusão a respeito do material que afirma ter recolhido contra nós. Não fiquei impressionado, pelo simples motivo que não temos nada a ocultar. Como está escrito em nossos Livros, "Quem ascenderá à colina do Senhor? Quem se levantará no Lugar Santo? Aquele que tem mãos limpas e o coração puro não alçará a alma em vão" etc. Sua alusão envergonha apenas ao senhor, dr. Zakheim. E da minha parte, de acordo com o preceito "Não se vingará e não guardará rancor", decidi relevar isso como se nunca tivesse jamais existido.

Prezado dr. Zakheim, devo dizer que o senhor, como alguém que chegou talvez do Holocausto, deveria ser o primeiro a desejar fortalecer o Estado e a consolidar as suas fronteiras. Isso sem atingir, o Céu não o permita, a honra e a propriedade dos habitantes árabes. Desejo recomendar que o senhor seja aceito em nossa organização, o Movimento de Unificação Judaica (anexo um prospecto com detalhes completos). Além do mais, dr. Zakheim, pelas qualidades que o senhor demonstrou a serviço do professor Guideon, tenho a honra de oferecer-lhe a função de representante legal do Movimento, seja como voluntário ou mediante remuneração completa e conveniente.

Da mesma forma, solicito que aceite a função de administrador de bens particulares meus e dos membros da minha família, diante do fato de que, com a ajuda do Senhor e também, por outro lado, com a sua abençoada ajuda, já nos foi devolvida parte dos bens espoliados, e confio que também o restante virá.

Estarei pronto a pagar pelo seu trabalho a comissão usual e ainda um pouco mais. Podemos também trabalhar como sócios, dr. Zakheim, porque tenho idéia de investir muito dinheiro em nossa organização, com negócios ligados à redenção dos territórios libertados. Uma sociedade entre nós poderia trazer bons resultados a ambas as partes, além da bênção que advirá para o estado de Israel e o povo judeu. Como está escrito, "Caminharão dois juntos sem que se conheçam?". Minha proposta, portanto, é que o senhor passe para o nosso lado, sem abandonar seu cliente professor Guideon. Por favor, pense nisso seriamente. Não há urgência em responder, estamos acostumados a aguardar e não acreditamos na pressa.

É provável que o professor Guideon represente as conquistas do passado, mas o futuro, segundo a minha convicção, será nosso. Pense a respeito do futuro, dr. Zakheim!

Mui respeitosamente e com solidariedade judaica,

Michael (Michel-Henri) Sommo

*

Rahel Morag
Kibutz Beit Avraham
Correio Móvel, Galiléia Inferior

11/6/76

Querida e normal Rahel,

E apesar de tudo, devo a você algumas linhas. Não respondi antes porque estive metida até agora nos problemas de Boaz. Com certeza você agora está colocando a máscara da Rahel compreensiva e magnânima, e em tom de irmã mais velha dirá a si mesma que estive imersa não em Boaz mas, como sempre, em mim própria. Desde a nossa infância, você sempre foi a encarregada de me salvar das minhas idéias fixas. "Meus dramas", para usar a sua expressão. Comece a aplicar em mim um pouco daquele cozido psicológico prático que aprendeu no curso de cuidar-de-criancinhas. Até que eu saia do sério e berre: deixe-me em paz. Então você sorri tristemente para mim, reprime a ofensa, como de hábito, fica calada e deixa-me chegar por mim mesma à conclusão de que as minhas explosões apenas exemplificam aquilo que você percebeu com a sua sabedoria. Aquela sabedoria tolerante, pedante — que me enfureceu todos esses anos, até quase sufocar de raiva e explodir e ofender você, dando-lhe uma oportunidade extraordinária de perdoar, enquanto reforço sua constante ansiedade com a minha situação. Nós não nos arranjamos mal, não é? Veja você, na verdade pretendi apenas escrever algumas linhas para agradecer — a você e a Yoash — por sua disposição de largar tudo e vir a Jerusalém ajudar. E veja no que deu. Perdoe-me. Mesmo que não fossem os meus dramas, que ligação haveria entre nós? E onde você soltaria suas salvas de tiros de bondade estraçalhante?

Como você sabe, Boaz está bem. E eu estou tentando ficar calma. O advogado de Alec contratou alguns investigadores, que descobriram que ele está trabalhando num barco de turistas na costa do Sinai e não precisa de nós. Consegui convencer Michel a não vê-lo por enquanto. Veja só, aceitei sua sugestão de deixálo à vontade. Quanto à sua outra sugestão, esquecer Alec para sempre e recusar o dinheiro dele, não fique zangada se eu disser que você não entende nada. Dê lembranças e agradecimentos a Yoash e beijos para as crianças.

Sua insuportável Ilana

Lembranças de Michel a todos. Ele está começando a ampliar o apartamento com o dinheiro que recebemos de Alec. Já conseguiu licença para acrescentar dois quartos no pátio de trás. No próximo verão vocês poderão vir descansar aqui conosco, e eu me comportarei bem.

*

Da crítica na imprensa mundial a respeito do livro *A violência desesperada: um estudo comparativo do fanatismo*, de Alexander A. Guideon (1976).

"A obra monumental do pesquisador israelense verte uma nova luz — ou melhor, despeja uma pesada sombra — sobre a psicopatologia de várias fés e ideologias desde a Idade Média até os nossos dias [...]"

Times Literary Supplement, Londres

"Um livro obrigatório [...] uma análise fria como o gelo do fenômeno do fervor messiânico em suas vestimentas religiosas e seculares [...]"

New York Times

"Material fascinante de leitura [...] vital para a compreensão dos movimentos que abalaram e continuam a abalar o nosso século [...] O professor Guideon descreve o fenômeno da fé [...] de toda fé [...] não como uma fonte de moral, mas justamente o contrário [...]"

Frankfurter Allgemeine Zeitung

"O pesquisador israelense afirma que todos os reformadores do mundo, desde o início da história, na realidade venderam as suas almas ao demônio do fanatismo [...] O desejo oculto do fanático de ter uma morte de mártir no altar de suas idéias é, na opinião do autor, o que lhe possibilita sacrificar a vida de outros sem pestanejar, e por vezes as vidas de milhões [...] na alma do fanático estão fundidas a violência, a redenção e a morte em uma única massa [...] O professor Guideon baseia esta conclusão não em especulações psicológicas, mas na análise lingüística precisa do vocabulário característico a todos os fanáticos nas diversas eras e nos extremos diversos do espectro religioso e ideológico [...] temos diante de nós um daqueles livros raros que obrigam o leitor a analisar fundamentalmente a si próprio e a todas as suas concepções e a procurar em si próprio e em seu meio manifestações de doença latente [...]"

New Statesman, Londres

"Desvenda impiedosamente a verdadeira face do feudalismo e do capitalismo [...] Expõe com grande talento a Igreja, o fascismo, o nacionalismo, o sionismo, o racismo, o militarismo e a extrema direita [...]"

Literaturnaya Pravda, Moscou

"Durante a leitura, tem-se às vezes a sensação não de ler, mas de contemplar um quadro de Hieronymus Bosch [...]"

Die Zeit

*

Ao dr. A. Guideon
A/C Advogado Zakheim

Jerusalém 13/6/76

Caro monge,

Se você tivesse feito uma leve insinuação há sete anos, durante o julgamento, de que não se aproveitaria de minha confissão de adultério para tirar Boaz de mim, eu não teria motivos para me opor ao exame de paternidade, que de qualquer maneira era desnecessário. Quanto sofrimento teria sido poupado se você tivesse dito apenas duas palavras. Mas de que adianta perguntar a um vampiro como ele é capaz de beber sangue fresco?

Estou sendo injusta com você. Você desistiu de seu filho porque quis poupá-lo. Você até pretendeu doar um rim a ele. Pois agora você pode fazer uma fotocópia destas minhas cartas e mandar a Michel. Mas algo atrapalha o seu ódio. Algo se agita em você como uma brisa na grama seca, perturbando o silêncio glacial. Lembro de você com seus amigos durante uma noitada de sexta-feira à noite: suas longas pernas estendidas sobre a mesinha do café, seus olhos meio fechados, a pele áspera e morena dos seus braços, os dedos pensativos circundando lentamente algum objeto ausente. Exceto isso, como um fóssil imóvel. Como um lagarto espreitando um inseto. Seu copo balançava precariamente no braço da poltrona. A mistura de vozes na sala, os argumentos, as refutações, a fumaça dos cigarros — tudo isso parecia acontecer muito longe de você. Sua melhor camisa branca, engomada e bem passada. E seu rosto impassível em contemplação. Subitamente, como uma víbora, você se lançava para a frente, para dentro da conversa: "Só um momento. Desculpem. Não entendi alguma coisa". O tumulto da discussão arrefecia imediatamente. E você em uma frase ou duas ceifava o debate, cortava as posições a partir de um ângulo perspicaz, inesperado, demolia o ponto de partida e concluía com "Desculpem. Continuem". Depois voltava ao encosto da poltrona, à postura distante. Indiferente ao silêncio que havia gerado. Deixando que outro formulasse em seu nome a conclusão que podia talvez ser inferida da questão que você tinha colocado. Lentamente, timidamente, a discussão voltava a esquentar. Sem você. Você já estava totalmente imerso num solene estudo dos cubos de gelo no copo. Até o próximo corte. O que foi que deformou a sua cabeça e fez você confundir compaixão com fraqueza, suavidade e sensibilidade com vergonha, amor com um sinal de afeminação do homem? Quem desterrou você para as estepes de neve? Quem corrompeu um homem como você para aniquilar a mancha da compaixão pelo filho e a vergonha de sua saudade pela esposa? Que horror, Alec. E o crime é a sua própria punição. Seus sofrimentos monstruosos são como uma tempestade de trovões por trás das montanhas ao amanhecer. Eu abraço você.

Enquanto isso, a edição hebraica do seu livro é o assunto do momento. Sua foto olha para mim das páginas de todos os jornais, uma foto de pelo menos dez anos atrás. Mostra seu rosto magro e concentrado, com seu rigor militar estendido pelos lábios, como se prestes a dar ordem de atirar. Por acaso é uma foto feita quando você deixou o Exército e voltou à universidade para terminar o doutorado? Ao olhar para ela, um brilho glacial cintila à minha frente como se saído de uma nuvem cinza. Como uma faísca aprisionada num iceberg.

Dez anos atrás. Ainda antes que você acabasse de construir o palacete que parece uma fortaleza no bairro de Yefe Nof, com a fortuna que Zakheim conseguiu liberar de seu pai, que já estava desaparecendo na distância, em direção às estepes da sua melancolia, como um velho índio retirando-se para os campos de caça eternos.

Morávamos ainda no velho apartamento em AbuTor, com o pátio pedregoso cheio de pinheiros. E lembro especialmente dos fins-de-semana chuvosos do inverno. Ficávamos na cama até as dez, moídos e exaustos da crueldade das nossas noites, quase tolerando um ao outro, como dois boxeadores entre dois *rounds*. Quase nos apoiando um no outro, bêbados dos socos. Quando emergíamos do quarto para a sala, encontrávamos Boaz já acordado. Tinha se vestido há duas horas (com a camisa abotoada errada e meias diferentes uma da outra), sentado com seriedade científica em sua mesa, o abajur aceso diante dele, seu cachimbo na boca, desenhando numa folha após a outra painéis de instrumentos de naves espaciais. Ou um avião caindo em chamas. Às vezes cortava para você uma pilha de cartõezinhos retangulares espantosamente exatos, a contribuição dele para seu doutorado. Ou às tropas de artilharia. Isso foi antes de ter começado o período de aviões de balsa.

Lá fora caía uma chuva melancólica, insistente. O vento açoitava as copas dos pinheiros e as persianas de ferro enferrujadas. Através da água escorrendo pela janela via-se o pátio como desenhado com pincel japonês: agulhas trêmulas na neblina em cujas pontas prendiam-se gotas de água. Ao longe, entre blocos de nuvens, flutuavam torres e minaretes como se também eles se juntassem à caravana rolando com os trovões para leste, em direção ao deserto.

Quando eu ia até a cozinha preparar o café, descobria que Boaz já tinha posto a mesa para três. Com olhos avermelhados você e eu evitávamos olhar um para o outro. Às vezes eu fixava os olhos em você como se o estivesse hipnotizando, apenas para que você não pudesse olhar para mim. E o menino, como um assistente social, agia como um intermediário entre nós, pedindo que eu servisse mais café a você, que você me passasse o queijo.

Depois do café-da-manhã eu costumava pôr o vestido de lã azul, me penteava, maquiava, e sentava na poltrona com um livro. Mas o livro quase sempre permanecia virado e aberto sobre os meus joelhos; eu não podia tirar os olhos de você e do seu filho. Vocês ficavam sentados juntos à escrivaninha, cortando, classificando e colando fotos do seu *Geographical Magazine*. Vocês trabalhavam em silêncio quase completo, o menino adivinhava rapidamente os seus desejos, passando no momento certo a tesoura, a cola, o canivete, antes que você tivesse tempo de pedir. Como se realizassem juntos algum cerimonial. E tudo numa profunda seriedade. Excluindo o zumbido do aquecedor a querosene não se ouvia nenhum ruído na casa. Às vezes, sem perceber, você colocava sua mão grande nos cabelos claros do menino, sujava-o um pouco com cola. Como era diferente o silêncio masculino entre vocês do silêncio desesperado que descia entre nós no momento em que o último espasmo de desejo nos abandonava. Como eu tremia ao ver o toque dos seus dedos na cabeça dele, em contraste com a raiva noturna proporcionada por eles apenas algumas horas antes. Quando foi que vimos a morte vencedora no xeque-mate no filme *O sétimo selo*? Onde estão os desertos gelados que deram a você as forças perversas para repudiar esta criança? De onde você tira o poder gelado que obriga seus dedos a escrever as palavras "o seu filho"?

No final daqueles sábados, com o encerramento do shabat no crepúsculo entre uma chuva e outra, antes que puséssemos Boaz para dormir, você erguia-se repentinamente, raivosamente servia-se rápido de conhaque, tragava-o de um só gole sem fazer careta, dava dois tapas violentos nas costas do seu filho, como se fosse em um cavalo, enrolava-se selvagemente em seu casaco e gritava para mim da porta: "Voltarei terça à noite. Tente evacuar a zona antes disso, se puder". Então saía, fechando a porta numa espécie de autocontrole desesperado. Pela janela eu via suas costas desaparecendo na escuridão que descia. Você não esqueceu aquele inverno. Em você ele continuou e continuou, ficando cada vez mais cinza, cobrindo-se de musgo, afundando no chão como uma velha lápide.

Se puder, tente acreditar em mim quando digo que Michel não lê suas cartas. Mesmo quando contei a ele que estávamos nos correspondendo por intermédio de Zakheim. Não se preocupe. Ou talvez eu devesse escrever: "Não tenha esperança"?

Apesar da sua negação, continuo a vê-lo sentado numa janela diante dos campos de neve, planícies brilhantes sem árvore, colina ou pássaro estendendo-se até afundar em blocos de neblina cinzenta, tudo como numa xilogravura. Tudo no coração do inverno.

Enquanto isso, aqui, o verão chegou. As noites são curtas e frescas. Os dias ardentes ofuscam como aço derretido. Da janela do meu quarto vejo os três operários árabes que Michel trouxe cavando os buracos dos alicerces para a obra que ele está construindo com seu dinheiro. O próprio Michel trabalha com estes operários todos os dias, quando volta da escola. Ele foi outrora operário de construção no primeiro ano em que chegou a Israel. A cada duas horas ele leva café e troca com eles ditados e piadas. O sobrinho do cunhado dele, funcionário da prefeitura de Jerusalém, nos forneceu logo a licença de construção. O primo de sua amiga Janine prometeu fazer a instalação elétrica e cobrar apenas o material.

Do outro lado da cerca há duas figueiras e uma oliveira. Atrás delas começam as encostas íngremes do uádi. Do outro lado do uádi, pode-se ver o bairro árabe, meio subúrbio meio aldeia, um grupo de casinhas de pedra amontoadas em torno de um minarete. Antes da alvorada os galos cantam insistentes para mim, como se tentassem me seduzir. Ao amanhecer cabras berram, e por vezes consigo ouvir o som dos sinos do rebanho saindo para pastar na borda do deserto. Um batalhão completo de cães irrompe por vezes em latidos que a distância atenua. Como cinzas de paixões antigas. À noite os latidos transformam-se em gemidos estrangulados. O almuadem responde com o próprio lamento, gutural, desenfreado, consumido por saudades obscuras. É verão em Jerusalém, Alec. O verão chegou e você não veio.

Mas Boaz apareceu anteontem. Como se não tivesse acontecido nada. E ele estava quase divertido: "Olá, Michel. Ilana. Vim devorar a Yifat. Mas antes disso, menininha, coma estes bombons para que você fique mais saborosa". Um viking beduíno queimado de sol, cheirando a mar e poeira, o cabelo claro como ouro lustrado caindo até os ombros. Quando passa pela porta, tem que abaixar a cabeça. Com Michel ele se dirige falando muito inclinado, como numa reverência, como se executasse consciente e deliberadamente um cerimonial de respeito. Mas com Yifat, ele se abaixou e ficou de quatro, e ela, uma macaquinha morena, subiu pelas pernas dele até tocar o teto. E babou no cabelo dele a gosma de bombons que ele havia dado a ela.

Boaz trouxe consigo uma garota esquelética, calada, nem bonita nem feia. Uma estudante francesa de matemática, mais velha que ele pelo menos quatro anos. Michel, depois de investigar o passado dela e descobrir que provém de uma família judaica, acalmou-se e sugeriu que passassem a noite conosco e dormissem no tapete em frente à televisão. Para maior segurança deixou acesa a luz do banheiro e a porta totalmente aberta entre eles e nós, como para deixar claro "que aqui na minha casa Boaz não fará bobagens".

O que é que traz Boaz aqui? Parece que ele dirigiu-se a Zakheim e pediu uma soma de dinheiro para fins que você sabe. Por alguma razão Zakheim decidiu contar a ele sobre os cem mil que você deu a Michel, mas recusou-se a dar a Boaz até mesmo alguns trocados. Pelo visto, alguma espécie de trama que não consigo decifrar está se armando dentro da cabeça demoníaca raspada, e foi por isso que ele sugeriu a Boaz que procurasse Michel "e exigisse seus direitos".

Será que você também faz parte dessa conspiração? Será que foi você quem a inventou? Ou será que é apenas por idiotice minha que nunca consigo perceber o seu próximo golpe, mesmo quando já está para me atingir? Certamente Zakheim é apenas uma marionete de opereta, atrás da qual você às vezes escolhe ocultar o seu punho sinistro.

Boaz veio sugerir a Michel nada menos do que fazer uma sociedade com ele em um negócio de barcos turísticos no mar Vermelho. Foi por isso que veio a Jerusalém. Ele precisa, segundo suas palavras, de um investimento inicial, que está certo de recuperar em poucos meses. Enquanto falava, desmontou uma caixa de fósforos e fez para Yifat uma espécie de camelo com pés de galinha. Este garoto é você: enfeitiçada, observei os dedos que desperdiçam incontáveis rios de força apenas para evitar quebrar um fósforo. Esse desperdício estonteante encheu-me momentaneamente de inveja física da estranha garota francesa dele.

Ao ouvir a sugestão de sociedade, Michel ergueu-se e, como de hábito, fez a coisa correta e adequada no momento mais conveniente. Ou seja, subiu de repente no vão da janela, abriu a caixa da persiana, desmontou-a e tirou o parafuso para liberar a persiana que tinha ficado presa. Depois continuou de pé no peitoril, de modo que podia falar com o seu filho de *haut en bas*, como se estivesse na ponte de comando de um navio. Sem raiva, mas também sem nenhum floreio de suavidade, Michel disse a Boaz que não havia nada sobre o que falar, nem sobre empréstimos ou investimentos, e mesmo que Boaz fosse "todo sabedoria como o rei Salomão em sua época, apesar disso a família Sommo não financiaria nem o harém nem os barcos de Tarsis". E lançou a Boaz o versículo "com suor do seu rosto você comerá o seu pão".

Logo depois desceu de sua plataforma de lançamento, foi até a cozinha e preparou para Boaz e a moça hambúrgueres com batata frita e uma salada. À noite novamente pediu para o filho dos vizinhos cuidar de Yifat e levou a ambos e a mim ao cinema e depois para um sorvete. Só quando voltamos para casa, quase à meia-noite, Boaz juntou coragem suficiente para perguntar a Michel de quem era "aquele dinheiro dos Estados Unidos". Michel, que simbolicamente não descera por um momento do seu pedestal, respondeu tranqüilo: "Este dinheiro é da sua mãe e da sua irmã e seu em três partes iguais. Mas por enquanto você e Yifat ainda são menores aos olhos da lei, e também naturalmente aos meus olhos. Por enquanto a mãe de vocês é a responsável pelos dois e eu sou responsável por ela, então vá dizer ao sr. Zakheim que não encha a sua cabeça. Você, Boaz, mesmo se ficar mais alto que a Torre Eiffel, para mim continuará pequeno. Se quer estudar, isso é outra história: basta dizer e o dinheiro é seu. Mas desperdiçar dinheiro que não foi você que ganhou com peixes, turistas e garotas? Isso eu não financio, mesmo se fosse para libertar o Sinai. Este dinheiro é para fazer de você um ser humano. E se por acaso você está com vontade de jogar um caixote contra mim, vá em frente, Boaz, há um debaixo da cama de Yifat".

Boaz ouviu e ficou calado, distendeu nos lábios o sorriso pensativo e sua beleza régia, trágica, encheu a sala como um aroma. Não parou de sorrir nem quando Michel passou para o francês e meteu-se numa longa conversa com a garota estudante. Eu fiquei fascinada com o modo pelo qual meu marido e o seu filho, do fundo da vergonha e da humilhação, gostam em silêncio um do outro. Cuide-se, meu senhor: suas vítimas são capazes de juntar-se contra você. Sinto prazer com sua inveja, que certamente neste momento faz você apertar os lábios como um fio metálico. Diminuir em três ou quatro centímetros o espaço entre os óculos de leitura e a caneta sobre a sua escrivaninha. Mas não toque novamente no uísque: sua doença está fora das regras do jogo.

Esta manhã alguns amigos de Michel, russos e americanos, vieram de caminhão e levaram Michel e Boaz e a amiga dele para um passeio em Belém. Agora estou sozinha aqui, escrevendo em páginas arrancadas de um caderno. Yifat está na creche. Ela se parece com Michel, mas com uma espécie de exagero engraçado, como se a tivessem moldado especialmente para fazer uma paródia dele: é magrinha, cabelo crespo, um tanto estrábica, obediente, mesmo sendo capaz às vezes de acessos de raiva. Mas a maior parte do tempo ela irradia um afeto tímido, que ela confere indiscriminadamente a objetos, animais e pessoas, como se o mundo esperasse receber dela apenas graça e justiça. Quase desde o dia em que ela nasceu Michel costuma chamá-la de "Mademoiselle Sommo". Ele pronuncia "mamzel", e ela responde inocentemente chamando-o de *mamzer*, bastardo.

Você sabia, Alec, que Michel decidiu largar no fim do ano o

trabalho de professor de francês? Deixar a escola e parar também com as aulas particulares? Ele tem uns sonhos a respeito de negócios de terras nos territórios, e uma carreira política seguindo os passos do irmão, que admira muito. Não que conte muita coisa para mim, mas seu dinheiro mudou a vida dele. Não foi isso que você teve em mente, mas às vezes até mesmo um dragão produz um resultado nobre, fertiliza um terreno que algum dia dará frutos.

Às onze horas devo ir ao Café Savyon, entregar esta carta a Zakheim num encontro secreto. Como você instruiu. Mesmo que Michel saiba. E Zakheim? Ele está emocionado. Ele vem a estes encontros orgulhoso, elegante e venenoso, usando um paletó esportivo com um lenço de seda boêmio no pescoço, o crânio tártaro escanhoado brilhando perfumado, as unhas bem cuidadas, com tufos de pelos pretos brotando do nariz e das orelhas. Pouco a pouco, conseguiu quebrar minha resistência e me obrigou a aceitar um café com bolo. E então ele começa a me fazer elogios no estilo das operetas, piadinhas de duplo sentido, às vezes toca-me acidentalmente, e rapidamente desculpa-se com olhos velados. No último encontro, avançou até a etapa das flores. Não um buquê completo, claro, mas um cravo solitário. Fui obrigada a sorrir e a cheirar a flor, que tinha o perfume de Zakheim. Como se tivesse sido mergulhada nele.

Você pergunta o que foi que vi em Michel. E tenho que admitir: menti novamente. Me arrependo da história que contei sobre Michel, o amante virtuose. Por enquanto, você pode se acalmar. Michel é correto na cama e está tentando melhorar. Até achei um livreto em francês que ele escondeu de mim na caixa de ferramentas. Sinto muito se com isso roubei de você um dos seus meios de mortificação. Logo você receberá outros, até mais fortes. Michel e eu nos encontramos cerca de um ano após o divórcio. Ele costumava vir toda noite à livraria onde eu trabalhava e me esperava, folheando revistas até a hora de fechar. Depois me levava a restaurantes baratos, ao cinema, a grupos de debates públicos. Depois do filme às vezes andávamos quilômetros e quilômetros pelas ruas noturnas vazias no sul de Jerusalém —

ele nunca ousou me convidar para subir a seu quarto. Talvez tivesse vergonha por morar num canto da lavanderia no telhado da casa de um dos seus parentes. Ele me descrevia timidamente suas concepções e projetos. Você pode imaginar um desejo respeitoso e envergonhado? Nem para andar de braço dado ele tinha coragem suficiente.

Esperei pacientemente quase três meses, até que me aborreci com os olhares de cão faminto mas bem treinado que me lançava. Uma vez segurei a cabeça dele e o beijei numa rua estreita. Começamos a nos beijar de vez em quando. Mas ele continuava com medo do meu encontro com a família dele, e da minha reação à sua religiosidade. Eu gostava da timidez dele. Tentei não apressá-lo. Depois de muitos meses, quando o frio do inverno transformou os nossos passeios num martírio, levei-o ao meu quarto, tirei suas roupas como se fosse uma criança e fechei seus braços ao meu redor. Passou-se quase uma hora até ele relaxar um pouco. Depois ainda lutei bastante até que ele mostrasse algum sinal de vida. Percebi que o pouco que ele sabia tinha aprendido quando jovem, em Paris, de moças tão assustadas como ele. E talvez, apesar das negativas, em algum bordel barato. Quando dei um pequeno suspiro, ele ficou aterrorizado e começou a balbuciar: *pardon*. Vestiu-se, colocou-se solenemente de joelhos e, desesperado, pediu a minha mão.

Depois do casamento fiquei grávida. Outro ano passou após o nascimento da menina, até que consegui ensiná-lo a esperar por mim. Como livrar-se daquele comportamento de ladrão de bicicleta quando fazia amor. Quando finalmente conseguiu arrancar de mim pela primeira vez esse som que você me provoca até pelo correio, Michel parecia o primeiro astronauta na lua: seu orgulho modesto e estático fez estremecer de amor meu coração. No dia seguinte, num transporte de entusiasmo, Michel não foi ao trabalho mas pediu emprestadas ao irmão mil libras para me comprar um conjunto de verão. E também me comprou um pequeno liquidificador elétrico. E à noite, em minha homenagem, fez um régio jantar com quatro pratos e uma garrafa de vinho. Não parou de me agradar com pequenos presentes tímidos. Desde então, tem melhorado lentamente e às vezes consegue um som límpido.

Relaxou, Alec? O sorriso do vampiro apareceu como uma fenda entre seus lábios? As presas brancas brilham à luz do fogo bruxuleante? A malícia cinzenta escorre por trás do olhar frio? Espere. Ainda não acabamos. Você nunca chegou e nunca chegará aos pés de Michel. O respeito silencioso, Alec, o ardor da gratidão tímida que seu espírito confere ao meu corpo antes e depois do amor, o brilho sonhador que se espalha à noite pelo seu rosto: como um humilde violinista de restaurante a quem foi permitido tocar num Stradivarius. Toda noite, como se fosse a primeira vez em sua vida, seus dedos exploram meu corpo como se surpresos por um fôlego que não cessa. E quando, à luz do abajur, ele se levanta para me arrancar a camisola, seus olhos míopes dizem num silêncio fervoroso que meus favores são maiores e mais sublimes do que ele merece. Uma luz oscilante, espiritual, como uma oração, o ilumina por dentro.

Mas o que pode entender um dragão escamoso como você, um dragão blindado com uma película óssea, sobre graça, fraternidade e suavidade? Você nunca teve nada e nunca terá nada além dos porões de seus suplícios. Pelos quais a minha carne anseia. Seu inferno tropical. As florestas úmidas borbulhando quentes de podridão, iluminadas fracamente por uma luz filtrada pela folhagem, onde a chuva oleosa ergue-se da terra que anseia por um seio fértil devasso, tropeça nas copas densas e volta e é arrastada, morna, das copas até a lama e às raízes podres. Afinal, não fui eu que levantei e fugi. Foi você quem pôs tudo a perder. Eu estava, e ainda estou, disposta a continuar. Por que você se divorciou de mim? Por que você me jogou no coração das trevas, me deixou e fugiu? E continua escondendo-se de mim no seu quarto preto-e-branco. Você não voltará. Está paralisado de medo. Macho exausto, débil, escondido e trêmulo na sua toca. Será que o dragão está tão roto e indolente? Um vampiro empalhado? Escreva-me e diga onde você está. Escreva-me o que é que você faz. E a verdade sobre sua saúde.

Salgueiro-chorão

*

Ao Advogado
M. Zakheim
Escritório Zakheim & di Modena
R. King George, 36
Jerusalém
PESSOAL — APENAS AO DESTINATÁRIO

Tel Aviv, 18/6/1976

Prezado sr. Zakheim,

Conforme sua solicitação telefônica do início da semana, voei até Sharm al-Sheikh e investiguei o caso. Meu assistente, Albert Maimon, também conseguiu descobrir onde o rapaz se encontrava até dois dias atrás. Segue-se o relatório:

Na noite entre 10 e 11 de junho foi roubado do ancoradouro civil de Ofira o barco de turismo no qual B. B. vinha trabalhando ultimamente. Naquela mesma noite, às duas da madrugada, o barco foi encontrado abandonado não longe de Ras Muhamad, depois que contrabandistas beduínos o utilizaram aparentemente para transporte de drogas (haxixe) da margem egípcia. A patrulha que descobriu o barco encontrou os rastros dos contrabandistas. Às cinco da madrugada (no amanhecer do dia 11 de junho) foi preso um rapaz beduíno, chamado Hamed Mutani. Ele morava no posto de gasolina junto com B. B., mais três moças estrangeiras. O beduíno opôs resistência à prisão (ele nega isso) e tenho base para crer que foi surrado no local pelos guardas e soldados (eles negam isso). B. B. envolveu-se no incidente, e com a ajuda de um pneu preso a uma corda criou confusão e feriu nove soldados e cinco policiais de Ofira, antes que conseguissem finalmente dominá-lo. Foi preso por perturbar a execução de uma prisão legal. A versão de B. B., conforme depoimento registrado na polícia, é que foram os policiais que usaram de violência contra seu amigo beduíno, que agiu junto com B. B. em "autodefesa". O beduíno mencionado foi liberado após algumas horas, depois que os investigadores ficaram convencidos de que não tinha nenhuma ligação com o roubo do barco ou o contrabando.

Menos de um dia depois, na noite entre 11 e 12 de junho, B. B. conseguiu derrubar o muro pré-construído do posto policial e fugir. O oficial responsável pelo local tem certeza que o jovem ainda está vagando pelo deserto e talvez tenha encontrado abrigo entre os beduínos. Nessa direção, a polícia de Ofira continuou a procurá-lo. Como foi mencionado, o investigador Albert Maimon de nossa agência (que já lhes entregou em outra ocasião um relatório breve sobre B. B.) voltou-se para uma direção totalmente diferente (M. H. S.) e realmente obteve bons resultados num curto espaço de tempo. O jovem B. B. esteve até dois dias atrás num apartamento alugado em Kiriyat Arba, perto de Hebron, onde moram cinco rapazes solteiros e religiosos originários da Rússia e dos Estados Unidos. Esses jovens estão ligados a uma pequena organização de direita que se autodenomina Irmandade de Israel. Como o senhor sabe, M. H. S. também está ligado a essa entidade.

De acordo com nosso dever legal, comunicamos a descoberta à polícia. Mas o rapaz desapareceu mais uma vez. Estas são as informações que possuímos. (Em anexo: fatura.) Por favor informe-nos prontamente se deseja que continuemos a trabalhar no caso.

Shlomo Zand

Zand Investigações Particulares Ltda., Tel Aviv

*

A. GUIDEON HILTON AMSTERDAM

POR ACASO VOCÊ AINDA ESTÁ INTERESSADO VENDA PROPRIEDADE ZICHRON TENHO CLIENTE CONDIÇÕES EXTRAORDINÁRIAS SUGIRO APRESSAR-SE ESPERO INSTRUÇÕES MANFRED

*

PESSOAL ZAKHEIM JERUSALÉM ISRAEL

NEGATIVO ALEX

*

GUIDEON GRANDHOTEL ESTOCOLMO

TENTEI TELEFONAR TRATA-SE OFERTA ÚNICA TELEFONE IMEDIATAMENTE PARA DETALHES NÃO FAZ MUITO VOCÊ PRESSIONOU PARA QUE EU VENDESSE O QUE HÁ COM VOCÊ MANFRED

*

PESSOAL ZAKHEIM JERUSALÉM ISRAEL

EU DISSE NEGATIVO ALEX

*

GUIDEON NICFOR LONDRES

BOAZ NOVAMENTE PROBLEMAS POLÍCIA ATRÁS DELE POSSÍVEL VOCÊ PRECISE LOGO DINHEIRO VIVO COMPRADOR DISPOSTO A DAR IMEDIATAMENTE NOVECENTOS EM GUILHERME TELL EM SUA CONTA MONTANHA MÁGICA PENSE BEM MANFRED

*

PESSOAL ZAKHEIM JERUSALÉM ISRAEL

DÊ BOAZ MEU ENDEREÇO PARA QUE SE DIRIJA DIRETAMENTE A MIM PARE ME ABORRECER ALEX

*

GUIDEON NICFOR LONDRES

O DIABO SABE ONDE BOAZ ESTÁ SOBRE PROPRIEDADE DE ZICHRON PARE MUDAR OPINIÃO DUAS VEZES AO DIA PARA NÃO ACABAR COMO SEU PAI MANFRED

*

PESSOAL ZAKHEIM JERUSALÉM ISRAEL
DÊ UM TEMPO ALEX

*

SOMMO TARNAZ 7 JERUSALÉM ISRAEL

INFORME IMEDIATAMENTE O QUE HÁ COM BOAZ SE MINHA AJUDA É NECESSÁRIA MANDEM TELEGRAMA PARA ENDEREÇO NICFOR LONDRES ALEXANDER GUIDEON

*

DOUTOR GUIDEON A/C NICFOR LONDRES

AGORA TUDO ESTÁ EM ORDEM ENCERRAMOS TAMBÉM FICHA NOVA POLÍCIA DEPOIS BOAZ COMPROMETEU-SE ESTUDAR E TRABALHAR EM KIRIYAT ARBA NÃO PRECISAMOS FAVORES O QUE HÁ COM A SUA CONTRIBUIÇÃO? MICHAEL SOMMO

*

Para Ilana, PARTICULAR
Para ser entregue pelo Advogado
Sr. Zakheim

Chicago, 28/6/76

Salgueiro-chorão,

Voltei para cá esta manhã no final do meu semestre em Londres e depois de algumas palestras na Holanda e na Suécia. Justamente antes de partir recebi sua longa carta que o caro velho Zakheim enviou. A carta com umidades e florestas. Li no avião, mais ou menos sobrevoando Terra Nova. Por que me divorciei de você? Esta é a sua pergunta desta vez. Logo trataremos disso.

Enquanto isso ouço que Boaz ataca de novo. E que Sommo

novamente o salva. Estou começando a gostar desse arranjo fixo. Meu único receio é a conta, que certamente me será apresentada brevemente, com juros e correção.

Por acaso Boaz está deixando crescer aqueles cachos tradicionais dos religiosos? Vai viver entre os fanáticos na Margem Ocidental? Sommo o obrigou a escolher entre se assentar nos territórios e um reformatório para jovens delinqüentes? Ótimo. Se conheço Boaz, brevemente os colonizadores amaldiçoarão Sommo pelo dia em que concordaram em receber o nosso quebrador-de-cabeças.

Minha resposta à sua pergunta é: não, não irei vê-la a não ser talvez em sonhos. Se você me implorasse para ficar longe de você, para ter piedade e não me aproximar da sua nova vida pura com o modesto violinista de restaurantes tocando seu Stradivarius, é possível que eu fosse correndo. Mas você está implorando, Ilana. O cheiro denso do seu desejo, o cheiro de figos colhidos há muito tempo, chega até aqui. Ainda que eu não negue estar admirado de seus esforços para evitar o hábito de escrever uma carta sem mentiras. É bom que você esteja se esforçando. Podemos continuar assim por enquanto.

Devo-lhe uma resposta para sua pergunta simples e astuta: por que me divorciei de você há sete anos e meio?

Muito bem, Ilana. Dez pontos por colocar a pergunta. Eu teria colocado isto nos jornais, até na televisão: "Rahab volta à carga — dormiu com três divisões e agora espanta-se por ter recebido o divórcio. Alega: tudo que eu sempre quis é que tudo acabasse bem".

Estou fugindo do assunto. Tentarei encontrar uma resposta para você. O triste é que meu ódio começa a sair de mim. Meu ódio está começando a ficar fino e cinzento, justamente como o meu cabelo. E além do meu ódio, o que é que me restou? Só o dinheiro. Que também está sendo aos poucos drenado de minhas veias para o tanque de Sommo. Não interfira na minha morte, Ilana. Durante sete anos eu me diluí tranqüilamente na neblina, e de repente você cai sobre mim para destruir também a minha morte. Você atacou sem aviso, com forças frescas, enquanto meus velhos tanques estão calados, sem combustível nem munição. Talvez estejam começando a enferrujar.

E no meio desse assalto você ousa me escrever que existem graça e suavidade e compaixão. A assassina começa a entoar salmos para elevar a alma de sua vítima?

Talvez você tenha prestado atenção na epígrafe do Novo Testamento que escolhi para colocar em meu livro. Peguei-a diretamente de Jesus, que disse em um dos seus momentos inspirados: "Todos os que vivem pela espada, pela espada morrerão". O que em absoluto não impede esse delicado-fanático de erguer a voz em outro capítulo e berrar: "Não pensem que vim trazer paz para a Terra; não vim trazer paz, mas a espada". E a espada também o devorou.

O que é que você fará com a sua espada depois de derrubar o dragão? Você a doará ao Gush Emunim, a bainha a Mazkeret Guideon e a lâmina a Tel Alexander, para que os dois assentamentos sejam construídos com minhas doações?

Pois certamente a espada que você arrancou do meu punho se derreterá, definhará e se desfará entre seus dedos. A lança se transformará em medusa. E em reserva estratégica, fresca, e pronta para a batalha, abastecida com ódio mortal e armada até os dentes com minha maldade ártica. Boaz Guideon está esperando por você. Seu movimento de pinça, sua trama para juntar Boaz a Sommo e me encurralar acabará mal para você. Boaz devorará Sommo e você ficará sem saída, frente a frente com o meu garoto destruidor, capaz de matar mil homens com a queixada de um burro.

Pergunto a mim mesmo por que não segui seu bom conselho, por que não me apressei a jogar fora a sua primeira carta, como um escorpião vivo, direto para o fogo, logo depois de ter lido a primeira linha. Agora não me restou sequer o direito de indignar-me: você, com sua grandeza de alma, empenhou-se em indicar antecipadamente o caminho para evitar a armadilha que montou para mim. Em nenhum momento você temeu que eu escapasse da rede. Você reconheceu o inseto que enlouquece com o cheiro da fêmea no cio. Eu não tinha chance. Você é mais forte que eu, da mesma forma que o sol é mais forte que a neve. Você já ouviu falar de plantas carnívoras? São plantas femininas, que sabem expelir a fragrância sexual a quilômetros de distância, e o pobre inseto é arrastado para dentro da mandíbula que se fechará em torno dele. Acabou, Ilana. Xeque-mate. Como depois de um desastre de avião, sentamos e analisamos, por correspondência, o conteúdo da caixa-preta. E daqui em diante, como está escrito em nossa sentença judicial, não temos mais nada um com o outro.

Mas o que é que a sua vitória lhe dará?

Há milhares de anos certo homem em Éfeso olhou para o fogo ardendo diante dele e proclamou: "A vitória dela será a sua destruição". O que é que você fará com a espada depois que me apagar? O que fará de si própria? Você se extinguirá bem depressa, Madame Sommo. Envelhecerá. Engordará muito. Seu cabelo dourado ficará sem brilho. Você precisará tingi-lo de loiro oxigenado abominável. Ou passará a usar um turbante. Você será obrigada a mergulhar em desodorantes os cheiros de seu corpo em decomposição. Seus seios se encherão de gordura e o seu peito estonteante, como acontece com as matronas polonesas, crescerá até o queixo. O queixo, por sua vez, se estenderá até quase encontrar o peito. Os mamilos embranquecerão e entumescerão, como cadáveres de afogados. Suas pernas incharão. Uma rede de veias varicosas se estenderá da coxa até o calcanhar. Com rangidos, precisará conter em espartilhos as cascatas de sua carne. Seu traseiro começará a parecer animal. Sua vulva murchará e federá. Até um soldado virgem ou um jovem retardado fugirá de suas tentações como quem foge dos avanços selvagens de uma fêmea de hipopótamo no cio. Seu ativista obediente, o pequeno Monsieur Pardon, se arrastará atrás de você espantado como um cãozinho atrás de uma vaca, até tropeçar em alguma estudantezinha esperta que, sem esforço, o atrairá e o libertará, ofegante e agradecido, da montanha que pesa sobre ele. Assim se acabará o último capítulo desse seu carnaval. Um amante que não conhece nem o riso nem a leviandade está chegando cada vez mais perto de você. Talvez, em sua homenagem, envolva-se no manto preto e no capuz que você pediu.

Parei de escrever a você e fui até minha janela alta (no vigésimo sétimo andar de um edifício executivo junto ao lago em Chicago, feito de vidro e aço, parecendo um pouco um foguete balístico). Durante meia hora fiquei na janela procurando uma resposta verdadeira e letal ao seu pedido: mate em três movimentos.

Tente visualizar este homem, se conseguir — mais magro do que você se recorda e com muito menos cabelo, calças de veludo cotelê azul e uma malha vermelha *de cashmere*. Mesmo que basicamente, como você diz, ele esteja em preto-e-branco. Parado à janela, a testa colada ao vidro. Os olhos nos quais você localiza "uma maldade glacial" examinam o mundo exterior onde a luz está apagando. As mãos nos bolsos. Cerradas. De tempos em tempos, ele dá de ombros e resmunga à moda inglesa. Uma espécie de frio perpassa seus ossos. Ele estremece, tira as mãos dos bolsos e abraça os ombros. É o abraço daqueles que não têm ninguém. E mesmo assim, certo elemento animal confere à sua postura silenciosa junto à janela algumas características de tensão interior — como se estivesse totalmente alerta para voltar-se como um raio e antecipar-se aos atacantes.

Mas não há nenhum motivo para tensão. O mundo está avermelhado e estranho. Um vento forte sopra do lago e joga blocos de neblina nas silhuetas dos altos edifícios. A luz do crepúsculo derrama-se sobre as nuvens, a água, as torres próximas, numa qualidade alquímica. Um matiz transparente de violeta. Opaco, e ainda assim transparente. Não há um único sinal de vida de sua janela. Exceto os milhões de flocos de espuma que correm pela superfície do lago, como se a água se revoltasse e tentasse transformar-se em outra substância. Ardósia, por exemplo. Ou granito. De vez em quando o vento sopra mais forte e os vidros batem como se fossem dentes. A morte parece agora a ele não como uma ameaça pairando, mas como algo que há muito começou a acontecer. E há um estranho pássaro que foi arrastado para a janela com um espasmo das asas, descrevendo círculos e curvas, como se tentasse desenhar no espaço alguma inscrição: quem sabe procura a fórmula da resposta para você? Até que se aproxima com rapidez do vidro e quase se choca com ele, finalmente compreendendo que não é em absoluto um pássaro mas apenas um pedaço de jornal preso nas garras do vento. Por que nos separamos, Ilana? O que aconteceu comigo para que me levantasse e apagasse subitamente os fornos do nosso inferno? Por que nos traí? Uma noite vazia está caindo violentamente sobre Chicago. Raios de ferro incandescente irrompem de horizonte a horizonte, como bombas luminosas, e comboios de trovões começam a rolar na distância, como se meus tanques de guerra me perseguissem do Sinai até aqui. Já ocorreu a você perguntar-se como um monstro enlutado se comporta? Os ombros arqueiam-se num ritmo rápido, compulsivo, a cabeça estende-se com força para a frente e para baixo. Como um cachorro tossindo. O ventre é tomado por contrações freqüentes e a respiração transforma-se num ronco rouco. Uma espécie de contração de parto masculina. O monstro asfixia-se de raiva pelo fato de ser um monstro e se contorce num espasmo monstruoso. Não tenho resposta, Ilana. Meu ódio está morrendo e a minha sabedoria também expira com ele.

Quando voltei à mesa para continuar a escrever para você, houve um corte de energia elétrica. Imagine: Estados Unidos — e um corte de luz! Depois de um instante de escuridão acendeu-se a luz de emergência: um neon pálido, esquelético, parecendo a luz da lua sobre as colinas de arenito no deserto. Os momentos mais eletrizantes da minha vida foram passados no deserto, de arma em punho, massacrando tudo o que havia pelo caminho, despedaçando com o fogo do meu canhão tudo o que mostrava sinais de vida, erguendo colunas de fogo e fumaça, levantando nuvens de pó, sacudindo o mundo inteiro com o rugido de trinta motores, inalando como droga intoxicante o cheiro de borracha chamuscada, o fedor da carne carbonizada e metal ardente, deixando atrás de mim um rastro de destruição e cápsulas de bombas vazias, e à noite, inclinado sobre um mapa, maquinando estratagemas à luz da lua morta que espalha a sua prata sobre as colinas de arenito mortas. Certamente eu poderia responder a você com uma rajada de fogo de metralhadoras:

poderia dizer, por exemplo, que me desfiz de você porque você tinha começado a apodrecer. Porque seus atos, como os dos macacos e bodes, começaram a se repetir. Porque me cansei. Perdi o interesse.

Mas concordamos em dispensar as mentiras. Afinal, todos estes anos só consegui dormir com você. Na verdade, toda a minha vida, porque era virgem quando encontrei você. Quando levo para a cama alguma admiradora, uma aluna, secretária, entrevistadora, você aparece e se mete entre nós. E se alguma vez você deixou de aparecer, minha companheira de cama foi obrigada a se arranjar sozinha. Ou a se contentar com uma noitada de filosofia. Se eu sou um gênio, Ilana, você é a minha garrafa. Nunca consegui escapar.

Nem você, Lady Sommo. Pois se você é um gênio, eu sou a *sua* garrafa.

Li em Bernanos que a infelicidade é uma espécie de bênção. Sobre esse catolicismo melado, respondi em meu livro que toda a felicidade é basicamente uma banal invenção católica. A felicidade, escrevi, é *kitsch*. Não há nada em comum entre ela e a *eudaimonia* dos gregos. E no judaísmo não existe nenhum conceito de felicidade, nem sequer uma palavra correspondente na Bíblia. Excluindo, talvez, a satisfação pela aprovação, uma retribuição positiva do Céu ou do próximo: "Bem-aventurados os íntegros", por exemplo. O judaísmo reconhece apenas a alegria. Como no versículo "Rejubile-se, jovem, com a sua juventude". Alegria efêmera, como o fogo de Heráclito, o enigmático, cuja vitória é a sua destruição, uma alegria que contém dentro de si o seu oposto, que na verdade a condiciona.

O que restou de toda nossa alegria, sua e minha, Ilana? Talvez apenas a alegria da desgraça dos outros. Os tições do fim da fogueira. E aqui estamos, soprando através da outra metade do planeta, na esperança de atiçar por um momento uma língua de fogo de malícia. Que insensato desperdício, Ilana. Desisto. Estou pronto para assinar um termo de capitulação aqui e agora.

E o que é que você fará comigo? É evidente. Não há outro jeito. A própria natureza estabelece que o macho derrotado será escravizado. Será castrado e feito servo. Encolherá até o tamanho de Sommo. E assim você terá dois de nós: um se ajoelhará e adoçará as suas noites com sua paixão religiosa, o outro financiará essas núpcias espirituais. O que é que eu devo escrever no próximo cheque?

Comprarei para ambos o que quiserem. Ramala? Bab Ala? Bagdá? Meu ódio está morrendo e em seu lugar estou sendo dominado pela generosidade impetuosa de meu pai. No fim dos seus dias, ele quis deixar a fortuna para construir moradias para poetas tuberculosos no topo dos montes Tabor e Guilboa. Usarei meu dinheiro para armar os dois lados da batalha que explodirá um dia entre Boaz e Sommo.

E agora vou lhe contar uma história. Um esboço para um romance barato. Uma abertura para uma *tragedia dell'arte*. O ano é 1959. Um jovem major da ativa traz sua amada para um encontro com o pai todo-poderoso. A moça tem um rosto eslavo, sensual à moda sonhadora, mas não exatamente bonito no sentido comum. Há algo de falso na sua expressão de criança espantada. Aos quatro anos os pais a trouxeram de Lodz. Ambos já morreram. Exceto a irmã no kibutz, ela não tem nenhum parente no mundo. Desde que deu baixa no Exército, ela trabalha como editora num semanário popular. Espera publicar algumas poesias.

Nesta manhã ela está visivelmente preocupada: o que ouviu sobre o pai não prenuncia boas coisas. A personalidade e o passado dela certamente não serão do gosto dele, e ela já ouviu histórias assustadoras sobre as explosões de raiva dele. Ela vê o encontro com o pai como uma espécie de entrevista decisiva. Após alguma hesitação, ela escolhe vestir uma blusa branca lisa e uma saia florida primaveril, talvez para ressaltar aquele efeito de criança espantada. Até o seu hussardo, magnífico em seu uniforme engomado, parece um pouco tenso.

E no portão do pátio da propriedade entre Binyamina e Zichron, caminhando num vaivém na senda de cascalho, com um charuto grosso preso como um revólver entre os dedos, aguarda-os Volodia Gudonski, o grande negociante de terras e importador de ferro. O czar Vladimir, o Terrível. Sobre o qual se conta entre outras coisas que ainda quando era um pioneiro encarregado da guarda de pedreiras, no ano de 1929, matou sozinho três assaltantes árabes com uma grande marreta. E também que foi amante de duas princesas egípcias. E a respeito dele se diz que depois que entrou nos negócios de importação e que enriqueceu devido aos negócios com o Exército britânico, aconteceu que o alto comissário o chamou uma vez afetuosamente em alguma recepção de *clever Jew*, e o czar, na hora, com seu vozeirão o desafiou para uma luta no meio da festa, e quando o comissário recusou o convite, chamou-o de *british chicken*.

O hussardo e sua eleita foram recebidos com suco de romãs com gelo e conduzidos a um longo passeio pela fazenda, cujas plantações estavam a cargo de trabalhadores circassianos da Galiléia. Havia um tanque ornamental, com fonte e peixes dourados, um canteiro de rosas com raras espécies trazidas do Japão e Burma. Zeev-Biniyamin Gudonski fala sem parar, faz uma preleção com entusiasmo pictórico, cortejando num exagero divertido a namorada do filho. Colhe e oferece a ela cada flor sobre a qual os seus olhos pousam. Abraça os ombros dela em gestos amplos. Apalpa de brincadeira os ossos de seus ombros finos. Atribui-lhe títulos honoríficos de potranca de raça. Sua profunda voz russa derrete-se com a elegância dos tornozelos dela. E subitamente ele exige com um berro que ela mostre os joelhos.

Enquanto isso, o Príncipe Herdeiro foi totalmente privado do direito de falar durante todo o tempo da visita. Não lhe era permitido soltar um pio sequer. A alternativa, portanto, foi sorrir como um idiota e ocasionalmente acender o charuto que se apagava na boca do pai. Mesmo agora, em Chicago, quando ele escreve para você as memórias daquele dia, dezessete anos depois, sente repentinamente que aquele sorriso de idiota volta e se espalha por seu rosto outra vez. E um antigo fantasma emerge e sopra as cinzas do seu ódio até você, porque você foi tão hábil em colaborar com o jogo do tirano. Você até concordou, numa explosão de riso ginasial, em mostrar os joelhos a ele. Um rubor encantador coloriu o seu rosto. Enquanto eu empalideci como um morto.

A seguir, o jovem casal foi convidado a comer na sala de jantar, cujas janelas francesas mostram o mar Mediterrâneo do alto da escarpa de Zichron. Empregados árabes cristãos com fraques pretos servem arenque com vodca e um *consommé*, carnes, peixes, frutas, queijos, sorvetes. E uma caravana de copos de chá fervente sai direto de dentro do samovar. Qualquer desculpa ou recusa provocam rugidos de raiva titânica.

Ao anoitecer, na biblioteca, o Czar ainda empenha-se em sufocar qualquer frase que o príncipe censurado tenta falar: o pai está ocupado até as orelhas com a *krassavitsa*, e não deve ser incomodado. Ela é convidada a tocar piano. Solicitada a recitar um poema. É examinada em literatura, política e história da arte. Um disco de valsa é colocado no gramofone e ela é obrigada a dançar com o gigante embriagado, que pisa nos pés dela. A tudo isso ela atende com ligeireza, bem-humorada, como alguém que tenta agradar uma criança. Depois o velho começa a contar piadas fortes, do tipo mais picante. O rosto dela fica vermelho, mas não nega a ele o riso que rola. À uma da madrugada o ditador cala-se finalmente, segura entre os dois dedos marrons a ponta do bigode denso, fecha os olhos e cai dormindo na poltrona.

O casal troca olhares e gestos e concorda em deixar um bilhete de despedida e partir: não planejaram passar a noite lá. Mas quando estão saindo na ponta dos pés, o Czar salta do seu lugar, beija a beldade nas duas faces e depois, longamente, também na boca. Dá um tapa desconcertante na nuca do filho único. Às duas e meia da madrugada telefona para Jerusalém, acorda um Zakheim aturdido de um doce sonho conspirador, bombardeia-o com instruções para adquirir um apartamento para o jovem casal na manhã seguinte, em Jerusalém, e convida "todo mundo e sua esposa" para o casamento, que será realizado daqui a "noventa dias a contar de ontem".

E nós somente tínhamos ido vê-lo para que a conhecesse. Não discutimos a questão do casamento. Ou então você falou nisso, e eu hesitei.

Para o nosso casamento, que realmente se realizou após três meses, ele esqueceu de vir: nesse meio-tempo, encontrara uma nova amante e viajara com ela para uma lua-de-mel nos fiordes noruegueses. Como fazia regularmente com suas novas amantes, pelo menos duas vezes por ano.

Certa manhã brilhante, pouco depois do nosso casamento, quando eu estava retido por manobras da minha unidade em Neguev, ele apareceu em Jerusalém e começou a explicar delicadamente a você, como que covardemente, que o filho dele — para sua grande mágoa — era apenas "uma alma burocrática", enquanto vocês dois eram como "um casal de águias aprisionadas". Por isso, de joelhos, ele suplicava que você consentisse em passar com ele "apenas uma noite mágica". E jurou por tudo o que lhe era caro e sagrado que não tocaria em você com um dedinho sequer — ele não era um vilão — mas apenas ouviria você tocando e lendo suas poesias, depois passearia com você pelas montanhas em torno da cidade, concluindo com a vista do "nascer do sol metafísico" do topo da torre da ACM. Quando você recusou, começou a chamá-la de "biscatezinha polonesa" que astuciosamente dominara seu filho, e foi embora. (Naquelas noites, você e eu já tínhamos começado a nos excitar com os jogos do terceiro na cama. Ainda não tínhamos saído do terreno da imaginação. Será que o Czar era o primeiro terceiro homem das suas fantasias? A primeira mentira que você me disse?)

Quando Boaz nasceu, por algum motivo Volodia Gudonski estava no norte de Portugal. Mas empenhou-se em enviar um cheque para alguma duvidosa companhia italiana, que nos expediu um documento oficial testemunhando que em algum lugar do Himalaia há um pico distante que, de hoje em diante, seria registrado nos mapas como "Pico Boaz Guideon". Verifique se este papel ainda existe. Talvez o seu messias possa fundar ali uma colônia. Em 1963, quando Boaz tinha dois ou três anos, Volodia Gudonski decidiu tornar-se um recluso. Espalhou seu exército de amantes por todos os cantos do globo, torturou Zakheim como um cita, e recusou-se a nos receber, mesmo para uma entrevista breve — nos considerava degenerados. (Teria ele percebido algo do alto do seu trono? Teria alguma suspeita?) Ele fechou-se entre as cercas de sua fazenda, contratou dois guardas armados, e dedicou seus dias e noites ao estudo da língua persa. E, depois, a livros de astrologia e ao Método do Doutor Feldenkreis. Os médicos enviados por Zakheim foram expulsos como cachorros. Um dia, ele levantou-se e despediu com um gesto todos os trabalhadores. Desde então, pouco a pouco o bosque transformou-se numa selva. Um dia ele levantou-se e despediu também os empregados da casa e os guardas, deixando somente um velho armênio para jogar bilhar com ele no porão da casa abandonada. Papai e o armênio dormiam em camas dobráveis na cozinha, e viviam de conservas e cerveja. A porta entre a cozinha e o resto da casa foi fechada com uma viga diagonal e pregos. Os galhos das árvores do jardim começaram a crescer para dentro dos quartos de cima, através das janelas quebradas. Nos quartos do térreo brotavam plantas e arbustos. Ratazanas, cobras e pássaros noturnos aninharam-se nos corredores. As trepadeiras subiam pelos dois lances de escadas, alcançavam o segundo andar, ramificavam-se pelos quartos, penetravam no teto derrubando algumas telhas, continuavam seu caminho em direção ao sol outra vez. Raízes ávidas irrompiam entre as lajotas decoradas do chão. Dezenas ou centenas de pombas confiscaram para si a casa. Mas Volodia Gudonski conversava em persa fluente com o seu armênio. Ele também descobriu o ponto fraco do Método Feldenkreis e queimou o livro.

Um dia arriscamos a nossa alma, desafiamos a sua maldição bíblica e fomos nós três visitá-lo. Para nossa grande surpresa, ele nos recebeu alegremente, até com carinho. Grandes lágrimas rolavam pela sua nova barba, uma barba tolstoiana que cobriu seu rosto brejneviano. Dirigiu-se a mim em russo, com uma expressão que significa "enjeitado". Usava a mesma expressão para falar com Boaz. Cada dez minutos ele arrastava Boaz para o porão, e depois de cada uma dessas excursões metia na mão do menino uma moeda de ouro da época do domínio turco. A você ele chamava "Nhússia", "Nhússia Maya", como minha mãe que morreu quando eu tinha cinco anos. Lamentou sua pneumonia e culpou os médicos e a si mesmo. Finalmente esbravejou com você com suas últimas forças, dizendo que você se transformara num cadáver deliberadamente, apenas para atormentá-lo, e por isso deixaria sua "fortuna" para a construção de uma casa para poetas famintos.

Realmente, ele começou a espalhar a sua fortuna em todas as direções: multidões de impostores o cercavam, pedindo donativos para o fundo de judaização da Galiléia ou para tornar azul o mar Vermelho. Mais ou menos como começou a acontecer comigo nos últimos tempos. Zakheim trabalhava com paciência, discreto, para transferir os bens para o meu nome. Mas o velho juntou forças e começou a lutar contra nós. Por duas vezes despediu Zakheim (e eu o contratei). Contratou uma bateria de advogados. Trouxe da Itália três professores duvidosos, que assinaram um atestado de sanidade para ele. Durante quase dois anos os bens foram sendo minados. Até que Zakheim conseguiu fazer valer contra ele uma ordem de observação e depois também de internação. Então ele mudou novamente sua argumentação e escreveu e assinou em nosso favor um testamento detalhado, junto com uma carta curta, melancólica, na qual nos perdoava e pedia o nosso perdão e me prevenia contra você e a você contra mim, e nos implorava que tivéssemos pena do menino, assinando com as palavras "ajoelho-me respeitoso diante da profundidade dos seus sofrimentos".

Desde o ano de 1966 ele vive num aposento particular no sanatório do monte Carmelo. Olha silencioso para o mar. Estive duas vezes com ele, e não me reconheceu. É verdade, como Zakheim me conta, que você continua a visitá-lo às vezes? Para quê?

Foi com o dinheiro dele que construímos o palacete do bairro de Yefe Nof. Mesmo que o castelo abandonado entre Binyamina e Zichron continue registrado em meu nome. Zakheim diz que o seu valor chegou ao máximo, e suplica que me apresse em vendê-lo, antes que saia de moda. Que tal eu legar tudo para a drenagem dos pântanos do Hule? Ou para pintar de branco o mar Negro? Para resgatar cães abandonados? Na verdade, por que não para Boaz? Para Sommo? Para os dois? Compensarei o seu Sommo por tudo: pela sua cor, sua altura, sua humilhação. Darei a ele um dote tardio. Não tenho nada para fazer com meus bens. Ou com o tempo que ainda me resta.

Ou talvez não legue nada para ninguém, ainda. Ao contrário, voltarei para lá. Vou morar na cozinha desmoronada, tirarei a viga da porta que liga a cozinha às demais partes da casa e começarei lentamente a restaurá-la. Consertarei a fonte quebrada. Colocarei peixes dourados no tanque. Eu poderia também restaurar a mim mesmo. Que tal nós dois fugirmos para lá? Vivermos como um casal de pioneiros na moradia em destroços? Em sua homenagem usarei um manto negro e cobrirei com um capuz minha cabeça.

Apenas me escreva, e deixe-me saber o que você quer.

Fiquei devendo uma resposta a você: por que pedi o divórcio? Entre os papéis da minha escrivaninha, há um bilhete no qual anotei que a palavra *ritual* provém do latim *ritus*, que significa algo como "a situação correta". Ou talvez: "hábito fixo". Quanto à palavra *fanatismo*, é possível que a origem seja *fanum*, que significa "templo" ou "local de oração". E o que é *humildade*? Humildade vem de *humilus*, que pelo visto provém de *humus*, "terra". Por acaso há humildade na terra? Aparentemente qualquer um pode fazer o que quiser dela. Cavar, revirar, plantar. Mas no fim ela engole todos os que a dominam. E fica lá, num silêncio eterno.

Você tem o útero — você tem a vantagem. Esta é a resposta à sua pergunta. Nunca tive uma oportunidade, e foi por isso que fugi de você. Até que o seu longo braço me alcançou no meu esconderijo. Sua vitória é uma brincadeira de criança. A vinte mil quilômetros de distância você conseguiu acertar direto num tanque abandonado e vazio.

Dez para a meia-noite. A tempestade amainou um pouco, mas ainda não voltou a luz. Talvez eu telefone para Annabel, minha secretária, e a acorde. Ordenarei que prepare um *scotch* e faça uma ceia leve. Avisarei que estou a caminho. Ela é divorciada, tem mais ou menos trinta anos, amarga, pequenina, de óculos, tremendamente eficiente, sempre vestida com jeans e malhas grosseiras. Fuma sem parar. Vou chamar um táxi e em meia hora estarei tocando a campainha da casa dela. No momento em que ela abrir a porta, vou surpreendê-la com um abraço e amassarei os lábios dela com os meus. Antes que consiga recompor-se, pedirei sua mão e exigirei uma resposta imediata. Meu nome famoso, mais a fria aura masculina, mais a fragrância dos campos de batalha que emana de mim, mais meus bens, menos amor, mais o tumor que foi removido do meu rim, em troca do consentimento aturdido dela em portar o meu sobrenome e cuidar de mim se a doença agravar-se. Comprarei para ela uma doce casinha num desses deliciosos subúrbios, com a condição de que junto conosco more também um gigante mentalmente perturbado de dezesseis anos, que terá permissão de convidar garotas sem obrigação de deixar uma luz no banheiro e portas abertas. A passagem será enviada a ele em Hebron, amanhã de manhã. Zakheim se encarregará do resto.

Em vão, Ilana. Meu ódio se desprende de mim como uma pintura antiga. À luz de neon do quarto, com o brilho dos relâmpagos caindo sobre a água do lago na escuridão, não consigo derreter o frio dos meus ossos. Na verdade, isto é extremamente simples: com a interrupção da luz, também o aquecimento parou de funcionar. Eu levantei e vesti um paletó. Mas não melhorou nada. Meu ódio está saindo dos meus dedos como a espada das mãos de Golias depois que a pedra o acertou. Esta é a espada que você desembainhará para me matar. Mas você não tem do que se vangloriar: matou um dragão moribundo. Talvez seja um crédito a seu favor, livrar-me da minha miséria.

Agora ouve-se uma sirene dentro da escuridão. Porque a escuridão é absoluta lá fora, a não ser por um fino traço de tom violeta radioativo na linha do horizonte. Uma sirene na escuridão conforme as palavras de Jesus, “um lamento e um ranger de dentes”. Teria sido um barco? Ou um trem chegando das estepes? Difícil saber, porque também o vento sopra num frenesi de tom único e agudo. E a falta de luz continua. Meus olhos doem por escrever nesta luz mortiça. Tenho aqui no escritório uma cama, um armário e um pequeno banheiro. Mas a cama estreita, entre dois arquivos de metal, subitamente me amedronta. Como se houvesse nela um cadáver. Certamente são apenas as roupas que despejei apressado da mala quando voltei de Londres esta manhã.

Outra vez a sirene. Agora, mais perto. Portanto não é um barco nem um trem, mas um veículo de emergência. Ambulância? Carro de polícia? Houve um crime em uma das ruas próximas. Alguém está com problemas. Ou começou um incêndio — uma casa incendiou-se e ameaça levar consigo os vizinhos e todo o quarteirão? Um homem decidiu que basta e pulou do telhado de um arranha-céu? Alguém que viveu pela espada morreu pela espada?

A luz de emergência lança sua palidez sobre mim. É uma luz fantasmagórica de mercúrio, como a das salas de operações. Antigamente, eu gostava de você e tinha uma imagem na cabeça: eu e você numa noite de verão, sentados na varanda da nossa casa diante das colinas de Jerusalém, o menino brincando com alguns tijolos. Taças de sorvete sobre a mesa. E um jornal que não estamos lendo. Você borda uma toalha e eu construo uma cegonha com uma pinha e palitos. Era essa a imagem. Não fomos capazes. E agora é tarde.

Seu vampiro

*

(Nota entregue em mãos)

Caro sr. Zakheim, este bilhete será entregue no final do nosso encontro hoje no Café Savion. Não continuarei a me encontrar com o senhor. Meu ex-marido descobrirá outra maneira de enviar as suas cartas. Não sei por que ele não se serve do correio, como eu farei a partir de agora. Estou escrevendo este bilhete apenas porque seria difícil dizer diretamente que não o suporto. Toda vez que fui obrigada a apertar a sua mão me senti como se segurasse um sapo. "O negócio" feio que o senhor me sugeriu por alusões, referente à herança de Alex, ultrapassou as medidas. Talvez o fato de que, no passado, o senhor tenha sido testemunha de minha desgraça confundiu-o completamente. O senhor não entendeu a minha desgraça, e até hoje não entende nada. Meu ex-marido, meu marido atual, e talvez também meu filho, sabemos e entendemos o que aconteceu. Mas não o senhor, sr. Zakheim. O senhor está por fora.

Ilana Sommo

Apesar de tudo, eu faria a sua vontade se o senhor encontrasse um meio de fazê-lo voltar para mim. Por causa da doença dele, isso é urgente.

*

Sr. Michael Sommo
Escola Oficial Religiosa Ohel Itschak
Jerusalém
ABSOLUTAMENTE PESSOAL:
APENAS AO DESTINATÁRIO

Jerusalém, 5/7/1976

Prezado senhor Sommo,

Tenho diante de mim sua carta de 13 de Sivan. Retardei a resposta a fim de estudar as suas propostas. Enquanto isso, conseguimos com esforços conjuntos fazer o nosso elefante passar pelo fundo da agulha. Não me ocorreria competir com o senhor no seu terreno, mas admiro-me que a minha memória tenha me traído com relação à cidade de Kiriyat Arba, que na Bíblia está de alguma forma ligada a gigantes. O senhor fez um belo trabalho com o nosso jovem herói. (Compreendo que a nova ficha dele foi fechada por intervenção de um fator interno.) Tiro o meu chapéu. Será possível fazer uso de seus poderes mágicos também em outros assuntos? Com talentos e contatos como esses, não é o senhor quem precisa contratar meus modestos serviços — como sugere em sua carta — mas talvez o contrário...

O que me leva diretamente ao tema de sua carta e à nossa conversa telefônica muito frutífera de ontem. Confesso sem me envergonhar que não tenho sentimentos especiais referentes aos territórios etc. É possível que tenderia, como o senhor, a simplesmente aceitá-los, se não fossem os árabes que vivem ali. Dispenso-os. Refleti portanto respeitosamente sobre o prospecto de sua organização, que fez a gentileza de anexar à sua carta. Seu projeto é pagar a cada árabe integralmente pelos seus bens e sua terra, mais uma passagem de ida por nossa conta. O aspecto que me parece problemático é, naturalmente, a multiplicação de, digamos, mil dólares por dois milhões de árabes, o que daria mais ou menos uns dois ou três bilhões de dólares. Para financiar esta migração, nós precisaríamos vender o Estado de Israel, e continuaríamos em dívida. Será mesmo necessário vender Israel para comprar os territórios? Em vez disso, talvez seja possível simplesmente fazer uma troca: nós subiremos às montanhas sagradas e geladas e eles ocuparão o nosso lugar na úmida planície costeira. Talvez concordem com isso de livre e espontânea vontade.

Com sua licença, devo deter-me por outro breve momento na idéia da troca das montanhas pela planície costeira. Lamentavelmente, verifiquei que o nosso querido dr. Guideon arrependeu-se da intenção de vender a propriedade em Zichron. Mesmo que talvez mude novamente de opinião, nos últimos tempos é difícil prever seu estado de espírito. O sr. N. de Paris necessitará portanto ter paciência. O senhor vê, meu amigo, o nariz comprido de Zakheim chega a toda parte: pela boca de pessoas encantadoras soube que o sr. N., que foi outrora seu companheiro no movimento jovem de Beitar, em Paris, e com o passar dos anos estabeleceu um império de roupas femininas, foi o espírito sagrado que, com a sua colaboração, criou o Movimento pela Unificação de Israel. Cá entre nós, sr. Sommo, conheço até o fato de que foi o ilustre sr. N. quem financiou a sua viagem semi-secreta a Paris no último outono. Além disso, sei também que o propósito de sua visita foi manter contato em nome de sua organização com certa pessoa numa ordem religiosa cristã, localizada em Toulouse, referente a terras situadas a oeste de Belém. E, novamente, foi o incansável sr. N. quem se empenhou em arranjar a renovação de sua cidadania francesa, proporcionando uma base legal para a transação em que o próprio sr. N., por motivos compreensíveis, preferiu não estar envolvido formalmente. O senhor vê, meu caro, esta transação também me fascina. Os proprietários de Toulouse não estão dispostos a vender a sua pequena terra de Deus na Terra Santa, mas aparentemente concordarão em trocar os campos de Belém por um grande prédio, com terreno conveniente em torno, num lugar central dentro da linha verde. Sem dúvida com propósitos missionários. Tudo isso parece perfeitamente lógico para mim. Quanto à prontidão do sr. N. em financiar este negócio, eu aceito como um fato. Até aqui, tudo bom e bonito. Poderíamos completar admiravelmente o triângulo Belém, Toulouse, Zichron, não fossem os voláteis estados de espírito de nosso amigo estudioso. Tentarei amaciá-lo com o melhor de minhas modestas habilidades, em benefício de todas as partes envolvidas.

Por enquanto, minha sugestão é a seguinte: por motivos éticos e ao mesmo tempo práticos, é melhor que eu não aceite cuidar de seus bens particulares ou representar sua organização. O que o livra de me pagar honorários. Por outro lado, ficarei feliz em aconselhá-lo gratuitamente em todas as questões que decidir contar com meus modestos talentos. (E, com sua licença, começarei sugerindo que mande fazer dois ou três ternos decentes: a partir de agora o senhor é um proprietário muito respeitável, que está talvez para se tornar ainda mais respeitável como conseqüência dos aspectos trágicos do episódio dr. Guideon. Isso, com a condição de que atente para os meus conselhos e aja com extremo cuidado.) Também sua posição pública envolve grandezas e segredos, sr. Sommo: é possível que se aproxime o dia em que se falará do senhor nas mais altas esferas.

Mas a questão da roupa, claro, é periférica. Minha maior esperança está depositada no encontro que arranjei para a segunda-feira entre o senhor e o meu genro, o industrial Zohar Etgar, de Herzlia. (Zohar é casado com minha única filha Dorit, e pai dos meus dois netos.) Não tenho dúvida, Michel — se me permite dirigir-me a você pelo nome —, que você encontrará um homem de coração jovem como o seu. Ultimamente ele tem planejado, como você, entrar nos negócios de terras. E aliás, Zohar, ainda mais do que eu, tende a apostar nas trocas de governo nos próximos dois anos. Depois dessa mudança, naturalmente, surgirão horizontes excitantes no Sinai, na Margem Ocidental e na Faixa de Gaza para pessoas que, como nós, enxergam longe. Estou certo que vocês dois, meu genro e você, trarão muitas vantagens um ao outro: sua fortuna e bons relacionamentos serão mais valiosos do que ouro após a mencionada mudança, e a energia de Zohar será direcionada para um canal promissor.

Quanto a mim, como já disse, continuarei a cuidar da questão pelo ângulo do dr. Guideon. Tenho razão para esperar que brevemente terei algumas boas novas para lhe contar sobre a propriedade em Zichron. Desde que nós tenhamos paciência e confiemos um no outro.

Concluindo, sou compelido a tocar num ponto um tanto delicado. Tocarei nele com extrema brevidade. Desenvolve-se uma intensa correspondência entre sua esposa e o ex-marido. Essa correspondência parece-me, no mínimo, intrigante: na minha modesta opinião, nada de positivo virá disso para nenhuma das partes. A doença do dr. Guideon é capaz de levá-lo a inesperados comportamentos. O testamento dele na forma atual é extremamente positivo para vocês (você compreenderá que não posso me estender sobre o assunto). O assunto abre novos caminhos para uma futura colaboração entre você e meu genro. Mas os renovados contatos com a senhora são capazes de pôr tudo a perder, sem falar noutras direções implícitas nessa relação, pouco compatíveis com o bom gosto do seu ponto de vista. Mulheres, meu caro Michel, na minha modesta opinião, são muito semelhantes a nós em diversos sentidos, porém em outros são assombrosamente diferentes. E estou me referindo aos sentidos nos quais a mais estúpida das mulheres é muito mais inteligente que o mais inteligente de nós. Em seu lugar, eu tomaria bastante cuidado. Despeço-me deste tópico embaraçoso com as palavras antigas, com as quais você acabou sua estimada carta: "*ao sábio basta uma palavra*".

Com saudações e esperança
Seu reconhecido
Manfred Zakheim

P.S.: Contrariamente à suposição expressa em sua carta, não tenho a honra de estar entre os sobreviventes do Holocausto. Minha família trouxe-me para este país em 1925, quando eu estava com dez anos. Isso não diminui minha apreciação pela sua perspicácia. M. Z.

*

Família Sommo
Tarnaz 7
Jerusalém

Ôi Michel e Ilana

Comigo tudo bem em Kiriyat Arba e não entrei em complicasões com ninguém. Mas você sabe Michel, que você não foi correto? Mesmo que eu respeito você e me lembro quantas coisas boas você me fez toda vez que entrei em encrencas mas este é justamente o poblema. Levanto a mão só quando eu tenho razão — não noventa e nove por cento certo mas cem por cento certo. E também então nem sempre levanto a mão, na maior parte das vezes eu dezisto. Assim foi da vez dos tapas em Tlamim quando eu estava certo e da vez com Avram Abudaham e da vez com os guardas em Sharm. Sempre eu estava certo e mesmo assim entrei em encrencas e você realmente me salvou mas por isso você estabeleseu para mim o que fazer na vida isto sim e não como se eu não tivesse razão e como se eu precisasse pagar a você sempre pelos pecados que eu nem fiz. Você não está certo Michel.

Você reaumente me salvou da instituição de delinqüentes juvenis mas só com a condição que eu concordace com Kiriyat Arba que ainda tem uma oficina de ópitica que é bom para mim mas o resto não está bom não. Os estudos de religião não me interessa e garotas a jente não vê. Só de longe. Os caras até fazem força para serem simpáticos (só alguns) e fazer favores, tudo muito legal, mas por que eu justo eu? Que é, sou carola? Não gosto como eles falam aqui sobre os árabes pelas costas (só alguns). Pode ser que o árabe realmente continua sendo árabe e daí? Também de você se pode dizer Michel continua sendo Michel e daí? Não é motivo para fazer pouco caso ou zombar. Sou contra zombar. E sou contra você tomar conta do dinheiro que pertence a mim e a Ilana o dinheiro dos Estados Unidos e você todo o tempo diz o que eu tenho que fazer da minha vida. Também para Ilana você diz mas isto é problema dela. Você pensa que é D'us Michel?

Agora certamente você vai me escrever uma carta como é que eu não tenho vergonha de morder a mão da qual comi mas não comi nada da sua mão, Michel. Todo o tempo eu trabalho e ganho dinheiro. O meu dinheiro está com você quer dizer que você é que come da minha mão! Peço-lhe o favor que você me dê dinheiro e uma permição da polícia para sair daqui e você quer saber para onde? a verdade é que eu ainda não sei. O que é que tem? É proibido circular um pouco antes que se decida onde viver? O que que foi, você não andou pela Argélia e França e Israel antes de decidir? Tem no envelope papel de alumíneo de bombons que juntei para Yifat cuidado para não amassar e diga a ela que eu mandei. Saudações Ilana não se preocupe por minha causa. Por favor diga a ele para me pagar do meu dinheiro e arranje para mim sair daqui para que não comecem de novo encrencas comigo batendo nas pessoas.

Obrigado
Boaz B.

*

Para Boaz Brandstetter A/C Schulvas
R. Banim Ligvulam, 10
Kiriyat Arba

Pela graça de D'us
Jerusalém
13 de Tamuz 5736 (17/7/76)

Caro Boaz, inteligente e rebelde!

Mais do que tudo estou contente com seus progressos no

trabalho no ramo óptico, você está ganhando o seu pão honradamente, participando da reconstrução do país, e até mesmo servindo como guarda voluntário duas vezes por semana. Tudo isso conta a seu favor. Muito bem. Mas como débito, meu coração sangra com seu relaxamento nos estudos. Somos o Povo do Livro, Boaz, e um judeu sem Torá é pior do que um animal do campo.

Sua carta estava abaixo de qualquer crítica a) do ponto de vista de escrita e estilo e b) do ponto de vista de conteúdo. Como um garoto retardado! A razão por que digo isso, Boaz, é precisamente porque gosto de você. De outra forma, eu já o teria deixado ir para o inferno e pronto. Pelo visto você está muito mais burro do que costumava ser, e de todas as encrencas só aprendeu como procurar mais encrencas. Como está escrito: "Se triturares um tolo num almofariz não tirarás dele a estupidez" (Provérbios 27:22). A sabedoria, Boaz, não caminha de acordo com o peso e o volume; de outra forma, Og, o gigante rei de Bashan, seria considerado o mais sábio dos homens.

Fiz muito por você, mais do que devia, e você sabe disso, mas se decidiu deixar Kiriyat Arba e ir fazer o que é mau para Deus, então veremos, vá em frente, quem o segura? O que foi, amarrei você com uma corrente? Faça o favor. Vá. Veremos aonde você chegará com a ortografia de um árabe e a agressividade de um gentio. Graças a D'us você já fez o seu bar-mitzvá, e não está mais sujeito à nossa autoridade. Então, por que não? Vá em frente, siga os passos do seu simpático pai e veja o que acontece. Só não venha depois pedir assistência e salvação ao Michel. Salvação ainda compreendo, mas você tem o descaramento de me pedir assistência? E já que tocamos nesse assunto, ou seja, o dinheiro que você mencionou sem sabedoria na carta, este dinheiro real e verdadeiramente pertence à sua mãe, a você e a Yifat em três partes iguais, e você, Boaz, deve receber sua parte integralmente quando estiver com vinte e um anos, nem um dia antes. Se o seu querido pai quisesse que você recebesse o dinheiro já, quem o impediria de dar o cheque diretamente a você? Então, pelo visto, apesar de tudo, ele sabe o que está fazendo, e concorda que eu seja responsável por você. E se isso não o agrada, por favor, sinta-se livre para dirigir-se a ele e apresentar uma queixa contra mim.

Em geral, Boaz, no que me diz respeito, faça o que quiser, pode até se transformar num árabe, se está do lado deles. Só me faça o favor de não tentar me ensinar o que é um árabe. Cresci entre eles e os conheço bem. Você talvez fique surpreso ao ouvir de mim que o árabe é basicamente muito positivo, tem muitas características nobres e na sua religião há algumas coisas bonitas tomadas diretamente do judaísmo. Mas o derramamento de sangue está profundamente arraigado na tradição deles. O que podemos fazer, Boaz? É como a Torá nos diz sobre Ismael: um selvagem, cuja mão levanta-se contra todos e a mão de todos levanta-se contra ele. No Corão deles está escrito: a fé de Maomé está na espada. Na nossa Torá está escrito: Sion será redimida pela justiça. Esta é toda a diferença. Agora escolha qual dos dois você prefere.

Pela última vez insisto que você tenha juízo e não cometa mais um erro atrás do outro. Na próxima terça-feira, à tarde, faremos uma festa de aniversário para sua irmã. Venha um dia antes, ajude um pouco sua mãe e faça a menina feliz. Ela ama você! Neste envelope incluo um vale postal de seiscentas libras. Você me pediu dinheiro, afinal. E não se preocupe, Boaz, não descontarei isso do seu testamento que guardo até que você cresça. Você encontrará igualmente no envelope o desenho de um cachorro feito por Yifat, só que saiu com seis patas.

Ouça-me, Boaz, vamos considerar a sua carta como se nunca tivesse sido escrita? Vamos esquecer que ela existiu. Sua mãe manda amor e eu assino, apesar de tudo, com amizade e afeto,

seu,

Michel

*

Ao Tenente-Coronel Prof. A. Guideon
Departamento de Ciências Políticas
Universidade de Illinois
Illinois, Chicago, EUA

Oi,

Quem lhe escreve é Boaz Brandstetter. Você sabe quem eu sou. Peguei seu endereço com minha mãe porque o sr. Zakeim não quis me dar e de Michel Sommo não quero mais favores. Nem de você. De modos que vou direto ao ponto. Você deu dinheiro para mim para Michel Sommo. Isto eu ouvi dele e também do sr. Zakeim que disse para eu pegar isso do Michel. Mas Michel não me dá o dinheiro. Ao contrário. Toda vez que eu me meti em encrenca ele me ajudou mas o dinheiro ele pegou, me deixou apenas uns trocados toda vez e ainda quer me diser o que eu devo fazer ou não. Agora estou morando em Kiriyat Arba trabalhando e ganhando dinheiro numa oficina de ópitica mas isto não é um lugar para mim e não importa para você por que. O que que eu quero é que ninguém me diga o que eu tenho que fazer e o que não. Agora: se você realmente deu o dinheiro para Michel Sommo então não tenho nada mais para diser e esta carta fica anulada. Mas se a intensão era para mim então por que o dinheiro não chegou a mim? Isto é tudo o que eu tenho para perguntar.

Boaz B.

*

A Boaz Guideon (Brandstetter)
A/C Família Schulvas
R. Banim Ligvulam, 10
Kiryat Arba, Israel

Chicago 23/7/76

Caro Boaz,

Recebi sua breve carta. Eu tampouco me estenderei. Você

quer ficar sozinho e que não lhe digam o que deve ou não fazer. Aceito isso. Na realidade, eu também queria exatamente a mesma coisa, mas eu era muito fraco. Sugiro que esqueçamos, por enquanto, o dinheiro que se encontra com Sommo. Tenho duas possibilidades para você — uma nos Estados Unidos e uma em Israel. Você quer vir para os Estados Unidos? Decida, e receberá uma passagem. Arranjarei um lugar para você ficar e trabalho. Talvez até em óptica. Eventualmente, você poderá também estudar o que lhe interessa. Se você quiser, no futuro me devolverá o que for gasto, do salário do seu trabalho aqui. Não há pressa, nem é obrigatório. Só leve em conta que nos Estados Unidos você tem o problema da língua. Pelo menos no começo. E também que ninguém tem primos na polícia local.

A segunda possibilidade é que você receba para uso próprio uma casa grande e vazia perto de Zichron Yaakov. A casa está agora em péssimo estado, mas você tem um excelente par de mãos. Se começar aos poucos a reformar a casa, pagarei por isto um salário mensal razoável e cobrirei todas as despesas com material de construção etc. Você pode convidar quem quiser para morar com você na casa, que no momento está abandonada. Há muito o que fazer ali. Até agricultura. E não fica longe do mar. Mas você estará livre para fazer somente o que quiser.

Quer você escolha vir para os Estados Unidos quer prefira a casa em Zichron, tudo o que deve fazer é procurar um advogado chamado Roberto di Modena. Ele trabalha em Jerusalém, no mesmo escritório do dr. Zakheim, que você conhece e onde esteve uma vez. Preste atenção: não se dirija a Zakheim. Procure diretamente di Modena e diga a ele o que decidiu. Ele já recebeu instruções para atender o seu pedido imediatamente, seja qual for. Você não precisa responder. Fique livre e forte e, se puder, tente julgar-me com justiça.

Papai

*

A GUIDEON ILLINOIS CHICAGO

FIZ ARRANJOS NECESSÁRIOS INSTALAÇÃO DE BOAZ PROPRIEDADE HÁ ALGUMAS DIFICULDADES FORMAIS ESTOU CUIDANDO DELAS DEI A ELE QUANTIA VOCÊ ESTABELECEU PARA ARRANJOS INICIAIS. MAIS ADIANTE PAGAREI ELE MENSALMENTE DE ACORDO SUA ORIENTAÇÃO DESDE ONTEM ELE ESTÁ ZICHRON MEU SÓCIO ESTÁ FERVENDO RAIVA ROBERTO DI MODENA

*

GUIDEON ILLINOIS CHICAGO

SEU MAQUIAVEL NÃO ME FORCE LUTAR COM VOCÊ O COMPRADOR ESTÁ PRONTO AGORA PAGAR ONZE PELA PROPRIEDADE ZICHRON COMPROMETE-SE EMPREGAR BOAZ COM SALÁRIO MENSAL NECESSÁRIA SUA DECISÃO IMEDIATA CONTINUO A ME CONSIDERAR SEU ÚNICO AMIGO MUNDO APESAR DA AMARGA HUMILHAÇÃO MANFRED

*

PESSOAL ZAKHEIM JERUSALÉM ISRAEL

DEFINITIVAMENTE PROPRIEDADE ZICHRON NÃO ESTÁ VENDA ROBERTO DEFINITIVAMENTE CONDUZ TODOS MEUS NEGÓCIOS FAVOR TRANSFERIR TUDO A ELE CONTINUE TENTAR SUA SORTE COM SOMMO POR ACASO VOCÊ TENTARÁ ME INTERNAR NO CARMELO SEUS NETOS AINDA ESTÃO MEU TESTAMENTO CUIDADO ALEX

*

Ilana Sommo
Tarnaz, 7
Jerusalém

1/8/76

Ilana,

Você diz que eu não entendo nada. Sempre foi a mesma história: ninguém entende você. Assim seja. Escrevo desta vez apenas por causa de Boaz e por causa de Michel e de Yifat. Michel telefonou ontem à noite e contou que Boaz está deixando Kiriyat Arba e vai viver na casa abandonada de Zichron. Assim Alex determinou. Insisti com Michel que não tentasse interferir. Prometi que Yoash vai no fim de semana até Zichron para ver o que está acontecendo e como nós podemos ajudar. Talvez agora você confesse, ao menos para você própria, que errou quando decidiu retomar o relacionamento com Alex.

Estou desperdiçando palavras. Novamente você ficou com vontade de fazer o papel da heroína trágica. Estrelar novamente esta reprise. Mesmo que desta vez também Alex roube o espetáculo de você. Se vocês não podem arranjar outra forma, por que você não vai procurá-lo nos Estados Unidos? Michel se recuperará e saberá criar bem Yifat sem você. Com o passar do tempo, acabará encontrando uma outra esposa do grupo dele. Também para Boaz ficará mais fácil. E nós daqui ajudaremos da melhor maneira possível. Finalmente você será totalmente dispensável, se este é o seu desejo secreto. Pois qual é o sentido de continuar esta paródia, "eu estou no Oriente e o meu coração está no Ocidente" etc.?

É óbvio que não estou tentando convencê-la a partir. Ao contrário. Escrevo para insistir que você tente pensar melhor. Que tenha juízo. Tente dizer a si própria que Boaz não necessita de você. Na realidade, ele não tem necessidade de nenhum de nós. Tente compreender que se você não parar agora, Yifat crescerá e se tornará exatamente igual a ele. Sem precisar de ninguém. O que é que impulsiona você a jogar fora tudo que possui em troca de algo que não existe nem pode existir?

Claro que você pode responder sarcasticamente. Pedir que eu não meta meu nariz. Ou não me responder em absoluto. Escrevi porque o meu dever é tentar deter você, mesmo sem muitas perspectivas. Para que você não cause mais sofrimento àqueles para quem ainda é cara.

Sugiro que você venha com Yifat descansar uma semana ou duas conosco aqui em Beit Avraham. Você pode trabalhar quatro horas por dia no depósito. Ou passar a manhã toda na piscina. Pode ajudar Yoash no jardim. À tarde podemos levar as crianças até o tanque dos peixes ou ao bosque de pinheiros. Yifat ficará na creche. À noite ficaremos sentados com os vizinhos no gramado tomando café. Michel também está convidado, pelo menos nos fins de semana. E eu prometo não tocar no que segundo suas palavras não compreendo. Se você quiser, ouvirei e ficarei calada. Se você quiser, iremos juntas às aulas de macramê ou ao grupo de música clássica. Daqui, tudo vai parecer um pouco diferente. E eu também sugiro nesta etapa que Yoash e eu assumamos a ligação com Boaz. O que você acha?

Rahel

*

Professor A. Guideon
Departamento de Ciências Políticas
Universidade Illinois
Chicago, Illinois, EUA

Jerusalém, 2/8/76

Caro Alec, gênio e garrafa,

Não continue a me escrever via Zakheim. A sua isca careca parou de me divertir. Escreva-me simplesmente pelo correio. Ou venha me ver pessoalmente. Ou me chame para ir vê-lo — ainda espero receber um convite para o seu casamento, com passagem de avião anexada. Diga uma palavra — e até levarei um buquê de flores murchas de Jerusalém. Já passou quase um mês desde que você pretendia conquistar alguma secretariazinha durante uma tempestade noturna, e ainda não ouvi a marcha nupcial. Será que seus encantos já se acabaram? As fragrâncias masculinas do campo de batalha? Os tesouros da herança do seu pai? O brilho de sua fama mundial? Sua hipnótica aura de morte? Será que tudo isso enferrujou como uma armadura feita de lata? A belezinha rejeitou você? Ou até hoje você não aprendeu a pedir a mão de uma mulher sem a ajuda do seu pai?

Só fui ler a sua carta à uma da madrugada de hoje. O dia todo ela me aguardou, escondida na bolsa, como uma víbora entre o lenço e o batom. À noite Michel dormiu em frente à televisão, como de hábito. Durante o "Sermão Diário" eu o acordei para ver o noticiário da meia-noite. Yitzhak Rabin, na opinião dele, não é um primeiro-ministro judeu, mas um general americano que por acaso fala um pouco de hebraico truncado e está vendendo o país a Tio Sam. Novamente os gentios nos dominam e nós nos aviltamos diante deles. Enquanto isso, ele me considera a mulher mais bela do mundo. Disse isso e beijou a minha testa, esticando-se na ponta dos pés. Eu me ajoelhei diante dele para desfazer o nó infantil nos seus sapatos. Ele estava cansado e meio adormecido. A voz rouca pelos cigarros. Quando o coloquei na cama, ele disse que o cântico mais misterioso do Livro dos Salmos é o que começa com as palavras "Ao condutor da música sobre uma pomba muda da distância". Fez uma espécie de sermão a respeito das palavras *distância*, *muda*. Chamou-me de "pomba muda". E enquanto ainda falava, adormeceu de costas como um bebê. Só então sentei para ler o catálogo de seus suplícios, misturado ao som da respiração tranqüila de Michel e ao coro de cigarras no uádi que nos separa da aldeia árabe. Traduzi, palavra por palavra, as setas do seu sarcasmo envenenado em gritos de dor. Mas quando cheguei à espada de Golias e ao seu dragão moribundo, comecei a chorar por dentro. Não pude continuar a ler. Escondi a sua carta sob o jornal vespertino e fui até a cozinha preparar um chá com limão. Depois voltei para você, e na janela havia uma luz aguçada, muçulmana, entre sete véus de neblina.

Leio e releio seu seminário concentrado, as plantas carnívoras, Bernanos, Eclesiastes, Jesus, aqueles que vivem pela espada morrerão pela espada, e aqui também fui tomada por um calafrio. Exatamente como você naquela noite de sirenes em Chicago. Mesmo que aqui em Jerusalém seja uma noite estival morna, um pouco turva, sem trovões nem tempestades no lago, apenas cães distantes latindo na borda do deserto.

Não estou preparada para discutir com você. Sua mente aguçada sempre age sobre mim como o disparo de uma metralhadora: uma rajada certeira e mortal de fatos, conclusões e interpretações sobre as quais não há argumentos. Apesar disso, desta vez vou responder. Jesus e Bernanos estavam certos, e quanto a você e ao Eclesiastes, vocês merecem talvez nada mais do que pena. Há felicidade no mundo, Alec, e o sofrimento não é o seu oposto, mas a saída estreita através da qual passamos encurvados, arrastando-nos entre urtigas, à procura da clareira na floresta silenciosa banhada pelo luar de prata.

Você certamente não esqueceu a regra famosa no início de *Anna Karenina* quando Tolstoi envolve-se com um manto de divindade campesina tranqüila, pairando sobre o vazio de tolerância e bondade, e declara das suas alturas que todas as famílias felizes se parecem, enquanto as famílias infelizes são infelizes cada uma à sua maneira. Com todo o respeito a Tolstoi, eu digo que o contrário é o correto: os infelizes na maioria estão imersos em sofrimentos convencionais, vivem numa única rotina estéril entre quatro ou cinco clichês de miséria gastos. Enquanto a felicidade é um objeto fino e raro, uma espécie de vaso chinês, e os poucos que chegaram a ele cinzelaram-no traço por traço durante anos, cada um à sua imagem, cada um segundo as suas medidas, portanto não há uma felicidade que se pareça com outra. E ao moldar sua felicidade, instilaram também seus próprios sofrimentos e humilhações. Como se refinassem ouro. Existe felicidade no mundo, Alec, mesmo que ela voe como um sonho. Mas no seu caso, ela passou longe. Como uma estrela, fora do alcance da toupeira. Não a "satisfação pela aprovação", não louvor e avanço e conquista e poder, não submissão nem capitulação, mas o júbilo da fusão. Fundir o eu no próximo. Como uma ostra recebe um corpo estranho e é ferida por ele e o transforma em pérola, enquanto a água morna ao redor envolve tudo. Você jamais provou essa fusão, nem uma vez em sua vida. Quando o corpo é um instrumento musical nas mãos da alma. Quando o Outro e eu coabitamos e nos tornamos um único coral. E quando o gotejar da estalactite lentamente faz crescer a estalagmite até que ambas se tornam uma.

Pense, por exemplo, que são precisamente sete e dez de uma

noite de verão em Jerusalém. As cadeias de colinas tocadas pelos raios do crepúsculo. A última luz começa a dissolver as linhas de pedra das ruas como se as despisse de sua petrificação. O som de uma flauta árabe sobe do uádi num gemido prolongado, além da alegria e da tristeza, como se a alma das montanhas tivesse saído para adormecer os corpos antes de partir para a jornada noturna. Ou duas horas mais tarde, quando surgem estrelas no céu do deserto de Judá e a silhueta do minarete ergue-se ereta entre as sombras dos casebres. Quando seus dedos tocam o tecido do estofado áspero, e diante da janela uma oliveira de prata recebe uma dádiva de luz do abajur da mesa do quarto, e por um momento cessa o limite entre a ponta do dedo, e a coisa tocada e aquele que toca é o tocado e também o toque. O pão em sua mão, a colher de chá, o copo de chá, as coisas simples, mudas, são subitamente cobertas por uma tênue radiação primordial. Iluminadas de dentro de sua alma, e iluminadas de volta. A alegria do ser e sua simplicidade descem e cobrem tudo com o mistério das coisas que existiam antes da criação do conhecimento. As coisas primordiais das quais você foi banido para sempre, exilado nas estepes da escuridão pelas quais você vaga uivando para uma lua morta, perambulando entre a brancura, procurando nos confins da tundra alguma coisa perdida há muito tempo, mesmo que você já tenha esquecido o que perdeu e quando e por que a perdeu: "A sua vida é a sua prisão, enquanto a sua morte aparece como uma perspectiva de ressurreição paradoxal, como uma promessa de maravilhosa redenção do seu vale das lágrimas". A citação é tirada do seu livro. O lobo uivando na escuridão para a lua na estepe é a minha contribuição.

O amor também foi a minha contribuição. Que você repeliu. Será que você amou mesmo alguém, alguma vez? A mim? Talvez ao seu filho?

Mentiras, Alec. Você nunca amou ninguém. Você me conquistou. E depois me abandonou como um objeto que perdeu o valor. Agora você decidiu lançar-se ao ataque contra Michel, para conquistar dele Boaz. Durante todos esses anos você viu seu filho como uma espécie de montículo de areia à-toa até que eu o informei que o inimigo subitamente encontrou nele algum valor e está tentando apegar-se a ele. Então você lançou as suas forças para um assalto-relâmpago. E novamente você venceu, quase negligentemente. O amor é estranho para você. Nem mesmo o sentido da palavra você sabe. Destruir, esmagar, exterminar, mentir, subjugar, expurgar, bater, queimar, urrar, liquidar, incendiar, arder — estas são as medidas do seu mundo e as paisagens da lua entre as quais você perambula, com Zakheim como o seu Sancho Pança. E agora você tenta banir também o nosso filho.

Agora vou revelar algo que certamente lhe causará prazer: seu dinheiro já começou a corromper minha vida com Michel. Durante seis anos Michel e eu nos empenhamos, como náufragos, para construir no canto da ilha deserta uma pobre cabana como refúgio. Conferir a ela calor e luz. Toda manhã eu costumava madrugar para preparar sanduíches para ele, café na garrafa térmica azul, o jornal da manhã, colocava tudo na velha pasta e o mandava para o trabalho. Depois eu vestia Yifat e lhe dava o café. Fazia o trabalho doméstico ouvindo música no rádio. Cuidava um pouco do jardim e das plantas da varanda (vários tipos de ervas que Michel planta em velhos caixotes). Entre dez e meio-dia, enquanto a menina ainda estava na creche, eu saía para as compras. Às vezes encontrava tempo para ler um livro. Uma vizinha vinha para uma conversa na cozinha. À uma hora eu dava o almoço para Yifat e esquentava a comida de Michel. Quando ele chegava, eu lhe servia soda gelada no verão ou chocolate quente num dia frio. Durante suas aulas particulares eu me recolhia à cozinha para descascar legumes para o dia seguinte, assar um bolo, lavar roupa, ler mais um pouco. Servia a ele café turco. Ouvia um concerto pelo rádio enquanto passava roupa, até que a menina acordasse. Depois das aulas particulares, quando ele sentava para corrigir os cadernos dos alunos, eu a mandava brincar no pátio com as crianças dos vizinhos e ficava à janela olhando as montanhas e as oliveiras. Nos sábados claros de inverno, depois que Michel acabava de ler seus dois jornais, saíamos os três para um passeio no bosque de Talpiot, na colina do palácio do Alto Comissário, ou no sopé do mosteiro Mar Elias.

Michel sabia inventar brincadeiras divertidas. Isso não afetava sua dignidade. Imitava um bode furioso, um sapo, um discurso na reunião do partido, e nós duas ríamos até que nossos olhos se enchiam de lágrimas. Na volta ele adormecia rodeado pelos suplementos de fim da semana dos jornais na poltrona gasta, a menina dormia no tapete aos pés dele, e eu lia um dos romances que Michel sempre lembrava de retirar para mim da biblioteca pública. Mesmo que gostasse de zombar dos "livros frívolos" que eu lia, não se esquecia de trazer dois ou três deles a cada semana, quando voltava do trabalho. Nem perdeu o hábito de comprar algumas flores para mim toda sexta-feira à tarde. Que me oferecia com uma divertida reverência francesa. Às vezes ele me surpreendia com um lenço, um vidro de perfume, alguma revista colorida que achava que eu gostaria, e que no fim ele mesmo devorava inteira, lendo para mim trechos selecionados.

No final do shabat costumávamos sair para a varanda, sentar nas espreguiçadeiras e comer amendoins olhando o pôr-do-sol. Por vezes Michel começava a contar com a sua voz cálida, abafada, sobre sua época em Paris. Descrevia suas andanças pelos museus "provando os prazeres da Europa", descrevia as pontes e bulevares em linguagem falsamente modesta, como se ele os houvesse projetado, brincando com sua própria pobreza e degradação. Às vezes divertia Yifat com fábulas de animais ou histórias fantásticas. Em algumas ocasiões, quando o sol se punha, decidíamos não acender a luz na varanda, e minha filha e eu aprendíamos com ele, na escuridão, as estranhas melodias de sua família, cânticos nos quais uma alegria gutural beirava quase o lamento. Antes de irmos dormir, fazíamos uma guerra de travesseiros até chegar o momento de fazer Yifat adormecer com uma história de ninar. Depois, sentávamos no sofá de mãos dadas como crianças, e ele me expunha as suas idéias, analisava a situação política, fazia-me compartilhar dos seus sonhos, mas apressava-se em espantá-los com um aceno da mão, como se tudo não passasse de brincadeira.

Assim, como se juntássemos tostões, acumulamos noite após noite nosso pequeno estoque de felicidade. Entalhamos o nosso vaso chinês. Forramos um ninho de amor para pombos silenciosos. Na cama, eu o iniciava em prazeres que nem nos sonhos mais selvagens ele imaginara, e Michel me compensava com as reservas de sua adoração silenciosa e ardente. Até você abrir as janelas do seu céu sobre ele e o inundar com seu dinheiro, como um avião aspergindo o campo com pesticida venenoso, e logo tudo começou a murchar e a fenecer.

No final do ano letivo Michel decidiu pedir demissão do cargo de professor de francês na escola Ohel Itschak. Explicou-me que chegara a sua hora de "sair da escravidão para a liberdade", e que logo mostraria para mim como "o musgo da parede crescerá florido como o cedro do Líbano".

Por algum motivo decidiu confiar a sua nova fortuna a Zakheim e seu genro.

Há dez dias até tivemos o privilégio de receber a visita do casal Etgar, Dorit, a filha de Zakheim, uma bela e animada telavivense, que chamou Michel de "Miki" e a mim de "querida", leva pela coleira o marido gorducho, engravatado apesar do calor do verão, educado e tenso, de óculos sem aro e cabelo cortado no estilo Kennedy. Trouxeram-nos de presente um tapete de parede com macacos e tigres comprado em sua última viagem a Bangcoc. Para Yifat trouxeram uma boneca de corda com três velocidades. Nossa casa não agradou a eles: assim que chegaram insistiram que entrássemos em seu carro americano, que mais parece um iate, e os levássemos para um "circuito saudável pela verdadeira Jerusalém, não a turística". Convidaram-nos para um almoço no restaurante do hotel Intercontinental. Naturalmente esqueceram completamente a questão da comida *kacher*: Michel teve vergonha de mencionar isso e inventou um mal-estar estomacal. Por fim, comemos apenas ovos duros e requeijão. Eles conversaram entre si sobre política, sobre as perspectivas de abertura do Sinai e da Margem Ocidental para a iniciativa privada, enquanto a filha de Zakheim tentava me envolver numa discussão sobre "o preço inacreditável" de um filhote de são-bernardo e o custo igualmente inacreditável de sua manutenção em Israel. O rapaz de óculos insistia em iniciar cada frase com "digamos que", enquanto a esposa classificava tudo o que existe sob o sol de "estarrecedor" ou "realmente fantástico", até que senti vontade de gritar. Quando nos despedimos convidaram-nos a passar um fim de semana no palacete deles em Kfar Shmariyahu, com direito a escolher o mar ou a piscina particular. Depois, quando eu disse a Michel que por mim ele podia visitá-los quando quisesse, mas sem mim, meu marido replicou: "Digamos que você pense um pouco mais".

E há uma semana fiquei sabendo, por acaso, que Michel está vendendo nossa casa (com a ampliação não concluída) a um dos primos dele, com quem também assinou um contrato para comprar uma casa nova no bairro judaico restaurado da Cidade Velha. Talvez porque eu não tenha conseguido mostrar surpresa, Michel zombou de mim chamando-me de "Vashti". Também filiou-se novamente ao Partido Nacional Religioso e simultaneamente decidiu assinar a partir de agora o jornal *Haaretz*.

A cada manhã ele sai para seus novos negócios, cuja natureza não é clara para mim, e volta tarde da noite. Em vez da eterna calça de gabardine e do paletó xadrez, comprou um terno de verão de dacron azul-claro, que me faz lembrar um vendedor de carros de segunda mão em alguma comédia americana. Não ficamos mais sentados na varanda olhando o crepúsculo no final do shabat. Não fazemos mais os três uma guerra de travesseiros antes de deitar. Corretores religiosos de terrenos vêm nos ver após o *Melave Malke* do fim do shabat. O cheiro de *tchulent* e de *guefilte fish* sopra na minha direção quando me inclino para lhes servir café. Tipos satisfeitos consigo próprios que consideram um dever de polidez louvar para ele a minha beleza e, para mim, as bolachas que comprei no supermercado. Bajulam Yifat com trejeitos rudes, e ela fica embaraçada com os chilreios que eles fazem em homenagem a ela. Michel ordena a ela que cante ou declame para eles e ela obedece. Depois ele me faz sinal para que nós duas encerremos nossa participação. E fica conversando com eles longamente na varanda.

Ponho Yifat na cama. Grito com ela sem motivo. Fecho-me na cozinha e tento me concentrar num livro, mas sempre o mugido de algum riso adiposo me perturba. Michel também ri, forçado, como um garçom que subiu de categoria. Quando ficamos a sós, ele dedica-se a me educar novamente, tentando me ensinar sobre terrenos, concessões, leis de propriedade jordanianas, empréstimos, capital de giro, bônus, garantias, grandes receitas, custo de infra-estrutura. Uma certeza lunática tomou conta dele: não duvida mais que você está para legar, ou registrar ainda em vida, toda a fortuna e bens em nome dele. Ou em meu nome. Ou em nome de Boaz. Em todo caso, ele vê seu dinheiro como se já estivesse à disposição dele. "E como está nos nossos livros, aqueles que estão envolvidos em cumprir um preceito não serão prejudicados." Para você, ele acredita que tudo "já foi estabelecido no alto", e você tentará expiar seus pecados justamente por intermédio dele, através de uma doação "significativa" para a reconstrução do país. Não importa a ele em nome de qual de nós você registrará o dinheiro, "nós, com a ajuda de D'us, o utilizaremos para a Torá, para os preceitos e para os bons atos e, ao continuar a aplicá-lo na redenção do país, ele se multiplicará e prosperará". Na semana passada vangloriou-se por ter tomado chá na lanchonete do Parlamento em companhia de um vice-ministro e de um diretor-geral.

E ainda mais: ele decidiu aprender a dirigir. E vai comprar um carro para poder, segundo suas palavras, ser "meu motorista". Enquanto isso, seus companheiros, aqueles jovens russos e americanos com brilho estranho nos olhos, que costumavam entrar aqui sorrateiramente de tênis e cochichar com ele no pátio, quase não aparecem agora. Talvez ele os encontre em outros lugares. Uma arrogância complacente tomou conta dos seus novos modos. Ele não banca mais o louco imitando sapos e bodes. Em vez disso assumiu os maneirismos bem-humorados que aprendeu com o irmão ativista: introduzir na conversa algumas palavras em iídiche intencionalmente distorcidas. Até a loção de barbear ele trocou por outra marca, o novo perfume flutua pela casa mesmo quando Michel está ausente. Na semana passada teve o privilégio de ser convidado para participar de uma visita misteriosa às imediações de Ramala, na qual o seu Moshe Dayan também estava envolvido. Michel voltou estourando de empáfia e silêncio, entusiasmado como um ginasiano. Não parou de decantar "a astúcia idealista" de Dayan, que parecia "saído diretamente do Livro dos Juízes". Deplorou o desperdício clamoroso que no momento impede o seu novo herói de ter algum cargo governamental. Vangloriou-se com uma pergunta perspicaz que Dayan fez subitamente e ele, segundo suas palavras, respondeu sem a menor hesitação, "na hora, com coragem" que "com estratagemas adquirirás uma terra". E obteve um sorriso de Dayan e o comentário "sujeito esperto".

"Michel", eu disse, "o que é que está acontecendo com você? Está ficando fora de si!" Ele abraçou meus ombros num gesto incomum de "um da turma", sorriu e me respondeu suavemente: "Fora de mim? Ao contrário. Fora da minha vergonha e pobreza. Digamos, madame Sommo, que a senhora ainda terá uma vida digna da rainha de Sabá. Sua comida, suas roupas e seus deveres maritais eu não reduzirei, mesmo que você não saiba o que isso significa. Não demorará muito e o meu irmão em pessoa virá aqui pedir favores e nós não recusaremos fazer o bem. Como está em nossos Escritos, 'os pobres herdarão a terra'".

Não pude resistir e disparei uma pequena farpa: perguntei o que havia acontecido repentinamente aos seus cigarros Europa, por que tinha começado agora a fumar Dunhill. Michel não ficou ofendido. Por um momento me observou, divertido, depois deu de ombros murmurando "mulheres, mulheres" e foi para a cozinha preparar hambúrgueres com batatas fritas. E de repente eu o odiei.

Portanto, você venceu mais uma vez. Com uma única jogada você demoliu nossa pequena cabana, estraçalhou nosso vaso chinês, sacou das profundezas de Michel um grotesco pequeno Alex em edição popular. Ao mesmo tempo, como um malabarista de circo, você arremessou Zakheim para o inferno com um chute do salto do seu sapato, enquanto num sopro arrancava Boaz de nosso apoio vacilante fazendo-o voar até Zichron, plantando-o com extrema precisão no quadrado que delineou para ele no mapa da sua guerra. E tudo isso você fez sem ter sequer emergido de sua espessa nuvem. Como um satélite mortífero. Tudo por controle remoto. Apenas apertando um botão.

Estas últimas linhas eu escrevi com um sorriso. Não espere desta vez mais uma tentativa de suicídio, como as que faziam você dar um risinho sarcástico com a "manobra de lavagem estomacal". Desta vez introduzi uma pequena variação. Compensarei a surpresa com uma surpresa.

Interromperei aqui. Vou deixar você no escuro. Fique na sua janela. Envolva seus ombros com os braços. Ou fique deitado desperto na cama do escritório entre os dois armários de aço e espere além do desespero pela graça na qual você não acredita. Mas eu acredito.

Ilana

*

Notas escritas pelo professor A. A. Guideon em pequenas fichas.

176. Entretanto o seu senso de tempo é completamente bidimensional: futuro e passado. Em sua mente atormentada refletem-se uma na outra sem cessar a glória antiga, original, que foi destruída pelas forças da corrupção, e a glória prometida, que voltará e se restabelecerá com "a renovação dos nossos dias como outrora", após a grande purificação. O propósito de sua luta é: Libertar-se das garras do Presente. Destruir o presente até as bases.

177. A negação do Presente é um disfarce para a autonegação: o Presente é percebido como um pesadelo, como um exílio, como um "eclipse", porque o eu — foco do senso do Presente — é experimentado como uma depressão insuportável.

178. E de fato, o seu senso de presente não é bi mas sim unidimensional: o paraíso que houve é o paraíso que haverá.

178a. O Presente é, portanto, um episódio turvo, uma mancha na tela da eternidade: deve ser apagado (com sangue e fogo) da realidade e até da memória, a fim de anular qualquer barreira entre a radiância do Passado e a radiância do Futuro, e possibilitar a fusão messiânica dessas duas radiâncias. Deve ser feita uma distinção entre sagrado e profano, e o profano (o Presente, o eu) deve ser totalmente eliminado. Somente assim o círculo se fechará, o elo quebrado será reparado.

178b. A era anterior ao nascimento e a era após a morte são idênticas. Seu conteúdo: abolição do eu. Abolição de toda a realidade. Abolição da vida. "Exaltação."

179. Concretização do ideal: o nobre Passado e o reluzente Futuro convergem e esmagam entre si o impuro Presente. Uma espécie de atemporalidade de esplendor terrível, eterno, cuja essência se encontra acima da vida, além da vida, diametralmente oposta a ela, desce e se estende sobre o universo: "Este mundo é uma sala de espera do mundo". Ou: "Meu reino não é deste mundo".

180. A antiga língua hebraica expressa isto em sua estrutura profunda: ela não possui o tempo presente. Em vez disso, existe apenas o particípio. "E Abraão *sentado* na entrada da tenda." Quer dizer, não "certa vez Abraão sentou-se", nem "Abraão costumava sentar" ou "por ocasião da escrita destas palavras Abraão está sentado", não no tempo em que elas são lidas, mas como na marcação da representação de uma peça: "Toda vez que o pano sobe, vemos Abraão *sentado* na entrada da sua tenda". Para toda a eternidade. Ele sentou e está sentado e ficará sentado para sempre na entrada daquela cabana.

181. Mas, paradoxalmente, o desejo de destruir o Presente em nome do Passado e do Futuro envolve sua própria contradição: a abolição de todos os tempos. Congelamento. Eterno agora. Quando se renovarem os dias como antigamente e for estabelecido o Reino do Céu tudo deixará de se mover. O universo será parado. O movimento cessará e o horizonte também se afastará. Reinará um presente infinito. A história, junto com os poetas, é banida da república ideal de Platão. E de Jesus e de Lutero e de Marx e de Mao e de todos os outros. E habitará o lobo com o cordeiro — não com uma trégua temporária, mas para sempre: o mesmo lobo, o mesmo cordeiro. Sem murmúrio nem brisa. A anulação da morte lembra a morte em todos os as-

pectos. A expressão hebraica mística "o final dos dias" significa: o final dos dias. Literalmente.

182. E mais um paradoxo: a anulação do Presente vil em benefício de um Presente nobre no qual se encontram um Passado e um Futuro também significa o fim da luta. A era da paz e da felicidade eternas. Na qual não há nenhuma necessidade de combatentes, de mártires e guias, de messias e salvadores. No reino da redenção não há, portanto, lugar para um redentor. A vitória da revolta é a sua destruição, como o fogo do obscuro Heráclito. A Cidade de Deus libertada não necessita de libertadores.

183. A solução: morrer em seu limiar.

184. E assim, com espuma nos lábios, ele luta contra todo o mundo do Presente em nome do Passado e do Futuro, os quais ele deseja transformar em Presente desprovido de Passado e Futuro. Uma contradição implícita. Ele foi condenado a existir dentro de um constante clima de medo, perseguição e suspeita. Para que o Presente não o enganasse. Para que não fosse presa das tentações. Para que os agentes do Presente não conseguissem infiltrar-se, ou penetrar disfarçadamente, no âmago do campo da redenção. Sua punição: o estarrecimento prolongado das sombras da traição por toda parte. As sombras da traição evasivas nos porões de sua própria alma. "O diabo infiltra-se em tudo."

*

Para Rahel Morag,
Kibutz Beit Avraham
Correio Móvel, Galiléia Inferior

4/8/76

Cara Rahel,

Devo prestar atenção no que você diz e mudar. Romper com o passado. Tornar-me esposa amantíssima e dona de casa. Passar, cozinhar, limpar e tricotar. Alegrar-me com as conquistas do meu marido e nelas ver a minha própria felicidade. Começar a fazer cortinas para o novo apartamento para onde nos mudaremos no inverno. Ficar contente a partir de hoje com o seu cheiro quente, cheiro de pão preto, queijo e azeitonas em conserva. O cheiro de talco e de urina no quarto da menina à noite. E os cheiros de fritura na cozinha. Apostar "tudo o que eu possuo" é inútil. Não se deve brincar com fogo. Nenhum cavaleiro virá montado a cavalo para me levar daqui. E, se vier, não devo ir. Se eu for, estarei agindo mal com todos e causarei somente sofrimento a mim mesma. Obrigada por me lembrar outra vez dos meus deveres. Perdoe-me por todas as vezes que a ofendi sem razão. Você estava certa porque nasceu certa. De agora em diante terei um comportamento exemplar. Vou vestir meu roupão e limpar as janelas e telas contra mosquitos. Saberei qual é o meu lugar. Servirei pratos de amendoins para Michel e seus convidados. Cuidarei para que não falte café. Irei junto com ele escolher um belo terno em vez daquele azul. Organizarei uma caderneta de compras. Vestirei meu vestido marrom e o acompanharei aos eventos públicos para os quais ele for convidado. Não o envergonharei. Quando ele quiser falar, eu me calarei. Quando ele me der um sinal de que posso falar, direi apenas coisas sensatas e encantarei a todos os seus conhecidos. Talvez eu me inscreva no partido dele. Começarei a pensar seriamente sobre a compra de um tapete. Logo teremos um telefone: já adiantaram o seu lugar na lista com a ajuda do irmão da amiga dele, Janine. Vou ter também máquina de lavar roupa. E depois uma televisão em cores. Viajarei com ele a Kfar Shmariyahu para a casa dos seus sócios nos negócios. Anotarei num bloquinho seus recados telefônicos. Eu o protegerei das chateações. Eu o protegerei com tato dos que vierem pedir favores. Lerei por ele os jornais e assinalarei a lápis os trechos que poderão interessá-lo ou ser úteis. Toda noite, esperarei que volte para casa, servirei um bom jantar, encherei a banheira com água quente, depois me sentarei para ouvir o relato dos sucessos do dia. Relatarei a ele em traços gerais as novidades sobre a menina e a casa. Cuidarei eu mesma das contas de água e luz. A cada noite deixarei na cabeceira de sua cama uma camisa branca passada e engomada para o dia seguinte. A cada noite eu o servirei. Exceto nas noites em que for obrigado a dormir fora de casa devido ao serviço. Então ficarei sozinha e estudarei história da arte por correspondência. Ou farei aquarelas. Ou envernizarei as cadeiras. Eu me especializarei em cozinha oriental até conseguir chegar aos pés do nível da mãe dele. Tirarei dele a carga da preocupação com Yifat, para que possa devotar-se a seus projetos. Sua esposa será como uma videira frutífera ao redor de sua casa. O preço dela é mais alto que o dos rubis. A honra da filha do rei dentro dela. Os anos se sucederão e Michel passará de uma riqueza a outra. Será bem-sucedido em tudo o que fizer. Ouvirei seu nome no rádio. Colarei as suas fotos num álbum. Todos os dias tirarei o pó de seus suvenires. Assumirei a tarefa de lembrar as festas e aniversários de todos os membros da tribo. Comprar presentes de casamento. Enviar cartas de condolências. Representá-lo em festas de circuncisão. Averiguar a roupa branca e cuidar da limpeza de suas meias. Assim a vida fluirá por canais aprazíveis e respeitáveis. Yifat crescerá numa casa calorosa e devotada, num ambiente verdadeiramente estável. Não como Boaz. Quando chegar a hora, nós a casaremos com o filho de um vice-ministro ou de um diretor-geral. E eu ficarei só. Ao despertar, a cada manhã, sentirei a casa vazia porque Michel saiu já faz tempo. Prepararei para mim café com calmantes, darei instruções à empregada e irei até o centro circular pelas lojas até a hora do almoço. Ao voltar engolirei um Valium e tentarei dormir até o entardecer. Folhearei livros de arte. Tirarei o pó dos objetos decorativos. E toda noite ficarei aguardando à janela, talvez ele venha. Ou ao menos enviará um assistente para levar um paletó limpo do armário e me comunicar que se atrasará. Prepararei sanduíches para o seu motorista. Delicadamente me esquivarei das perguntas inoportunas ao telefone. Me manterei afastada de curiosos e de máquinas fotográficas. Durante as horas vagas ficarei sentada tricotando uma malha para o neto. Molharei as plantas e polirei a prata. Talvez me inscreva num curso de pensamento judaico, de modo que nas noites de sábado poderei surpreender a ele e aos seus convidados com frases adequadas. Até que passem dos assuntos triviais para os mais sérios. E então me esquivarei na ponta dos pés para a cozinha e ficarei lá sentada até que eles partam, escolhendo receitas dos livros de culinária *kacher*. Talvez eu me filie finalmente a alguma comissão de esposas de ativistas em benefício de crianças carentes. Saberei me ocupar. Não serei uma carga. E discretamente regularei a quantidade de sal na comida dele, conforme instruções do médico. Eu própria me submeterei a uma dieta rigorosa, para não embaraçá-lo com os excessos de minha carne envelhecendo. Farei ginástica. Tomarei as vitaminas e tranqüilizantes. Pintarei meu cabelo quando ficar grisalho. Ou começarei a usar um turbante. Por ele, farei uma plástica no rosto. Mas o que farei dos meus seios quando começarem a ficar flácidos? O que farei com minhas pernas que ficarão inchadas e cobertas por uma rede de veias varicosas? O que farei, Rahel? Você é mais inteligente e sábia e certamente deve ter algum conselho para sua irmã mais nova, que promete comportar-se direitinho e não brincar com fogo. Cuide-se.

Ilana

Lembranças para as crianças e para Yoash, e obrigada pelo convite.

*

GUIDEON ILLINOIS UNIV CHICAGO

PERDÔO VOCÊ ESTOU PRONTO ABRIR NOVA PÁGINA COMPRADOR OFERECE AGORA DOZE PELA PROPRIEDADE EM ZICHRON PERMITIRÁ BOAZ PERMANEÇA SE VOCÊ CONCORDAR RECUO MEU PEDIDO DEMISSÃO PREOCUPADO SUA SAÚDE MANFRED

*

PESSOAL ZAKHEIM JERUSALÉM ISRAEL

NEGATIVO ALEX

*

GUIDEON ILLINOIS UNIV CHICAGO
NÃO DEIXAREI VOCÊ MANFRED

*

PESSOAL ZAKHEIM JERUSALÉM ISRAEL
RELATE SOBRE BOAZ RELATE SOBRE SOMMO PROVAVELMENTE VIREI OUTONO NÃO PRESSIONE ALEX

*

Prof. A. Guideon
Universidade de Illinois
Chicago, Illinois, EUA

9/8/76

Caro Alec,

Ontem de manhã estive em Haifa para visitar seu pai no sanatório de monte Carmelo. Mas no caminho, num impulso momentâneo, desci na estação de Hadera e tomei um ônibus para Zichron. O que é que eu queria do nosso filho? Não tentei imaginar como me receberia. O que eu faria se ele me expulsasse. Ou risse de mim. Ou caso se escondesse em algum depósito abandonado. O que poderia dizer a ele se me perguntasse por que fui?

Tente ver o quadro: um dia de verão azul e branco (não muito quente), e eu de jeans e blusa branca fina, uma bolsa de palha pendurada no ombro, parecendo talvez uma estudante em férias, parando hesitante diante do portão de ferro enferrujado, com cadeados enferrujados presos numa corrente enferrujada. Debaixo das minhas sandálias range o cascalho cinzento antigo através do qual espinhos e ervas despontam. Abelhas zumbem no ar. Entre as grades tortas vejo o casarão de pedra escura de Zichron. As janelas estão escancaradas como bocas desdentadas de tubarões. O telhado foi destruído e de dentro da casa, como uma chama, brota uma buganvília selvagem e encontra um favo de mel cujas garras estão cravadas nas paredes externas da casa.

Devo ter ficado ali parada cerca de um quarto de hora, meus olhos procurando inconscientemente a maçaneta que havia ali milhares de anos atrás. Nenhum ruído se ouvia da casa ou do pátio, exceto o murmúrio do vento nas copas das velhas palmeiras e um sussurro, mais fino, nas agulhas dos pinheiros. O jardim da frente estava coberto de erva daninha e grama selvagem. Os oleandros enormes, florindo vermelho como piratas, soterraram completamente os tanques de peixes ornamentais, a fonte e o terraço de mosaico. Antigamente havia ali estranhas esculturas de pedra, sem forma, Melnikoff. Certamente foram roubadas há tempos. Um leve cheiro de podridão tocou as minhas narinas. Um rato do campo assustado passou pelos meus pés como uma flecha. E quem eu esperava? Talvez o servo armênio uniformizado para me abrir o portão com uma reverência?

Ao longo dos anos a cidade de Zichron chegou mais perto de sua casa, mas ainda não a alcançou. Na descida da colina vi novos palacetes embelezados com torres de mau gosto. Sua feiúra como que melhorou um pouco a pretensiosa arquitetura do seu pai. O tempo e a ruína deram certo charme ao melancólico castelo do ogro.

Um pássaro invisível soltou um pio que mais parecia um latido, e eu estremeci. Depois voltou o silêncio. Para o leste eu via as colinas distantes de Massassés, seus bosques cintilando com clarões passageiros de um brilho esverdeado. E no poente, cinzento como os seus olhos, perdido na névoa, o mar estendia-se no final da plantação de bananas. No meio dessas plantações fulguravam os tanques de peixes do kibutz próximo, contra o qual o seu pai bateu-se numa cruzada enfurecida até que vocês conseguiram derrotá-los. Algum desconhecido pintou sobre a ferrugem do portão um aviso em estilo antiquado: PROPRIEDADE PARTICULAR — ENTRADA RIGOROSAMENTE PROIBIDA — OS TRANSGRESSORES SERÃO SEVERAMENTE PUNIDOS. Esse aviso também desbotou com o passar dos anos.

Como era profundo o silêncio do lugar! O vazio. E eu fui assaltada então pela tristeza das coisas que existiram, e que nunca mais podem voltar. Uma intensa saudade, penetrante como uma dor física, de você, de seu filho, de seu pai. Pensei na sua infância nesse lugar desolado, sem mãe, sem irmãos ou irmãs, sem um amigo, exceto o macaquinho rhesus que era do seu pai. A morte de sua mãe às três horas de uma madrugada de inverno, quando tinha sido deixada só em seu quarto, que você me mostrou uma vez, um quarto parecido com uma cabine, com a janela voltada para o mar. A enfermeira fora embora ao anoitecer, a enfermeira da noite não chegara, e seu pai tinha ido buscar um barco na Itália. Lembrei do rosto dela na foto em sépia, em estilo russo, colocada sempre entre duas velas brancas na biblioteca do seu pai, com um eterno vaso de flores atrás. Certamente todos eles desapareceram — a foto, o vaso, as velas e as flores.

A lembrança daquela fotografia trouxe-me os cheiros do tabaco, da tristeza e da vodca que cercavam sempre o seu pai e seus vários quartos. Parece com o cheiro de mar e de deserto que o nosso filho exala agora. Serei mesmo a desgraça de vocês? Ou é o contrário? A desgraça já se aninhou em vocês e eu em vão tentei trazer de volta o que não pode ser trazido de volta, e consertar o que nunca pode ser consertado.

Comecei a caminhar ao longo da cerca até encontrar uma abertura, passei agachada pelo arame farpado, rodeei de longe a casa através do emaranhado de vegetação selvagem. Novamente o pássaro ladrador me assustou. Cardos que chegavam até os meus ombros prenderam-se nas minhas roupas e na minha pele quando abri caminho entre eles até o pátio posterior. Junto ao depósito no jardim, à sombra do eucalipto torto onde você construiu uma fortaleza suspensa na infância, encontrei um banco rachado. Arranhada e empoeirada, deixei-me cair sentada. Da casa vinha apenas silêncio. Uma pomba entrou por uma janela e saiu por outra. Um lagarto semelhante a uma cobra deslizou para baixo de uma pilha de pedras. Aos meus pés um escaravelho empenhava-se em empurrar sua bolinha. O pássaro ladrador soou tão próximo que uma pedra poderia atingi-lo, mas eu não podia vê-lo. Duas vespas agarradas numa luta de vida ou morte ou numa cópula furiosa descreveram um traço retorcido no ar até que despencaram no banco. Despedaçamento? Reconciliação? Fusão? Não ousei me inclinar para elas. O lugar parecia deserto. Teria Boaz desaparecido outra vez? Fui tomada pelo pânico. Soprava um ligeiro mau cheiro, misturado ao aroma de eucalipto. Decidi descansar mais alguns minutos e ir embora.

Diante do depósito distingui um arado enferrujado dentro de uma pilha de galhos apodrecidos. Havia também um ancinho quebrado. E duas grandes rodas de madeira meio enterradas. Dentre os destroços descobri a mesa do jardim em torno da qual sentávamos antigamente, brincando, bebendo suco de romã com gelo em copos gregos esculpidos, comendo azeitonas. O que restou daquela velha mesa? Um tampo de mármore quebrado apoiado milagrosamente em três tocos de madeira, manchado de verde pelos dejetos das pombas. Sobre minha cabeça nuvens flutuantes viajavam sonhadoras em direção ao leste. Mil anos se passaram desde aquele dia de verão quando você me levou lá pela primeira vez, para me exibir ao seu pai ou impressionar-me com a riqueza dele. No caminho, no seu arrogante jipe militar com antena e a base de metralhadora, você me preveniu divertido para que eu não me apaixonasse por seu pai. E ele realmente despertou em mim uma espécie de vaga ternura maternal: parecia um cachorro crescido, um cão gigantesco não muito inteligente, arreganhando os dentes para brincar, latindo alto e balançando não só o rabo mas também metade do corpo, implorando uma carícia, dançando para fazer amigos, saltitando sem parar, e voltando para deixar aos meus pés algum graveto ou bola de borracha.

Sim, realmente gostei dele. Afeição, você já ouviu falar nisso? Mesmo que isso não tenha nada em comum com a sua área de especialização? Procure no dicionário ou numa enciclopédia. Tente na letra A.

A rudeza dele me tocou. Seus galanteios desajeitados. Sua tristeza mascarada de alegria. Sua voz áspera. Seu apetite. Suas maneiras corteses e antiquadas. Sua atividade incessante. As rosas que me ofereceu com grande espalhafato. O papel de fazendeiro russo que desempenhou exageradamente. Eu estava encantada por poder alegrar sua solidão barulhenta, como se participasse sobriamente da brincadeira excitada de um menino. E você ficou verde de inveja. Você não parou de fixar em nós dois seu olhar gelado de inquisidor. Nas catacumbas da sua imaginação, como num quadro de Dürer, certamente você me atirou nos braços dele. E nos assassinou com seu punhal. Pobre e miserável Alec.

Fragilizada, acariciada pela brisa marítima, fiquei sentada no banco e lembrei de um outro verão, nosso verão em Ashkelon após a Guerra dos Seis Dias. A jangada improvisada que você construiu de estacas amarradas com cordas, sem utilizar pregos. *Kon-Tiki*, você a chamou. E contou a Boaz sobre os navegantes fenícios que haviam chegado até o fim do mundo. Sobre os vikings. E Moby Dick e o capitão Ahab. As viagens de Magalhães e Vasco da Gama. Ensinou-o a dar nós como os dos marinheiros, sua mão firme dirigindo o pequeno punho dele. Depois o medo do redemoinho. O único grito de socorro que ouvi você emitir. E depois aqueles pescadores. Os seus braços fortes carregando a mim e ao menino como uma ovelha e um cordeiro, do barco dos pescadores até a praia. As lágrimas de derrota que julguei ver em seus olhos quando fomos resgatados do mar e, no limite de suas forças, você nos depositou na areia. A menos que fosse apenas a água do mar escorrendo do seu cabelo para o rosto.

Da direção da casa veio a voz de uma mulher cantarolando uma pergunta. Depois de um momento seu filho respondeu com sua voz tranqüila de baixo, quatro ou cinco palavras que não consegui decifrar. Como é preciosa para mim a voz lenta dele. Parece e não se parece com sua voz, Alec. O que direi a ele se me descobrir? Por que vim aqui? Bastava-me ouvir a sua voz. Nesse momento decidi ir embora sem que me descobrissem.

Mas no pátio surgiram duas moças. Uma escura e roliça, de sandálias e bermudas, os mamilos escuros sob a camiseta molhada, e sua companheira esbelta, pequena, brotando como um talo de dentro do vestido comprido. Com enxadas, ambas começaram a atacar as ervas, trepadeiras e os pepinos selvagens que se estendiam pelos degraus. Conversavam entre si num inglês suave, melodioso, e nem me notaram. Eu ainda esperava sumir sem ser vista. Da janela da casa vinha um cheiro de fritura misturado ao aroma de galhos úmidos de eucalipto queimando. Uma pequena cabra saiu da casa e atrás dela, segurando a corda, o próprio Boaz: queimado de sol, mais alto do que quando o vi da última vez em Jerusalém, os cachos de sua juba num tom dourado desciam abaixo dos ombros e tocavam os caracóis do seu peito, descalço e totalmente nu, à exceção do minúsculo short azul: Mogli, o menino-lobo; Tarzan, o rei da selva. O sol dourara seus cílios e sobrancelhas, os tufos loiros das faces. Amarrou a cabra a um galho e ficou de braços cruzados, a sombra de um sorriso nos lábios. Até que uma das moças ergueu o olhar para ele e lançou um grito como o dos índios peles-vermelhas. A sua companheira atirou uma pedrinha no peito dele. Nesse momento o delfim voltou-se, me viu e pestanejou. Coçou lentamente a cabeça. Pouco a pouco foi surgindo no rosto dele um sorriso divertido e cínico, e ele observou tranqüilamente como se identificasse alguma ave vulgar: "Vejam, Ilana está aqui".

Após um momento, acrescentou: "Esta é Ilana Sommo. *Minha bela mãe*. E estas são Sandra e Cindy. Também duas belezas. Aconteceu alguma coisa, Ilana?".

Levantei e caminhei em direção a ele. Depois de dois passos, parei. Como uma colegial confusa, torcendo a alça de minha bolsa de palha. Com olhos na altura do peito dele, consegui balbuciar que simplesmente tinha parado ali porque na verdade estava indo visitar Rahel em Beit Avraham, e que não queria atrapalhar nada.

Por que menti para ele desde as primeiras palavras?

Boaz meteu o dedo atrás da orelha, coçou-se novamente sem vontade, refletiu um pouco, depois disse: "Com certeza você está com sede por causa da estrada. Cindy vai trazer água. *Cindy, bring water*. Só que não está gelada porque não temos luz. Não tinha nem água, mas ontem achei o cano do parque nacional entre os espinhos e instalei uma torneira. Como vai a pequenina? Continua bonita? Continua comendo bombons? Por que não trouxe ela com você?

Eu disse que Yifat estava na creche. Michel iria buscá-la e levá-la para casa. E que ambos tinham mandado lembranças. Isso também, claro, era mentira. Para protegê-lo ou por embaraço, estendi a mão. Ele se curvou um pouco e apertou-a sem pressa. Como se pesasse um pintinho. "Aqui está, beba. Você parece estar ressequida. Apanhei estas duas beldades no contorno de Pardes Hana. Trabalharam como voluntárias em algum kibutz, mas já terminaram e saíram para circular um pouco, então eu as trouxe para cá para ajudarem a construir o país. Diga a Sommo que está tudo bem, ele não precisa se preocupar, elas são mais ou menos judias."

Tomei água morna da caneca metálica que Cindy trouxe. Boaz disse: "Logo mais vamos comer umas pombas. Eu caço elas nos quartos do andar de cima. Hoje você é minha convidada. Tem pão, arenque e um pouco de cerveja, mas também não está gelada. *An omelette, Sandra, for guest*. O que é que foi? O que há de engraçado?".

Acho que ri sem perceber. E gaguejei umas palavras de desculpas por não ter levado nada de comer. Pelo visto nunca serei uma boa mãe, eu disse. Boaz disse: "É verdade, mas não faz diferença". Colocou o braço na minha cintura e me conduziu para a casa. Segurava meu corpo cuidadosamente e com firmeza. Quando chegamos a um degrau defeituoso ele disse: "Cuidado, Ilana".

Ele mesmo curvou a cabeça quando passamos pela porta. Dentro da casa estava escuro e fresco, com um cheiro de café e sardinhas. Ergui meus olhos para ele, admirada com o pensamento de que aquele magnífico homem tivesse saído do meu corpo e adormecido sobre meus seios. Lembrei da difteria que quase o matou aos quatro anos e do problema renal pouco antes do nosso divórcio, Alec. O rim que você pretendia doar a ele. Não soube explicar a mim mesma que diabo me levara ali. Não encontrei uma palavra para dizer a ele. E lá estava seu filho, calado, inspecionando-me sem embaraço, paciente, com uma ligeira curiosidade, um ar de fera saciada.

Por fim, balbuciei estupidamente: “Você parece muito bem”.

“Mas você não, Ilana. Você parece *ofendida* [sic!]. Mas isso você sempre parece. Sente-se aqui por um momento. Descanse. Vou fazer café no fogareiro.”

Então sentei num caixote que seu filho pôs à minha disposição com um pontapé do pé descalço (havia sobre ele pepinos, cebolas e uma chave de fenda). No meio da desordem, na desarrumação das lajes imundas e afundadas, eu podia aos poucos perceber os sinais da ligação estranha que Boaz está estabelecendo ali: uma frigideira coberta de fuligem, um linóleo, um saco de cimento, duas panelas e um pote amassado para fazer café, pincéis e latas de tinta, colchões velhos sobre os quais estavam espalhadas as sacolas das moças e a mochila dele no meio de uma confusão de materiais de construção, cordas e latas de conservas e os jeans delas e dele e um sutiã e um rádio. Num canto do quarto havia uma barraca ou uma lona dobrada. Havia também uma mesa improvisada: uma antiga porta dobrável, descascada, colocada sobre dois barris. Sobre essa mesa, vi rolos escuros de metal e entre eles um pote de geléia, velas com fósforos, latinhas de cerveja cheias e vazias, um livro grande denominado *A lente e a luz*, um lampião a querosene e um pedaço de pão preto.

Perguntei a ele se estava tudo bem, se sentia falta de alguma coisa. E de repente, sem esperar uma resposta, ouvi de mim mesma jorrar a pergunta se ele ainda continuava zangado ou ressentido.

Um sorriso secreto, esplêndido, deu ao seu rosto queimado uma expressão de sabedoria e sofrimento, uma expressão que por um breve instante me fez lembrar o avô dele.

“Não, ressentido não. Além disso, eu sou contra ficar ressentido contra pessoas fodidas.”

Perguntei se ele odiava você. E logo me arrependi.

Não disse nada. Coçou-se como se estivesse dormindo. Continuou a lidar com o pote enegrecido de café sobre o fogareiro.

“Responda.”

Não disse nada. Fez um amplo gesto com a mão, a palma voltada para cima. Pigarreou duas vezes.

"Por que eu deveria odiá-lo? Não odeio. Sou contra odiar. O que eu acho é que não tenho nada a ver com ele. É uma pena que ele tenha ido embora de Israel. Sou contra as pessoas irem embora daqui, enquanto o país está com problemas. Mesmo que também eu tenha vontade de viajar — e realmente vou me mandar logo que o país sair desses problemas."

"E por que você concordou em receber dele esta casa?"

"O que importa pegar dinheiro dele? Ou de Michel? Ou dos dois? Nenhum deles ganhou esse dinheiro com trabalho duro. É como se tivesse crescido nas árvores. Então ele pode me dar um pouco. Sem problema. Acontece que eu tenho o que fazer com o dinheiro. Ei, a água ferveu! Vamos tomar um café. Tome, você vai se sentir melhor. Já adocei e misturei. Por que é que você está olhando para mim desse jeito?"

O que foi que me levou a dizer que eu me sentia sobrando? Que não me importaria morrer. Que isso seria melhor para todos.

"*Yala*. Pega leve. Chega dessa besteira. Yifat mal tem três anos e um mês. Como é que você vai morrendo assim? Ficou louca? Em vez disso é melhor você fazer algum trabalho voluntário. Vá ajudar novos imigrantes. Tricote gorros para as tropas. Você sente falta do que fazer? Qual é seu problema?"

"Eu... tudo o que eu toco sempre dá terrivelmente errado. Você entende isso, Boaz?"

"De verdade? Não, não entendo. Mas isso não quer dizer muita coisa, a minha cabeça não é muito boa. O que eu entendo é que você não tem o que fazer. Você não faz nada, Ilana."

"E você?"

"É isso aí. Agora eu estou aqui com estas duas frangotas, dou a elas trabalho e *good time*, comendo, trabalhando um pouco, trepando, cuido da casa dele por um salário mensal, e ainda faço todo tipo de consertos. Daqui a um mês ou dois vai ter uma ruína a menos no país. Por que você também não vem para cá? É melhor do que morrer. Tem gente demais morrendo em Israel. Matam e morrem o tempo todo em vez de curtir a vida. Onde a gente olha, tudo está cheio de sabichões dirigindo tanques. Hoje nós começamos uma horta. Você pode ficar aqui. Para mim não vai atrapalhar nada e eu não vou atrapalhar você. Você pode fazer o que tiver vontade, traga Yifat, traga o que você quiser. Eu dou para vocês trabalho e comida. Chorando de novo? A vida não trata você muito bem? Fique aqui o tempo que você quiser. Não falta trabalho aqui e toda noite Cindy toca violão para nós. Você pode cozinhar. Quem sabe quer cuidar das cabras? Logo vai ter um curral de cabras. Eu ensino você."

"Posso perguntar uma coisa?"

"Vá em frente — perguntar não custa nada."

"Diga: você já amou alguém? Não quero dizer... sexo. Você não é obrigado a me responder."

Não disse nada. Balançou a cabeça da direita para a esquerda, em negativa, como se estivesse desesperado com a minha estupidez. E depois, triste e delicadamente: "Claro que amei. Você quer dizer que nunca percebeu?".

"Quem?"

"Você, Ilana. E ele. Quando eu ainda era pequeno e pensava em vocês como pais. Eu ficava maluco com os gritos e as pancadas de vocês. Achava que era tudo por minha causa. Como é que eu podia saber? Toda vez que você tentava o suicídio e levavam você para o hospital, eu queria matar ele. Quando você trepava com os amigos dele eu queria envenená-los. Em vez disso eu surrava qualquer um que se metesse comigo. Era um idiota. Agora sou contra bater nas pessoas sem que elas batam antes em mim. Então eu espero, e bato de volta só um pouco. Agora sou só a favor de trabalhar e ter um pouco de tranqüilidade. Agora só me preocupo comigo e com o país."

"O país?"

"Lógico. Você por acaso é cega? Você não está vendo o que acontece? Essas guerras e todas essas mentiras? Lutas e mortes todo dia, em vez de curtir a vida? Comem o coração uns dos outros, e ainda dão tiros e jogam bombas. Sou contra a situação. Sou até bastante sionista, se você quer saber."

"Você é *o quê*?!"

"Sou um sionista. Quero que tudo fique legal. E que cada um faça um pouco pelo país, mesmo algo muito pequeno, só meia hora por dia para a pessoa se sentir um pouco melhor e saber que ainda precisam dela. Quem não faz nada logo começa a se meter em encrencas. Veja você e os seus maridos, por exemplo. Nenhum dos três sabe o que significa realmente viver. Criam caso o tempo todo em vez de fazer alguma coisa. Inclusive aquele santo Michel com a turma dele dos territórios. Vivem da Torá, vivem de política, vivem dos discursos e dos debates em vez de viver da vida. É a mesma coisa com os árabes. Eles aprenderam com os judeus como comer a si próprios e a comer um ao outro e a comer gente em vez de comer comida normal. Não digo que os árabes não sejam filhos-da-puta. Eles são, são até piores. Mas e daí? Filhos-da-puta também são gente. Não lixo. É uma pena que morram. No fim os judeus vão acabar com eles ou eles vão acabar com os judeus ou então um vai acabar com o outro e de novo não vai ter mais nada neste país a não ser a Torá e o Corão e raposas e ruínas incendiadas."

"Como é que vai ser quando você tiver que ir para o Exército?"

"Oh, eles vão dispensar alguém como eu. Abaixo do nível e assim por diante. E daí? Isso não me importa. Mesmo sem o Exército vou fazer alguma coisa da minha vida: talvez no mar, ou em óptica. Ou começar aqui em Zichron uma comunidade para malucos. Eles podem trabalhar um pouco na agricultura em vez de criar problemas. Para que haja comida no país. Uma comunidade de perturbados da cabeça. A primeira coisa que fiz foi jogar fora a maconha que essas moças tinham. Sou contra puxar fumo. Melhor trabalhar o dia todo e curtir a vida de noite. Está chorando de novo? Falei alguma coisa errada? Desculpe. Não tinha intenção de irritar você. Lamento muito. Não esqueça que você não é a primeira mãe que deu à luz um filho maluco. Ao menos você tem a Yifat. Desde que Sommo não encha a sua cabeça com a Torá e todas as besteiras dele."

"Boaz."

"O quê?"

"Você tem tempo agora? Umas duas horas?"

"Para quê?"

"Venha comigo para Haifa. Vamos visitar o seu avô. Você lembra que tem um avô doente em Haifa? Que foi ele quem construiu esta casa para você?"

Não disse nada. De repente moveu sua mão forte como um raio e assentou um golpe de gorila no tronco nu e jogou a mutuca amassada no chão.

"Boaz?"

"Sim. Eu lembro. Claro. Mas que história é essa de ir visitálo assim de repente? O que é que eu preciso dele? Afinal, quando eu saio, mesmo aqui em Zichron, para comprar algum material de construção ou coisa assim, ou eu irrito as pessoas ou elas me irritam e começa uma briga. Você pode dizer a ele que eu mando dizer que se ele ainda tem algumas economias pode me mandar dinheiro. Diga que o idiota aqui aceita qualquer coisa. Estou com vontade de começar a construir um telescópio de verdade. Alguma coisa assim como nos filmes. Para que à noite a gente possa ver daqui os satélites que voam sobre o país. O mar sem água que tem lá em cima, na Lua, talvez você tenha ouvido falar nisso. Se as pessoas prestarem um pouco de atenção nas estrelas e tudo, vão prestar menos atenção nos aborrecimentos que têm o tempo todo. Depois disso, quem sabe, talvez um iate. Tábuas não faltam por aqui. Para que a gente possa passear no mar, isso limpa a cabeça de todas as besteiras.

"Aí está, a comida ficou pronta. Veja, ali diante da janela está a torneira que instalei ontem. Vá lavar o rosto e chega de conversas complicadas. Sua maquiagem está borrada. A Cindy também chorou a noite passada. É bom, lava um pouco a alma. *Sandra. Put food for my mother, also.* Não? Você já vai? Está cansada de mim? Porque eu falei 'trepar' e tudo? É assim que as coisas são, Ilana. A duzentos metros do portão de trás tem um ponto de ônibus. Vá pelo portão de trás. Talvez fosse melhor para você se nem tivesse vindo aqui — você chegou bem e agora sai chorando. Espere, encontrei estas moedas lá embaixo no porão. Debaixo do aquecedor de água do velho. Dê isto para Yifat e diga a ela que fui eu que mandei, Bozaz, e que eu vou comer o narizinho dela. Não esqueça, você pode voltar para cá quando quiser e ficar quanto quiser. À vontade."

Por que você fez isso, Alec? Por que o plantou nesse castelo assombrado? Isso é apenas porque você quer derrotar Michel no seu próprio jogo? Para despedaçar o tênue tecido de afeto que começava a unir o meu pequeno homem e o selvagem crescido? Empurrar o seu filho de volta para a selva? Como um carcereiro separando dois condenados que fizeram amizade na cela e os atirando numa solitária. "Como depois de um desastre de avião", você me escreveu na sua carta iluminada a neon, "deciframos juntos, por correspondência, a caixa-preta de nossas vidas."

Não deciframos nada, Alec. Apenas trocamos dardos envenenados. Meu desejo de vingança está diminuindo lentamente. Acabou. Desisto. Mas deixe-me ficar nos seus braços. Descansar meus dedos na sua nuca. Alisar o seu cabelo cinzento despenteado. Espremer de vez em quando algum pequeno cravo do seu ombro ou do seu queixo. Ficar sentada ao seu lado no jipe fustigado pelo vento, subindo pela estrada de alguma montanha remota, sentir um arrepio com o jeito como você dirige, agressivo como uma espada e ao mesmo tempo exato e calculado como uma bela sacada de tênis. Vir sorrateiramente descalça por trás de você e enterrar meus dedos em seus cabelos quando você está inclinado sobre a escrivaninha de manhã cedo, banhado pela aura elétrica do abajur, decifrando com precisão cirúrgica algum texto furiosamente místico. Serei sua esposa e serva. *La commedia è finita.* De agora em diante, será feita vossa vontade. Estou aguardando.

Ilana

*

Notas registradas pelo professor A. A. Guideon em pequenas fichas.

185. Fé nascida da falta de fé: à medida que a fé em si próprio vai sendo destruída, fortalece-se a fé ardente na redenção,

revigora-se a necessidade urgente de ser salvo. O redentor é tão poderoso quanto se é pequeno, nulo, insignificante. Henri Bergson diz: não é verdade que a fé mova montanhas. Ao contrário, a essência da fé é a capacidade de não distinguir mais nada, nem mesmo montanhas movendo-se diante de nossos olhos. Uma espécie de tela hermética, totalmente imune aos fatos.

186. Na medida em que perdeu a auto-estima, sua razão de ser, o verdadeiro significado da vida, simultaneamente eleva-se, engrandece-se, glorifica-se e santifica-se a justificação do seu credo, sua nação, sua raça, do ideal que abraçou ou do movimento ao qual jurou fidelidade.

186a. Assimilar totalmente, portanto, o *Eu* dentro do *Nós*. Restringir-se a uma célula cega dentro de um organismo gigantesco, intemporal, onipotente e sublime. Fundir-se até o auto-esquecimento, até o limite extremo, à nação, ao movimento, à raça, como uma gota no oceano da fé. Daí os diversos tipos de uniformes.

187. Um homem se ocupa com as suas próprias questões enquanto tem interesses e enquanto tem privacidade. Na ausência destes, pelo medo do vazio da vida, ele se volta febrilmente para os assuntos dos outros. Para endireitá-los. Para castigá-los. Para esclarecer cada idiota e esmagar todo depravado. Para oferecer favores aos outros ou persegui-los selvagemente. Entre o fanático altruísta e o fanático assassino há naturalmente uma diferença de grau moral, mas não diferença de essência. O assassínio e o auto-sacrifício são simplesmente dois lados da mesma moeda. Dominação e benevolência, agressão e devoção, repressão do próximo e auto-repressão, a redenção das almas daqueles que diferem de nós e a destruição daqueles que diferem de nós: não são pares de opostos, mas apenas expressões diversas do vazio e da insignificância do homem. "Sua insuficiência para si próprio", conforme a expressão de Pascal (ele mesmo um contaminado).

188. "À falta do que fazer com sua vida vazia e deserta, ele se pendura nos pescoços dos outros ou atira-se nas suas gargantas" (Eric Hoffer, *O verdadeiro crente*).

189. E este é o segredo da surpreendente semelhança entre a irmã de caridade, que trabalha dia e noite pelos desvalidos da sociedade, e o ladrão ideológico, chefe do serviço secreto, cuja vida é dedicada inteiramente à eliminação dos rivais, ou estranhos, ou inimigos da revolução: sua modéstia. Seu satisfazer-se com pouco. Sua hipocrisia cujo cheiro se sente à distância. Seu hábito secreto de autopiedade, e disso irradiar megawatts de sentimentos de culpa. O rancor comum à irmã de caridade e ao inquisidor por tudo o que é considerado "luxo" ou "auto-indulgência". O missionário dedicado e o diretor de purificações sedento de sangue: os mesmos modos suaves. A mesma cortesia floreada. O mesmo cheiro de azedume indefinido emana dos corpos de ambos. O mesmo estilo ascético de vestir. O mesmo gosto (sentimental, banal) em música e arte. E, particularmente, o mesmo vocabulário ativo, caracterizado por retórica gasta, modéstia afetada, rejeição a toda vulgaridade — *toalete* em vez de *privada*, *faleceu* em vez de *morreu*, *solução* em vez de *extermínio*, *purificação* em vez de *matança*. E naturalmente *salvação*, *redenção*. O lema comum a ambos: "Sou apenas um modesto instrumento". (Eu sou um "instrumento", portanto eu sou: "dente de engrenagem" — *ergo sum*?!)

190. Torturador e vítima. Inquisidor e mártir. Crucificador e crucificado. O mistério da compreensão mútua, da secreta fraternidade que freqüentemente cresce entre eles. A dependência mútua. A mútua admiração oculta. A facilidade com que são capazes de trocar de papéis quando as circunstâncias mudam.

191. "O sacrifício da vida pessoal no altar do ideal sagrado" é apenas uma desesperada adesão aos ideais quando a vida pessoal morre.

200. Em outras palavras: com a morte da alma o cadáver ambulante transforma-se num ser totalmente público.

201. "A santidade do dever": um apegar-se espasmódico a qualquer tábua de salvação que esteja ao nosso alcance. O tipo de tábua é quase acidental.

202. "Purificação de todo egoísmo": estratagema egoísta de sobrevivência, no limite do instinto cego.

*

Prof. A. Guideon
Universidade de Illinois
Chicago, Illinois, EUA

Jerusalém 13/8/76

Meu caro dr. Strangelove,

No momento, não me é claro se fui demitido ou não. Nosso comprador está disposto a pagar treze pela propriedade em Zichron, jura que é sua última oferta, e ameaça retirá-la se não receber uma resposta positiva em duas semanas. Quase consegui convencer o pobre Roberto a me devolver, por vontade própria, os seus documentos. Pelo visto, ele está começando a perceber com que tipo de cliente está lidando. Quanto a mim, decidi engolir em seco e continuar: não vou abandonar você às suas loucuras, nem permitirei que você cause sua própria desgraça. Aparentemente você suspeita que eu o vendi a Sommo, mas a verdade é o contrário: todos os meus esforços estão direcionados para comprá-lo para nós e colocar-lhe um cabresto (na figura do meu genro Zohar). Enquanto isso, de acordo com a orientação do seu último telegrama, aqui vão as principais novidades: consta que o barão de Sommo adquiriu um elegante apartamento no bairro judaico da Cidade Velha de Jerusalém. Pelo visto isso é um negócio de ocasião entre ele e um dos membros de sua tribo. Além disso, começou a aprender a dirigir e planeja comprar um carro. Já tem um terno caro (embora, quando está vestindo essa coisa espantosa, arrependo-me amargamente de lhe ter sugerido que comprasse um). A organização União de Israel foi transformada recentemente por ele numa espécie de unidade de reconhecimento ou guarda de segurança a serviço da companhia de investimentos Estaca, que ele e Zohar Etgar fundaram em sociedade com um grupo de investidores fanáticos e com apoio discreto de Paris — isso relatarei depois que eu tiver certeza que você voltou à razão. O leme financeiro comum desta Estaca está, naturalmente, nas mãos de Zohar (com o meu Espírito Santo iluminando-o das alturas). Os diversos sócios mais religiosos cuidam do lado ético da questão, ou seja: conseguiram que as autoridades do imposto de renda os reconhecessem mais ou menos como uma espécie de orfanato, e aos seus lucros como "donativos de caridade".

E quanto ao nosso Sommo, ele está estrelando o papel de ministro do Exterior. Está envolvido num agitado *lobby*. Nada pelos corredores do poder como um peixe ou uma alga. Passa dias inteiros em companhia de ativistas, deputados, secretários-gerais e diretores-gerais. Circula dentro e em volta da corte do irmão, prega amor por Israel aos funcionários da administração militar, infiltra anseios de redenção no Ministério do Comércio e Indústria, desperta os paroxismos messiânicos no pessoal da diretoria da Ocupação de Solos, faz pregações, implora, adula, menciona versículos, difunde uma densa nuvem de sentimentos de culpa com uma das mãos no coração e a outra nos ombros do interlocutor, adoça tudo com mel bíblico, polvilha com homilias, tempera com uma pitada de mexericos, arranja licenças e autorizações e, em resumo, abre incansavelmente as sendas do Fim dos Tempos e também consolida rapidamente nossos investimentos ao sul de Jerusalém. No início do terceiro capítulo de seu livro extraordinário, você usou uma epígrafe de Jesus de Nazaré, que ordenou aos discípulos que fossem ao mesmo tempo "astutos como serpentes e inocentes como pombas". De acordo com esse critério, é possível promover Sommo à categoria de apóstolo-chefe. Brevemente, assim me informa o nosso amigo Shlomo Zand, ele pretende partir para uma urgente missão em Paris, com seu passaporte francês, e eu prevejo que voltará carregado do bom e do melhor. O final será que, graças a ele, ainda receberemos — você e eu, Alex — um convite duplo para o Paraíso, pela nossa participação na redenção do país.

Escrevo tudo isto na esperança de que você me dê o quanto antes um pequeno sinal, e eu me apressarei em atrelar o seu dinheiro adormecido a estas carruagens divinas. E assumirei a responsabilidade de conduzir Sommo de tal maneira que ele fará por você no presente o que eu próprio fiz por seu pai naqueles bons velhos tempos. Pense bem nisso, meu caro: se o seu velho Zakheim ainda não enferrujou totalmente, então você deve confiar na intuição dele e mergulhar sem demora nesta nova onda. Assim, caçamos três belos pássaros com um milhãozinho: atrelamos o Sommo a nós, enriquecemos o seu Gulliver (se você realmente já decidiu nomeá-lo príncipe-herdeiro) e também colocamos nossas mãos na lady de Sommo. Porque Zand me relata que enquanto Napoleão avança em direção às pirâmides, aumentam os sinais de intranqüilidade de Desirée, que começou a se interessar pela possibilidade de voltar a trabalhar na mesma livraria onde trabalhava naqueles abrasadores dois anos, depois que o príncipe partiu e antes que o sapo chegasse. Se eu li sua mente corretamente, então este novo dado está fazendo o nosso jogo. Quer que eu marque para ela uma passagem e a envie para você *prontissimo*? Ou devo aguardar até estar certo que ela já está pronta para isso? Quer que eu mande Zand farejar o que está acontecendo em Zichron? E o principal, Alex: você me permitirá vender aquela ruína que não rende nada e custa uma fortuna em impostos, e usar o dinheiro a fim de fincar para você uma estaca na companhia Estaca? Por favor, envie-me um telegrama com uma só palavra: "Positivo". Você não se arrependerá.

Cuide de seu corpo e de seus nervos. E não odeie o seu único amigo no mundo, que aguarda uma resposta sensata e assina com afeição e ansiedade.

Seu pobre
Manfred

*

PESSOAL ROBERTO DI MODENA JERUSALÉM ISRAEL

PROÍBO-O METER SEU SÓCIO MEUS NEGÓCIOS ESCLAREÇA E RELATE IMEDIATAMENTE QUEM É COMPRADOR DELE CONTINUE A PAGAR BOAZ ALEXANDER GUIDEON

*

Professor Alexander Guideon
Departamento de Ciências Políticas
Universidade de Illinois
Chicago, Illinois, EUA

15/8/76

Caro Alec,

De Zichron fui para Haifa. Um cheiro forte, estranho, mistura intoxicante de resina de pinheiros e desinfetante, enchia o sanatório do monte Carmelo. De tempos em tempos ouvia-se a sirene de um navio atracado no porto. Trens apitavam e caíam no silêncio. Os jardins estavam mergulhados numa tranqüilidade campestre envolta em uma luz suave. Duas velhas cochilavam num banco, apoiadas ombro a ombro, como dois pássaros empalhados. Um enfermeiro árabe que empurrava um paciente numa cadeira de rodas diminuiu o passo quando passei por ele e me olhou com lascívia. Dum canto do jardim vinha um coaxar de sapos. E numa cobertura densa de vinhedos finalmente encontrei seu pai, sentado sozinho junto a uma mesa de metal branco, com sua juba branca de profeta agitando-se levemente à brisa, a barba tolstoiana desgrenhada descia sobre o roupão manchado, o rosto escuro e enrugado como um figo seco, uma colherzinha na mão, um prato de bolo e um copo de iogurte pela metade na mesa diante dele. Os olhos azuis perdiam-se no azul do mar. A respiração profunda, tranqüila, soprava no ramo de oleandro que balançava como um leque.

Quando eu o chamei pelo nome, dignou-se a voltar o rosto e olhar para mim. Levantou-se lenta e majestosamente do seu lugar e curvou-se duas vezes. Estendi-lhe um ramo de crisântemos que tinha comprado na rodoviária. Entregou-me o seu oleandro, apertou os crisântemos ao peito, cuidadosamente colocou uma das flores numa casa da jaqueta, e sem hesitar enfiou todo o resto no copo de iogurte. Chamou-me de madame Robina, e me agradeceu por ter arranjado tempo para vir ao seu funeral e ter até trazido flores.

Coloquei minha mão sobre sua mão larga, coberta por uma rede fascinante de veias de um azul delicado, pintalgada de manchas senis escuras, como uma paisagem de riachos e colinas, e perguntei como ele estava. Seu pai me cravou olhos duros, penetrantes, e o rosto cativante escureceu. Repentinamente riu, como se tivesse decifrado meu pequeno ardil mas preferisse me perdoar por ele. Depois ficou sério, aborrecido, e exigiu que eu respondesse se há perdão para Dostoievski: como é possível que aquele homem de Deus "fosse capaz de surrar a esposa durante todo o inverno e ainda se embriagasse e jogasse cartas como um animal, enquanto o seu bebê estava morrendo"?

Nesse ponto, aparentemente chocou-se com seus próprios maus modos, arrancou os crisântemos do copinho de iogurte, atirou-os enojado para o chão por trás do ombro, empurrou o copo para mim e perguntou se eu queria champanhe. Aproximei o copo dos meus lábios — havia pétalas e poeira boiando no líquido turvo — e fingi que bebia. Enquanto isso seu pai atirava-se com uma fome de lobo sobre os restos do bolo. Quando acabou, tirei um lenço e limpei as migalhas da barba dele. Ele correspondeu acariciando o meu cabelo e declamando em tom trágico: "O vento, *krassavitsa*, o vento de outono, se infiltra todo dia nos jardins. Oh, não deve estar com a consciência limpa! Não conhecerá descanso! Proscrito! E à noite começam a soar os grandes sinos. Logo começará a nevar e nós — *dayosh*! — cavalgaremos adiante". Aqui ele se perdeu. Calou-se. Ficou um pouco admirado, com uma sombra de tristeza no rosto.

"E a saúde vai bem, Volodia? Passaram as dores no ombro?"

"Dores? Eu não. Eu não tenho dores — só ele. Ouvi dizer que ele está vivo, que até falou no rádio. Se eu estivesse no lugar dele me casaria e logo faria nela uma dúzia de bebês."

"No lugar de quem, Volodia?"

"Você sabe, aquele coleguinha, como é que ele se chama? Aquele. O irmãozinho, Binyomin. Aquele que costumava andar pela aldeia árabe de Budrus com o primeiro rebanho de Ben

Shemen. Chamavam-no de Binyomin. Foi descrito fielmente em Dostoievski! Ainda mais vivo do que na *realia*! Eu também estive na *realia*, mas como um porco. Nós também tínhamos um — Sioma. Nós o chamávamos de Sioma-Axioma. Era um em um milhão. Não tinha nada de porco. Era um conterrâneo meu. Shirki, região de Minski. A *realia* não podia perdoá-lo, e matou-o por amor a uma mulher. Matou-se, à sua bela alma, com o meu revólver. Será que eu poderia ter impedido? Eu tinha o direito de fazê-lo? Você, minha senhora, daria a ele um cálice de amor feminino? Ele a recompensaria com carmim e turquesa. Com generosidade ele a recompensará. A alma dele, por uma única taça? Meia? Um quarto? Não. Bem, não tem importância. Não é preciso. Não dê. Toda pessoa é um planeta. Não há caminho. Apenas cintila ao longe quando não há nuvens no meio. A própria *realia* é porca. Posso oferecer uma flor a você? Uma flor em memória do infeliz? Uma flor pela elevação da alma dele? Dostoievski o matou, com meu revólver. Que anti-semita ele era! Desprezível! Epilético! Crucificou Cristo em cada página ao menos duas vezes, e depois ainda nos acusa! Bateu nos judeus com golpes assassinos. E talvez com razão, querida senhora. Não falo sobre a Palestina. Palestina é uma outra canção. O que é a Palestina? *Realia*? Palestina é sonho. Palestina é *cauchemar*, mas é sonho. E talvez você tenha ouvido sobre lady Dulcinéia? Bem, a Palestina também é assim. Mirra e incenso no sonho, e quanto à *realia*, um chiqueiro. A desgraça dos porcos. E de manhã, vimos que era a Léa! Que Léa. Malária, Ásia otomana. Eu era um menino, um menino que caçava pardais. Vendia dois por um copeque, eu adorava andar sozinho pelas estepes. Assim: eu andava pelo pasto sonhando. E em volta, terror! Florestas! Mujiques, com — como é, com botas? Não: com polainas. Assim era a nossa Palestina em Shirki. O riacho também era Palestina. E eu até podia nadar nele. Então um dia, quando era um rapazinho passeando entre a floresta e o pasto, de repente da terra mesmo apareceu na minha frente uma garota camponesa. De trança. Bem, uma pastora de porcos, com seu perdão. Talvez tivesse uns quinze anos. Bem, não perguntei a idade dela. Sem dizer nada, ela tirou — com seu perdão — o vestido. E fez sinal com o dedo. Não o amor de mulheres numa taça — mas um rio inteiro. Peça e ser-lhe-á dado. E eu ainda sou um rapazinho, meu sangue bobo ferve, e o juízo — com seu perdão — adormece. Por acaso eu mentiria para a senhora, madame, no meio do meu próprio funeral? Não. A mentira é totalmente desprezível. O que mais, diante de uma cova aberta. Em resumo, não negarei, meu bem, pus a mão naquele campo. E por causa desse pecado fui enviado para a Ásia otomana. "Adiante, Jordão, adiante..." Foi o meu próprio pai que me fez fugir no meio da noite, para que não me matassem a machadadas. E lá, na Palestina — um deserto! Um cemitério! Um horror! Raposas! Profetas! Beduínos! E o ar em fogo! Tome mais um gole, você se sentirá melhor. Beba em memória do amor feminino. Ainda no caminho, enquanto eu estava no navio, atirei os filactérios direto no mar. Deixe os peixes comer e engordar. E também vou explicar isso a você: um pouco antes da cidade de Alexandria, tive uma grande briga com Deus. Ambos gritamos no convés durante metade da noite. Talvez tenhamos exagerado a raiva. O que é que Ele quer de mim? Que eu seja o seu pequeno *jid*. Isso é tudo. Mas eu, de minha parte, queria ser um grande porco. E assim brigamos, até que chegou o vigia e nos expulsou do convés no meio da noite. Foi assim que Ele me perdeu e eu O perdi. Um Deus usado, colérico, azedo. Então Ele ficou sentado em cima, solitário como um cão, resmungando embaixo do bigode, e eu, embaixo, um porco entre porcos. Foi assim que nos separamos. E o que foi que eu fiz? *Na*, diga-me, o que foi que eu fiz com a dádiva da vida? Em que foi que eu a gastei? Por que a sujei? Quebrei os dentes, enganei, roubei e, acima de tudo, levantei saias. Um porco nojento em todos os sentidos. E agora, com o perdão da senhora, querida lady, não está muito claro por que veio me ver hoje. Você foi enviada por Binyomin? Ele foi terrivelmente castigado. Por quem? Pelo sexo frágil! Só porque não teve nada de porco. Quebraram o coração dele mas não o deixaram abrir caminho até os corpos deles. Mesmo antes que houvesse a sombra de um toque ele desmaiava de vergonha. De tanto sofrimento, sua alma pura partiu. E pelo meu próprio revólver! Por acaso a senhora sabe onde fica a cidade de Simferopol? Houve uma batalha terrível lá. Rapazes foram mortos como moscas. E quem não foi morto perdeu Deus. Não se sabia o que era em cima e o que era embaixo. Dispensou Deus pelo amor das mulheres, mas não encontraram nenhuma mulher. Mulheres em Israel eram uma raridade. Talvez cinco ou seis entre Rosh Pina e Kastina. Talvez dez, se se incluir também as Baba Yagas. Mas nem uma *barishnya* podia ser encontrada. Os rapazes, depois das discussões, deitavam-se em seus colchões e sonhavam com um bordel em Odessa. E isso porque Deus nos engana. Nunca veio para a Ásia otomana. Permaneceu no sótão da sinagoga de Shirki, ficou ali deitado aguardando a vinda do Messias. Em Israel não havia Deus nem o amor das mulheres. Então todo mundo ficou doido. E quem se casou? Bem, claro, de manhã ela era Léa. Estão tocando outra vez ao longe os sinos da aldeia. Em seguida vai começar a nevar e nós seguiremos nosso caminho. Será que a senhora pode me entender? Apiedar-se? Perdoar? Ela está sozinha e eu estou sozinho naquele campo, e ela despiu o vestido e com o dedinho me fez um sinal e minha mão esteve em cima dela. Por isso fizeram-me fugir para Sion. Sou o primeiro judeu que tirou mel das abelhas. O primeiro desde os tempos da Bíblia. Se é que a Bíblia não é lenda. Por isso fui castigado em Simferopol. Um cavalo caiu em cima de mim e me quebrou as pernas. Em Tul-karem explodiram a minha cabeça. Mas eu explodi os dentes deles. Muito sangue foi derramado. Por acaso a madame sabe disso? Minha vida não é vida. Vou derramar muitas lágrimas até o dia da minha morte. Uma vez eu também amei uma mulher. Cheguei a obrigá-la a se casar comigo. Embora ela não sentisse desejo por mim. Talvez ela desejasse um poeta? Quanto a mim — como direi? —, do umbigo para cima estava apaixonado, fazendo serenatas, oferecendo lenços e flores, mas do umbigo para baixo, porco da terra de porcos. Levantando saias a torto e a direito pelos campos. E ela, minha bem-amada, minha esposa, ficava o dia todo sentada na janela. Ela cantava uma musiquinha: 'Lá, onde os cedros crescem...'. Por acaso você conhece a música? Permita que eu cante em sua homenagem: 'Lá, onde os cedros crescem...'. Tome cuidado com músicas assim. Foi o anjo da morte que as compôs. E ela, com a intenção de me castigar, morreu. Para me contrariar. Ela me deixou e foi para Deus. Ela não sabia que Ele também é um porco. Ela se deu mal. Me dê sua mão, vamos. Está na hora. Os judeus construíram um país. Não é um país correto, mas construíram! É completamente torto, mas eles construíram! Sem Deus — mas construíram! Agora vamos esperar e ver o que Deus diz disso. Bem, basta por enquanto: dois copeques pelos seus pardais? Dois. Mais que isso não. Toda minha vida foi luta e profanação. Eu desonrei a dádiva. Rabos-de-saia e dentes quebrados. E por que eu deveria dar dinheiro a você? O que foi que você fez com a dádiva de sua vida? Vou dar uma flor a você. Uma flor e um beijo na boca. Você sabe qual é o meu segredo? Nunca tive nada. E você? O que foi que a trouxe até mim? O que foi que eu fiz para merecer essa honra?"

Quando finalmente calou-se e seus olhos deslizaram de mim para a baía avermelhada no incêndio do poente, perguntei se precisava de algo. Se queria que eu o acompanhasse até o quarto. Ou que trouxesse uma xícara de chá.

Mas ele apenas sacudiu a magnífica cabeça e balbuciou: "Dois. Mais que isso eu não pago".

"Volodia", eu disse, "você lembra quem eu sou?"

Ele puxou sua mão da minha. Os olhos se encheram de lágrimas de tristeza. Não, envergonhado ele confessou que não lembrava, que esquecera de perguntar quem era a senhora e por que ela pediu que ele a recebesse. Então eu o fiz reclinar-se na cadeira, beijei sua testa e disse o meu nome.

"Claro", ele sorriu com astúcia infantil. "Claro, você é Ilana. A viúva do meu filho. Em Simferopol todos foram mortos. Ninguém ficou vivo para observar a beleza das folhas caindo. Em seguida vai nevar e nós — *dayosh*! — cavalgaremos em frente. Longe deste vale de lágrimas! Além dos generais podres que bebem e jogam cartas enquanto as mulheres morrem. E quem é você, bela dama? Qual é o seu nome? E em que trabalha? Engana o sexo masculino? E por que razão solicitou uma entrevista? Espere! Não diga! A senhora veio pela dádiva da vida. Por que nós a corrompemos? Por que azedamos o leite da nossa mãe? Talvez a senhora tenha feito isso, madame, não eu. Eu, o meu revólver — no esgoto! Eu o joguei fora e ponto final. Então, Deus esteja conosco, vamos descansar em paz. *Lhu lhu lhu*? É uma cantiga de ninar? Uma canção de moribundo? Então vá embora agora. Vá. Só faça isso por mim: viva e tenha esperança. Isso é tudo. Olhar a beleza das folhas caindo na floresta antes da neve. Então? Dois copeques são suficientes? E também posso dar três."

Com estas palavras ele se levantou, inclinou-se diante de mim, ou melhor, curvou-se e pegou do chão um dos meus crisântemos, sujo de pó e iogurte, e me ofereceu delicadamente: "Não vá perdê-lo na neve".

E sem aguardar uma resposta nem se despedir voltou as costas e caminhou na direção do edifício, ereto como um velho índio pele-vermelha. Minha visita terminara. O que mais me restava fazer a não ser recolher os crisântemos pegajosos, e colocá-los na lata de lixo e voltar de ônibus para Jerusalém?

Um resto de luz ainda brilhava no poente, entre nuvens recortadas no horizonte marítimo, quando sentei no ônibus meio vazio no caminho de volta a Haifa. A lembrança da mão morena dele, áspera como uma encosta vulcânica, não parou de me acompanhar: parecia, e ao mesmo tempo não parecia, com sua mão firme, quadrada. Eu tinha a sensação de que a mão dele estava pousada em meus joelhos durante o caminho de Haifa. O contato dela era reconfortante. Quando cheguei em casa, às quinze para as dez da noite, encontrei Michel dormindo num colchão aos pés da cama de Yifat, vestido e calçado. Seus óculos estavam caídos sobre o ombro. Acordei-o, assustada, e perguntei o que tinha acontecido. Pela manhã, após a minha saída, quando ele vestia Yifat e se preparava para levá-la à creche, numa súbita suspeita, tirou a temperatura dela e percebeu que realmente tinha razão. Então decidiu telefonar e cancelar, no último minuto, o encontro marcado com o auxiliar do ministro da Defesa, um encontro que aguardava há quase dois meses. Levou Yifat até a clínica e esperou cerca de uma hora e meia que o médico a examinasse para dizer que se tratava de uma "leve infecção no ouvido". Na volta para casa, parou na farmácia e comprou um antibiótico e gotas para o ouvido. Fez uma canja e purê de batatas para ela. Com mimos e subornos, conseguiu fazê-la tomar leite quente com mel, de hora em hora. Ao meio-dia a febre dela subiu e Michel decidiu chamar um médico particular. Que confirmou o diagnóstico do colega, mas cobrou noventa libras de Michel. Ele ficou sentado até o anoitecer, contando a ela uma história depois da outra, e conseguiu fazê-la comer um pouco de frango com arroz, depois cantou para ela, e quando ela adormeceu continuou sentado no escuro, de olhos fechados, controlando a respiração dela pelo relógio de pulso e cantando hinos religiosos. Depois arrastou um colchão e deitou aos pés dela, no caso de ela tossir ou descobrir-se durante o sono. Até que ele próprio também adormeceu. Em vez de agradecer a ele, de admirar sua dedicação, beijá-lo, despi-lo e levá-lo para nossa cama, perguntei irritada por que não telefonara chamando uma de suas incontáveis cunhadas ou primas. Por que tinha cancelado o encontro com seu vice-ministro? Para me deixar culpada por ter ido viajar? Será que valia qualquer coisa para me causar sentimentos de culpa? O que, com os diabos, fazia com que ele pensasse merecer uma medalha de herói, só por ter ficado um dia inteiro sozinho na casa em que estou metida toda a minha vida? E por que é que eu tenho que contar a ele para onde viajei? Não era escrava dele, eu disse. E já que estávamos falando em interrogatórios, era a hora de ele saber o quanto estava farta do modo como os membros da sua comunidade e da sua família tratam suas pobres mulheres. Recusei-me a contar por que e para onde viajei (na minha fúria cega, ignorei o fato de que Michel não perguntara nada. Mas certamente pretendia perguntar e me repreender, eu apenas me antecipei). Michel ouviu calado enquanto preparava para mim uma salada e um copo de Coca-Cola. Ligou o aquecedor de água para que eu tomasse um banho. E arrumou a nossa cama. Por fim, quando me calei, disse: "Pronto? Terminou? Então vamos enviar agora alguma pomba para ver se a água baixou? À uma da manhã é preciso acordar a menina para que ela tome o remédio". Enquanto falava, inclinou-se sobre ela e tocou-lhe levemente a testa. Comecei a chorar.

De madrugada, depois que ele adormeceu, fiquei acordada e pensei no macaco rhesus, seu único amigo de infância, entre as cercas do sítio vazio, que você e seu pai vestiram com roupa de garçom, de gravata-borboleta, e treinaram para servir uma bandeja com suco de romã. Até que um dia ele mordeu o seu pescoço e a cicatriz ficou até hoje. O empregado armênio recebeu ordem de dar um tiro nele. Você cavou a sepultura e escreveu um epitáfio. E desde então você está só.

Lembrei que você jamais pediu para ouvir sobre minha infância na Polônia e em Israel, e eu tinha vergonha de contar. Meu pai, como meu marido, era professor. Vivíamos num apartamento apertado, cuja escuridão, mesmo nos dias de verão, ficou gravada na minha memória como se fosse a de uma caverna. Havia um relógio marrom na parede. Eu tinha um casaco marrom. Do andar térreo subiam até nós os cheiros da padaria. A rua estreita era pavimentada de pedra, e os bondes passavam por ali o tempo todo. À noite havia a tosse asmática do meu pai. Quando eu estava com cinco anos recebemos um visto para a Palestina. Durante sete anos, moramos numa cabana perto de Nest Tsiona. Papai encontrou serviço como estucador na cooperativa de construção, mas nunca perdeu os modos de professor, até que morreu ao cair de um andaime. Minha mãe morreu menos de um ano depois. Morreu de uma doença infantil, sarampo, no dia 15 do mês de Shvat, no festival das árvores. Rahel foi enviada para ser educada no kibutz onde vive até hoje, e eu fui entregue a uma instituição do Conselho de Trabalhadoras. Depois fui funcionária do meu pelotão do Exército. Cinco meses antes que eu desse baixa, você assumiu o comando do pelotão. O que havia em você que prendeu meu coração? Para tentar responder a esta pergunta, escreverei aqui para você os dez mandamentos do nosso filho, fora de ordem mas nas palavras dele: I) Sinta pena de todos. II) Preste mais atenção nas estrelas. III) Não sinta amargura. IV) Não zombe de ninguém. V) Não odeie. VI) Putas são gente, não lixo. VII) Não bata em ninguém. VIII) Não mate. XIX) Não se destruir um ao outro. X) Calma.

Estas palavras hesitantes são o oposto exato de você. Tão longe quanto as estrelas estão de uma toupeira. A maldade gélida que emana de você como um brilho polar azulado e que o tornou odioso ao ponto da histeria para as outras moças do batalhão — foi isso que prendeu o meu coração. Seu ar de domínio indiferente. A crueldade que emanava de você como um perfume. O cinzento de seus olhos, como a fumaça do seu cachimbo. A ferocidade cortante de sua língua diante de qualquer sinal de oposição. O seu prazer de lobo com o terror que impunha. O desprezo que sabia emitir como um lança-chamas, e disparar num jato causticante sobre seus companheiros, seus subordinados, no grupo de secretárias e escreventes, que sempre ficavam petrificadas na sua presença. Como enfeitiçada, fui atraída para você das profundidades lodosas da subserviência feminina ancestral, uma servidão anterior às palavras, a submissão de mulher de Neanderthal cujo instinto cego de sobrevivência e o medo da fome e do frio arrojaram aos pés do mais cruel dos caçadores, o selvagem hirsuto que amarrará as mãos dela nas costas e a levará, cativa, para sua caverna.

Lembro da saraivada de termos militares que você disparou do canto dos lábios: Negativo. Positivo. Aceito. Bobagem. Será executado. Ponto. Caia fora.

Todas essas expressões e outras semelhantes você expelia quase sem abrir os lábios. Quase sempre à beira de um sussurro, como se poupasse não só as palavras mas também a voz e os músculos do rosto. Suas mandíbulas de predador, que raramente revelavam os seus dentes inferiores naquele esgar condescendente e amargo que cumpria para você a função de sorriso: "O que está acontecendo aqui, doçura? Não tem nada melhor para fazer do que ficar sentada aqui em cima do aquecedor, aquecendo suas partes santas por conta do Exército?". Ou: "Se você tivesse na cabeça apenas dez por cento do que tem no sutiã, o próprio Einstein se matricularia para fazer um curso noturno com você". Ou: "O relatório do inventário que você preparou parece uma receita de strudel. Em vez disso, que tal preparar um relatório sobre como você é na cama? Talvez lá você sirva para alguma coisa". Às vezes a vítima rompia em prantos. Então você se detinha, olhava para ela por um momento como se fosse um inseto moribundo e sibilava: "Bem, dêem a ela um doce e expliquem que foi salva de uma corte marcial". Depois você se voltava como movido por uma mola, e saía da sala como uma pantera. E eu, num impulso cego, costumava provocá-lo às vezes apesar do perigo, ou por causa dele. Eu dizia, por exemplo, "Bom dia, comandante. Eis o seu café. Talvez queira de acompanhamento uma pequena dança do ventre?". Ou: "Comandante, se realmente está louco para ver o que tenho por baixo da saia, é uma pena que se esforce para espiar. Basta uma ordem e eu preparo um relatório inventariando tudo o que há para ser visto". Cada uma dessas brincadeiras custava-me uma detenção no quartel ou a suspensão de uma folga. Muitas vezes você me puniu por insolência. Uma vez, me fez passar um dia inteiro na detenção. No dia seguinte — lembra-se? — perguntou: "Como é, perdeu o tesão, queridinha?". Sorri provocativa e respondi: "Ao contrário, comandante. Estou em chamas". Suas mandíbulas de lobo se abriram como se fossem morder, e você disse entre os dentes: "Então, quem sabe não seria o caso de se ensinar a você, doçurinha, o que fazer em tais situações?". As moças começaram a zombar. Escondiam os risinhos por trás das mãos. Mas respondi à altura: "Devo aguardar uma ordem, comandante?".

Até que uma vez, numa noite chuvosa de inverno, você me ofereceu uma carona para a cidade. Uma trovoada acompanhou o jipe ao longo da estrada costeira, uma chuva forte despencou sobre nós, e você me testou com seu silêncio gelado. Durante meia hora viajamos sem trocar uma palavra, nossos olhos fixos hipnoticamente no ritmo dos limpadores de pára-brisas lutando contra a água. Uma vez o jipe derrapou, fez um círculo na estrada e, sem dizer uma palavra, você conseguiu controlar o volante. Vinte ou trinta quilômetros depois você disse repentinamente: “O que aconteceu? Ficou muda de repente?”. E pela primeira vez imaginei ouvir uma leve hesitação na sua voz e me enchi de alegria infantil: “Negativo, comandante. Simplesmente pensei que estivesse fazendo planos para conquistar Bagdá e não quis atrapalhar”.

“Conquistar, claro, e como! Mas por que Bagdá? É assim que chamam você em casa?”

“Diga-me uma coisa, Alex, já que o assunto é conquista, é verdade o que as garotas dizem? Que você tem um pequeno problema nesse departamento?”

Você ignorou a minha ousadia em chamá-lo pelo primeiro nome. Como se estivesse pronto a me dar um soco na cara, voltou-se para mim e sibilou: “Que problema?”.

“É melhor olhar para a estrada. Não quero ser morta junto com você. No pelotão dizem que você tem um problema com garotas. Que você nunca teve uma namorada. Ou isto é só porque você é casado com os tanques?”

“Isso não é um problema”, você riu no escuro, “ao contrário, isso é uma solução.”

“Talvez você se interesse em saber que as garotas dizem que a sua solução é o nosso problema. Que é preciso entregar a você uma de nós, uma voluntária para se sacrificar pelas demais.”

Na penumbra do jipe que atravessava as cortinas de chuva, pelas batidas de seus pés no acelerador, pude adivinhar a palidez tomando conta de seu rosto. “O que é que está acontecendo?”, você perguntou, esforçando-se em vão para esconder o tremor de sua voz. “O que é isto? Uma mesa-redonda sobre a vida sexual do corpo de comando?”

Depois, no primeiro sinal luminoso ao norte de Tel Aviv, você perguntou repentinamente angustiado: “Diga, Brandstetter, você... me odeia muito?”.

Em vez de responder, pedi que você parasse depois do sinal, no acostamento. E sem dizer mais nada, puxei sua cabeça para os meus lábios. Como já tinha feito mil vezes em minha imaginação. Depois, maliciosamente, explodi numa gargalhada e disse que via-se que realmente você não entendia nada do assunto.

Porque pelo visto você nunca tinha beijado. E tinha chegado a hora de mostrar a você onde era a coronha e onde era o gatilho. Que bastava você me dar uma ordem e eu lhe daria um curso com treinamento intensivo.

A verdade é que encontrei você virgem. E assustado. E crispado. Nem o meu nome você conseguia pronunciar sem gaguejar. Quando tirei a roupa, você desviou o olhar. Pelo menos seis semanas se passaram até que você me permitiu deixar a luz acesa e ver o seu corpo nu: fino, jovem, como se a farda fizesse parte de sua carne. Você era muito forte e tímido, e as minhas carícias pareciam cócegas para você. Você tremia. Os pêlos de sua nuca arrepiavam-se quando eu passava as mãos pelas suas costas. Cada toque em sua virilidade era como um choque elétrico. Às vezes, no auge do prazer eu começava a rir e você imediatamente se retraía.

E apesar de tudo, a selvageria da sua voracidade desesperada nas nossas primeiras noites, o desejo insaciável, que reacendia quase após a sua satisfação. Seus orgasmos, arrancados de você com um rugido agudo, como alguém ferido por uma rajada de tiros. Tudo isso estonteava os meus sentidos. Eu também era insaciável.

Cada manhã, no horário do serviço, meus joelhos amoleciam à vista de seu corpo tenso na farda que você costumava passar e engomar implacavelmente. Se os meus olhos tocavam no ponto em que me empenhava em não olhar, onde o zíper das calças encontrava com a fivela do cinturão militar, meus mamilos se endureciam. Nosso segredo foi mantido durante duas semanas. Depois começaram os fuxicos perturbadores entre as secretárias e as datilógrafas.

Lentamente as nossas noites se enriqueceram. Como abençoei as experiências que tive antes de você. Você foi um aluno ávido e eu, uma professora entusiasmada. Até o amanhecer, nós bebíamos um do outro como dois vampiros. Nossas costas estavam cobertas de arranhões, nossos ombros de marcas de mordidas. Pela manhã nossos olhos estavam vermelhos pela falta de sono, ou como se tivessem chorado. Em meu quartinho, à noite, entre ondas de desejo, você lia para mim em sua sonora voz de baixo sobre o Império Romano. Sobre a batalha dos Chifres de Hatin. Sobre a Guerra dos Trinta Anos. Sobre Clausewitz, Von Schlieffen, De Gaulle. Sobre o que você chamava de "absurdos morfológicos" do Exército de Israel. Nem tudo eu conseguia compreender, mas achava um encanto estranho nos movimentos das tropas, nas cornetas, nos estandartes das tropas, nos gritos dos romanos mortos que você fazia marchar entre os lençóis. Às vezes, no meio de uma frase, eu o agarrava e acabava com sua preleção.

Depois você concordou em ir comigo ao teatro. Sentar num café na sexta-feira à tarde. E até ir à praia. Parti com você para longas viagens de fim de semana por vales remotos na Galiléia. Dormíamos em seu saco de dormir alemão. Sua metralhadora Uzi, armada e travada, estava sempre à cabeceira. Nossos corpos nos surpreendiam. Quase não havia palavras. Se eu perguntava a mim mesma o que estava acontecendo, o que você significava para mim, o que nos aconteceria, não encontrava nenhum sinal de resposta, apenas meu desejo febril.

Até que uma vez — depois de eu ter dado baixa do Exército, cerca de meio ano depois da noite do jipe na tempestade, naquele restaurante miserável no posto de gasolina em Guedera — você disse repentinamente: "Vamos conversar seriamente".

"Sobre Kutuzov? Sobre a batalha de Monte Cassino?"

"Não. Vamos falar sobre nós dois."

"A propósito do legado de heroísmo?"

"A propósito da mudança de assunto. Seja séria, Brandstetter."

"Comandante", eu disse brincando, e, percebendo tardiamente um reflexo de tormento em seus olhos, ajuntei rapidamente: "Aconteceu alguma coisa, Alec?".

Você se calou. Por um longo momento ficou examinando o saleiro barato de plástico. Depois, sem olhar para mim, você disse que não se considerava "uma pessoa fácil". É possível que eu tivesse tentado responder, mas você colocou sua mão sobre a minha e disse: "Espere um pouco, Ilana, não atrapalhe, é difícil para mim". Eu me calei. E novamente você se calou. No fim do silêncio, você disse que vivia "a vida toda à parte, no sentido intrínseco da palavra". Você perguntou se eu havia entendido. Perguntou o que na realidade eu tinha encontrado "numa pessoa tão... rígida". Sem esperar resposta, você continuou e disse rapidamente, gaguejando um pouco, "você é a minha única amiga. Não tenho amigos. E você é a primeira. Você também... posso pôr cerveja para você? Você se importa se eu... falar um pouco?". Você me serviu o resto da cerveja, e você mesmo a bebeu distraído, e disse que pretendia permanecer eternamente solteiro. "Família — você sabe, não tenho idéia de como se lida com isto. Está com calor? Quer ir embora?" Seu sonho era ser um estrategista. Ou algo como um teórico militar. Sem usar farda. Dar baixa, voltar para a Universidade de Jerusalém, obter os títulos de mestre e de doutor, "e na verdade, fora você, Brandstetter, quer dizer... até antes de você me seduzir... garotas não eram exatamente o meu forte. Nada, nada. Mesmo eu já sendo um menino crescido de vinte e oito anos de idade. Nada. Quer dizer... exceto o... desejo sexual. Que na realidade me perturbava bastante. Mas fora do desejo, nada. Nunca tive vontade de ter amigos. Ou aprender alguma coisa sobre namoro. Na verdade, nunca fiz sequer amizade com homens. Não me entenda mal. Do ponto de vista intelectual ou profissional, nesta questão até tenho uma espécie de... grupo. Mais ou menos. Um grupo de pessoas com as mesmas idéias. Mas sentimentos e tudo isso... sempre me deixavam constrangido. Perguntava a mim mesmo por que começar a ter sentimentos por estranhos. Ou por mulheres estranhas. Até que... conheci você. Até que você avançou. A verdade? Com você também me senti constrangido. Mas há algo entre nós dois, não? Não sei como definir. Talvez você seja... do meu tipo".

Então você falou novamente a respeito dos seus projetos: acabar de escrever a tese de doutorado até 1964, depois ocuparse de teoria. Estudos sobre a guerra. Talvez algo mais geral, uma tese sobre a violência na história. Em todas as épocas. Analisar um denominador comum. Chegar, talvez, a uma espécie de solução pessoal. Ou seja, uma solução pessoal para um problema filosófico fundamental. Foi assim que você falou, e continuou mais um pouco, mas subitamente gritou com o garçom porque o lugar estava cheio de moscas, você começou a matá-las e calou-se. Você quis saber qual era a minha "reação".

E eu, pela primeira vez com você, usei a palavra *amor*. Disse para você, mais ou menos, que a sua tristeza era o meu amor. Que você tinha despertado uma ambição sentimental em mim. Que você e eu, nós dois, talvez realmente pertencêssemos ao mesmo tipo. Que gostaria de ter um filho seu. Que você era uma pessoa fascinante. Que se você quisesse casar comigo, eu me casaria com você.

Foi justamente naquela noite, depois da conversa no posto de gasolina de Guedera, que a sua virilidade o traiu em minha cama. Você ficou em pânico, com uma vergonha desesperada, como eu nunca tinha visto, nem antes nem depois. E à medida que a sua vergonha e medo aumentavam, o seu membro se encolhia ao toque dos meus dedos até quase desaparecer em seu nicho, como um menininho. E eu, próxima às lágrimas de felicidade, cobri o seu corpo inteiro com meus beijos e acalentei em meus braços toda a noite a sua bela cabeça de cabelos raspados, e o beijei também nos cantos dos olhos, porque você era tão precioso para mim naquela noite como se eu tivesse dado você à luz. Então eu soube que nós estávamos fundidos um ao outro. Que tínhamos nos tornado uma única carne.

Após algumas semanas você me levou para conhecer seu pai.

No outono já estávamos casados.

Agora, diga-me: por que escrevi a você sobre todas essas coisas esquecidas? Para remexer velhas cicatrizes? Para cutucar em vão as nossas feridas? Para decifrar a caixa-preta? Para feri-lo novamente? Para despertar as suas saudades? Talvez este também seja um estratagema para apanhar você na minha rede?

Confesso-me culpada em todos os seis itens. Não tenho atenuantes. Exceto, talvez, uma: amei você não apesar da sua crueldade; amei o próprio dragão. E nas noites de sexta, quando vinham à nossa casa cinco ou seis casais de Jerusalém, oficiais de alta patente, professores universitários jovens e brilhantes, políticos promissores, você costumava servir as bebidas no começo da noite, trocar ditos espirituosos com as mulheres, e enroscar-se na poltrona do canto à sombra da sua estante. Acompanhava o debate político com uma expressão de ironia contida, sem participar dele. À medida que a discussão esquentava, formava-se em seus lábios o leve sorriso de lobo. Quieto e ágil, você enchia os copos de bebida, e voltava a concentrar-se em encher seu cachimbo. Quando a discussão aumentava e todos começavam a dilacerar-se mutuamente com gritos, rostos afogueados, você escolhia o momento com a precisão de um bailarino, e interrompia em voz baixa: "Só um momento. Perdão. Não estou entendendo". O burburinho cessava imediatamente e todos os olhos fixavam-se em você. Articulando preguiçosamente as sílabas, você dizia: "Vocês estão indo um pouco depressa demais para mim. Tenho uma pergunta elementar". E calava-se. Concentrava-se no cachimbo por um momento como se não houvesse ninguém na sala e depois, de dentro da nuvem de fumaça, lançava uma saraivada curta de Katyusha aos visitantes: exigia uma definição dos conceitos que tinham utilizado sem pensar. Desnudava com um cinzel gelado algumas contradições ocultas. Você traçava linhas perspicazes de lógica, em poucas frases, como se desenhasse formas geométricas. Dirigia uma estocada destruidora em direção a um dos bambas do aposento, e surpreendia a todos nós adotando justamente a opinião do intelecto menos favorecido entre os presentes. Você desenvolvia uma argumentação sólida e a fortalecia com um bombardeio preventivo, à prova de qualquer objeção possível. E concluía, para estupefação dos presentes, indicando um possível ponto fraco em seu próprio raciocínio, que certamente tinha escapado aos olhos de todos. No silêncio que baixava, você costumava voltar-se para mim e ordenar: "Lady, estas boas pessoas têm vergonha de dizer que querem um café". E voltava a cuidar do cachimbo, como se tivesse acabado o intervalo e agora fosse preciso voltar à tarefa que realmente importava. Eu ficava enfeitiçada pelo gelo de sua crueldade bem-comportada. No momento em que se fechava a porta atrás do último casal, eu puxava com força sua camisa para fora da calça de veludo e passava os dedos pelas suas costas, nos pêlos de seu peito. Só na manhã do dia seguinte eu recolhia e lavava a louça.

Às vezes você voltava das manobras à uma da madrugada, de algum exercício da sua brigada ou de uma noite de vigília experimentando tanques novos (o que foi que vocês receberam naquela ocasião? Centurions? Pattons?), os olhos avermelhados pela poeira do deserto, os pêlos da barba empoeirados, grãos de areia no seu cabelo e nas solas dos sapatos, o sal do suor endurecendo a camisa em suas costas, mas mesmo assim você estava atento e desperto como um assaltante. Você me acordava, pedia que eu preparasse um jantar, tomava banho sem fechar a porta e saía pingando água, porque odiava enxugar-se. Sentava-se de camiseta e calção à mesa da cozinha e devorava o pão, a salada e a omelete dupla que eu tinha preparado. Sem sono, você colocava Vivaldi ou Albinoni no toca-discos. Servia-se de conhaque francês ou uísque com cubos de gelo, fazia-me sentar de camisola na poltrona da sala de visitas, enquanto você afundava na poltrona em frente, os pés descalços sobre a mesa, e começava a dissertar com uma espécie de raiva contida e irônica: denunciando a idiotice de seus comandantes, fazendo picadinho da "mentalidade da gentalha da Palmach", descrevendo a imagem da arena de batalha no final do século, refletindo em voz alta sobre "o denominador comum universal" dos conflitos armados. Repentinamente trocava de assunto e me contava sobre uma recrutazinha que tentara seduzi-lo aquela noite. Queria saber se eu tinha ciúme. Perguntava divertido o que eu diria se você se tivesse deixado seduzir. Interrogava-me sobre os homens que eu tivera antes de você, exigia que eu os classificasse "numa escala de um a dez". Admirava-se se acontecia de às vezes me sentir atraída por algum estranho. Pedia que eu atribuísse, "do ponto de vista de excitação", uma nota aos seus comandantes e amigos, aos convidados de sexta à noite, ao encanador e ao verdureiro e ao carteiro. Por fim, às três da madrugada, íamos para a cama ou caíamos no tapete, emitindo fagulhas, minha mão em seus lábios sufocava seus rugidos, por causa dos vizinhos, sua mão em minha boca abafando os meus gritos.

Quebrada, cheia de prazer, dolorida, tonta de cansaço, no dia seguinte eu dormia até uma ou duas da tarde. No meu sono ouvia o seu despertador às seis e meia. Você levantava, fazia a barba, tomava outro banho — desta vez com água fria. Mesmo no inverno. Vestia uma farda limpa que eu tinha passado e engomado para você. Engolia pão com sardinhas. Bebia o café forte sem sequer sentar. Depois a porta batendo. Você saltando degraus de dois em dois. O som da partida do jipe. Foi assim que começou o jogo. A sombra de uma terceira pessoa em nossa cama. Evocávamos algum homem que por acaso houvesse atraído o meu olhar. E você o incorporava. Por vezes você encarnava os dois, a si próprio e ao estranho. Minha função era me entregar a ambos alternadamente ou de uma só vez. A presença dessas sombras de estranhos nos trespassava de prazer causticante, selvagem, arrancava de meu ventre e de seu peito gritos, imprecações, súplicas, espasmos que só ouvi na hora do parto. Ou na morte.

Quando Boaz completou dois anos, os fornos do nosso inferno já eram aquecidos por um fogo negro. Nosso amor se encheu de ódio. Que devorava tudo, mas continuava disfarçado de amor. Quando você descobriu naquela noite de neve em janeiro, ao voltar da biblioteca da universidade ardendo com quarenta graus de febre, aquele isqueiro na prateleira do banheiro, você foi tomado por uma alegria enlouquecida. Riu muito, como se soluçasse, me esmurrou até que arrancou de mim num interrogatório implacável cada detalhe e cada traço e cada tremor, e sem despir as minhas roupas nem as suas você me possuiu em pé, como se fincasse uma faca em mim, e durante e depois não parou de interrogar mais e mais e novamente me deitou na mesa da cozinha, seus dentes se fincaram em meus ombros e você batia em mim com as costas da mão, como se castigasse um cavalo rebelde. Assim a nossa vida começou a cintilar à luz de um fogo-fátuo. Sua fúria demente, não importava se eu obedecia ou não, se eu parecia morta de desejo ou indiferente, se descrevia o que havia feito ou apenas me calava. Você desaparecia de casa dias e noites, fechando-se como um monge no nicho que alugara junto ao Campo dos Russos, conquistando seu doutorado como se fosse as fortificações inimigas, e sem aviso prévio desabava sobre mim às oito da manhã ou às três da tarde, trancava Boaz no quarto, arrancava de mim uma confissão detalhada, e descarregava a torrente de seu desejo. Depois começaram as tentativas de suicídio com comprimidos e gás. E a aliança que você fez com Zakheim, a sua luta selvagem com seu pai, o palacete amaldiçoado de Yefe Nof. Nosso inferno tropical. Um desfile de toalhas imundas. O mau cheiro de meias de homens que riam e peidavam. O fedor de alho, rabanete e carne temperada demais. Os arrotos de Coca-Cola ou cerveja. Tosses e cigarros baratos. A acidez pegajosa e excitada do suor dos machos. As calças abaixadas até os tornozelos, não se davam ao trabalho de tirar a camisa, alguns nem mesmo tiravam os sapatos. A saliva deles em meus ombros. No meu cabelo. As manchas de ejaculações no meu lençol. Obscenidades murmuradas, as depravações num sussurro rouco. A futilidade de seus elogios ocos. A procura ridícula das roupas de baixo perdidas entre os lençóis. A arrogância rejubilante que mostravam depois de terem saciado seus desejos. O bocejo distraído. O espiar inevitável no relógio. Triturando-me, como se em mim subjugassem toda a espécie feminina. Como se se vingassem. Ou como se registrassem para si pontos em alguma tabela de uma liga masculina. Como se acumulassem horas de funcionamento. Só raramente algum estranho tentava ouvir o meu corpo e obter dele alguma melodia. Ou um rapazinho que conseguia fazer-me sentir alguma compaixão além da repugnância. E você no fluxo de seu ódio desesperado. Até que eu me tornei repugnante para mim mesma e para você, e você se divorciou de mim. No fundo da gaveta do meu toucador guardo um bilhete com sua letra. Zakheim me entrega no dia em que saiu a nossa sentença e o tribunal determinou que a partir de então não teríamos mais nada um com o outro. Você escreveu quatro linhas de um poema de Alterman: "Você é a tristeza da minha cabeça calva/ a melancolia das minhas longas unhas:/ você vai me ouvir no reboco das suas paredes/ no ranger noturno do seu assoalho".

Você escreveu isso no salão do tribunal e me enviou por intermédio de Zakheim. E não acrescentou nenhuma palavra sua. Durante sete anos. Por que você voltou agora, como um fantasma na janela de minha nova vida? Volte para seus campos de caça. Volte para a neblina das estrelas em sua nave espacial preto-e-branca. Vá e nunca mais volte. Nem em sonhos. Nem nos desejos do meu corpo. Nem no reboco da parede e no ranger do assoalho. Volte para seu capuz preto. Por que você não atravessa a desolação dos campos de neve, bate à porta da primeira choupana e procura calor e luz? Case-se com sua secretária de óculos. Ou com uma das admiradoras. Arranje uma mulher e construa uma casa. Faça com que haja nela uma lareira ardendo no inverno. Um pequeno jardim. Rosas. Um pombal. Talvez você ainda venha a ter outro filho, e quando voltar do trabalho à noite você poderá sentar-se com ele na sua escrivaninha preta, recortar figuras do *Geographical Magazine*, tocar o cabelo dele e sujá-lo de cola. Sua mulher passará a mão na sua testa cansada. Massageará à noite os músculos da sua nuca, enrijecidos pela escrita e solidão. Você pode colocar um disco, nem Vivaldi nem Albinoni — talvez algum jazz melancólico. Haverá um temporal lá fora. Ruído de água na calha. Do quarto ao lado você sentirá o cheiro de talco e xampu, o cheiro do sono da criança. Vocês dois deitarão na cama, atentos ao rugir do vento roçando a janela fechada. Cada um lendo o seu livro. Ou você contará a ela, num murmúrio, sobre as guerras de Napoleão. Depois apagará a luz, e os dedos dela começarão a passear entre os caracóis no seu peito. Você fechará os olhos. Então virei também e me meterei como um sussurro entre vocês. E na escuridão você e eu riremos juntos, sem fazer barulho. Meu gênio e a minha garrafa.

Agora são quase seis da manhã. Escrevi para você durante a noite toda. Vou tomar um banho, me vestir e preparar o café para minha filha e meu marido. Há felicidade no mundo, Alec, e o sofrimento não é o contrário dela, é o atalho espinhoso ao longo do qual andaremos rastejando até a clareira daquela floresta, sombreada pelo luar claro e prateado, que nos chama e espera por nós. Não se esqueça.

Ilana

*

GUIDEON ILLINOIS UNIV CHICAGO

LEGALMENTE BOAZ É MENOR E ESTÁ SOB GUARDA MÃE SUA ATITUDE PODE SER INTERPRETADA COMO RAPTO SOMMO QUER APRESENTAR QUEIXA CRIMINAL CONTRA VOCÊ TALVEZ RECONSIDERE SE VOCÊ CONCORDAR VENDER PROPRIEDADE SUGIRO VOCÊ CONCORDE ZAKHEIM

*

GUIDEON ILLINOIS UNIV CHICAGO

MEU SÓCIO PRESSIONA DIVERSAS DIREÇÕES SITUAÇÃO DELICADA RECONSIDERE ROBERTO DI MODENA

*

PESSOAL DI MODENA JERUSALÉM ISRAEL

OFEREÇA EM MEU NOME AOS SOMMO E ZAKHEIM MAIS CINQÜENTA MIL TROCA COMPROMISSO DEIXAR BOAZ EM PAZ SE VOCÊ QUISER LIBERO-O ALEX

*

GUIDEON ILLINOIS UNIV CHICAGO

DEIXE-ME VENDER PROPRIEDADE GARANTO BOAZ PODERÁ PERMANECER SE VOCÊ RECUSAR ELE PODERÁ SER PRESO LEMBRE-SE ELE JÁ TEM PENA SUSPENSA ROBERTO VAI LARGAR VOCÊ PARE SER IDIOTA ACEITE AJUDA NÃO RENUNCIE SEU ÚNICO AMIGO OUTROS AGUARDAM APENAS SUA MORTE E HERANÇA CHEGA LOUCURA USE UM POUCO SUA FAMOSA INTELIGÊNCIA POR SUA CULPA MORREREI DE ÚLCERA MANFRED

*

PESSOAL ZAKHEIM JERUSALÉM ISRAEL

PERDÔO-O COM CONDIÇÃO PARE AMOLAR EM VEZ PROPRIEDADE ZICHRON AUTORIZO VENDER CLIENTE CASA E TERRENO DE MAGDIEL ARREBENTO VOCÊ SE TENTAR NOVAMENTE USAR ARTIFÍCIOS ÚLTIMO AVISO ALEX

*

GUIDEON ILLINOIS UNIV CHICAGO

DEVOLVI SEUS DOCUMENTOS MEU SÓCIO SEM RANCOR ROBERTO DI MODENA

*

GUIDEON ILLINOIS UNIV CHICAGO

TUDO ARRANJADO BOAZ SOB MINHA GUARDA DEDICADA CONTINUO ALIMENTAR SOMMO MAS MANTENHO RÉDEA CURTA CUIDE SAÚDE MANFRED

*

SOMMO TARNAZ 7 JERUSALÉM

DECIDI MUDAR TESTAMENTO VOCÊS RECEBERÃO UM QUARTO RESTO IRÁ PARA BOAZ COM CONDIÇÃO CONCORDEM JUDICIALMENTE TRANSFERIR GUARDA DELE PARA MIM ATÉ MAIORIDADE FAVOR DECIDIR LOGO ALEXANDER GUIDEON

*

SR. GUIDEON ILLINOIS UNIVERSIDADE CHICAGO

TODO RESPEITO MEU SENHOR BOAZ NÃO ESTÁ À VENDA A MÃE É RESPONSÁVEL POR ELE EU SOU RESPONSÁVEL POR ELA SE DESEJA BEM DELE E TAMBÉM EXPIAR PARCIALMENTE SEUS PECA-

DOS TERRÍVEIS FAVOR ENVIAR DONATIVO PARA MIM PELA REDENÇÃO TERRA DEVOLVA O RAPAZ NOSSA GUARDA MICHAEL SOMMO

*

GUIDEON ILLINOIS UNIV CHICAGO

VENDI MAGDIEL PARA SOMMO EM NOME SEU PATRONO MILIONÁRIO FANÁTICO PARIS PARA TROCAR COM MOSTEIRO FRANCÊS CONTRA TERRAS MARGEM OCIDENTAL TAMBÉM MEU GENRO NO NEGÓCIO SUGERE VOCÊ INVESTIR DINHEIRO COM ELES PARA AQUISIÇÕES TERRITÓRIOS ALI ESTÁ FUTURO APRENDA ALGO SEU PAI EM SEUS GRANDES DIAS AGUARDO INSTRUÇÕES MANFRED

*

Para Ilana Sommo
Tarnaz, 7
Jerusalém

Beit Avraham, 17/8/76

Querida Ilana,

Sua carta me magoou e feriu. Quem não sonha às vezes em partir, fugir e queimar-se em alguma chama distante? Em vão você zomba de mim: não fui eu que levantei a escolha entre fogo e cinza — também eu tenho o meu círculo fechado. Talvez eu possa contar algo a você. Há cerca de meio ano atrás, estava no meu turno de limpar o salão de festas. Era manhã, chovia, e um rapazinho desconhecido, um voluntário da Islândia ou da Finlândia, de óculos, de pele escura, o cabelo molhado, mergulhado em pensamentos e flutuando na fumaça dos cigarros, estava sentado só num canto escrevendo uma carta. Fora "bom dia" e "com licença" não trocamos uma palavra. Havia um silêncio total, com uma chuva cinza nas janelas. Lavei e enxuguei o piso duas vezes, e mesmo sob os pés dele, e esvaziei, lavei e devolvi o cinzeiro, então por um momento ele sorriu para mim tristemente, amargo, como se soubesse toda a verdade. Se me tivesse dito "venha cá", se tivesse acenado, nada poderia me deter. Eu poderia esquecer tudo. Mas não consegui. Por todo lado espreitavam as risadas, as pequenas humilhações, o arrependimento, o medo pelo cheiro do suor das axilas, o temor das fivelas, o embaraço, o zíper, o chão molhado, os botões, o sutiã barato, a claridade matinal, a porta aberta, o frio, as cortinas que estavam na lavanderia, o cheiro do cloro, a vergonha. Como uma muralha. Não contei a ninguém, exceto a você, e na verdade nem mesmo a você contei, porque não há o que contar. Yoash estava no serviço de reservista no planalto de Golan, às quinze para as dez eu tinha hora marcada no dentista com Yiftach. Não havia nada, exceto a dor da compreensão: como uma muralha. Como uma perda irreparável. Na mesma noite pintei de branco os móveis da varanda, para surpreender Yoash quando ele voltasse. Preparei sorvete caseiro de chocolate para as crianças. À noite passei montanhas de roupa até que acabassem os programas do rádio, o aparelho continuou a assobiar, o guarda passou rindo pela minha janela aberta e disse já é tarde, Rahel. Não há nada para contar, Ilana. Vá trabalhar meio dia na sua livraria, enquanto Yifat está na creche. Inscreva-se em cursos por correspondência. Compre uma roupa nova para substituir o vestido marrom, que pela sua carta percebi que você odeia. Se quiser, chame-me de intrometida. Se quiser, não responda. Yoash está trabalhando à noite nos estábulos, eu estou cansada e a pia ainda está cheia de louça para ser lavada. Vou parar por aqui. Sua irmã,

Rahel

Na verdade, eu pretendia escrever por outro motivo: contar que Yoash esteve ontem em Zichron, ajudou a estender redes metálicas para o galinheiro, deu sugestões sobre agricultura, e ficou com a impressão de que Boaz está muitíssimo bem na comunidade que está construindo. Na próxima vez vamos alugar um carro e iremos vê-lo junto com as crianças. Não há motivo para que você, Michel e Yifat não o visitem de vez em quando.

*

Notas escritas pelo professor A. A. Guideon em pequenas fichas.

258. E todos, cada um à sua maneira, começam destruindo a instituição da família. Platão. Jesus. Os primeiros comunistas. Os nazistas. Os militaristas e também os pacifistas militantes. Os ascetas e também as seitas orgiásticas (antigas e novas). Primeiro passo para a redenção: eliminação da família. Destruição de todos os laços íntimos entre as pessoas em proveito da integração total na "Família Revolucionária".

261. O eu — o foco do sofrimento. A redenção — destruição do eu. Completa absorção nas massas.

266. Crime — sentimento de culpa — necessidade de absolvição — mobilização a serviço de um ideal — novamente culpa — execução de um novo crime a serviço do ideal — novamente a necessidade de uma expiação — vinculação redobrada ao ideal — e assim por diante. Um círculo vicioso.

270. E assim, de repente ou paulatinamente, a vida se esgota, se esvai, se esvazia. A estima toma o lugar da amizade. A autonegação substitui o respeito. Obediência em vez de participação. Sujeição no lugar de fraternidade. O entusiasmo toma o lugar da emoção. Gritos e sussurros substituem a fala. Suspeita no lugar da dúvida. Tortura no lugar da alegria. Repressão no lugar da saudade. Mortificação no lugar da meditação. Traição em vez de separação. Uma bala em vez de uma justificativa. Matança em vez de cisão. Morte em vez de mudança. Viagem purificadora em vez de morte. "Imortalidade" em vez de vida.

283. "Que os mortos enterrem os mortos" — os vivos enterrarão os vivos.

284. "Os que vivem pela espada, pela espada morrerão" — até a vinda do Messias com uma espada de fogo rodopiando em sua mão.

285. "Amarás ao próximo como a ti mesmo" — e logo, ou meteremos uma bala na cabeça dele.

286. "Amarás ao próximo como a ti mesmo" — mas se o

ódio por si próprio já o tiver devorado, esta ordem carrega-se de uma ironia mortal.

288. E quanto à prometida ressurreição dos mortos? Sempre sem o corpo.

290. Quanto à sua alma, ela se fundirá por completo com as outras almas. Voltará a ser absorvida pelo reservatório geral de almas. "Será recolhida ao seio da nação." Ou ao coração dos antepassados mortos. Ou às caldeiras da raça. Ou aos arquivos do movimento. E ali servirá de matéria-prima para uma nova fundição, purificada. O *apeiron* de Anaximandro. "O feixe da vida" judaico. O cadinho cristão. A forja de Peer Gynt.

291. E quanto ao corpo? Não passa de um fardo passageiro. Um vaso cheio de humores fétidos. Fonte de depressão e contágio. Uma cruz que somos obrigados a suportar. Uma prova que temos que agüentar. Um castigo que estamos destinados a suportar para nos libertarmos dele "no mundo que é todo bondade". Um bloco de poluição presente, espremido em sua imundície entre a pureza abstrata do passado e o esplendor abstrato do futuro.

292. Despojar-se da corporalidade: aniquilar o corpo. Seja gradualmente, por automortificação ou por meio de um único golpe redentor, no altar da salvação iminente.

293. Por isto: "Do pó ao pó".

294. Por isto: "*Viva la muerte*". Quer dizer, "Viva a morte".

295. E novamente Pascal: todos os males do mundo derivam do fato de que não somos capazes de permanecer tranqüilamente num aposento. Nossa futilidade vem, e nos destrói.

*

Michel Sommo
Tarnaz 7
Jerusalém

Oi Michel, isto estou te escrevendo de Zichron. Por mim Ilana também pode ler, mas você leia primeiro. Certamente você está zangado e acha que sou um grande imgrato porque você foi comigo 100 por cento legal e eu cortei você e arranjei um jeito de ir para os Estados Unidos ficando aqui em Zichron contra os seus planos. Se você está furioso comigo então jogue esta carta no licho e não escreva resposta só não comece outra vez me dar lição de moral. Você não é D'us Michel e eu não sou nada seu. E de todo geito ficar dizendo o dia todo para todo mundo o que fazer na vida isto sim é idiota. Esa é minha opinião desculpe. Mas esta carta não é para mudar você em absoluto eu sou contra mudar as pessoas. Então para que é a carta? É por Ilana.

Ouça Michel. Na minha opinião Ilana está se metendo em poblemas. Vimos isto nela quando que ela veio visitar aqui. 100 por cento normal ela nunca foi mas agora desceu talvez abaixo de 50 por cento. Minha sugestão é que ela e Yifat venham aqui para Zichron por algum tempo para trabalhar na casa ou na horta e descansar um pouco da tua religião. Não se zangue Michel você sabe que você é um cara legal e bom e daí? O seu único erro é que todos precizam ser exatamente como você e quem não é como você não é gente para você. Eu para você sou um doido Ilana para você é um bebezinho e os árabes para você são animais. Começo a ficar com medo que você vá pensar que Yifat é uma menina de plástico que você pode dar a ela a forma que quiser, e então é 90 por cento certo que também a Yifat vai ter problemas e você vai culpar todo mundo menos a você mesmo. Todos os favores que você fez para Ilana e para mim e para o país Michel não são suficientes enquanto você não deixar cada um viver a vida do seu geito. Pegue Kiriyat Arba onde você me meteu é um lugar muito bonito com uma paisagem e tudo o mais e daí? Não é absolutamente um lugar para alguém como eu que não é carola e não pensa que o que o país precisa é vencer todo o tempo os árabes ou tirar os lugares deles. Na minha opinião é preciso deichá-los e que eles nos deichem em paz. Mas não é para isto esta carta. Meu conselho é que Yifat e Ilana venham para cá por algum tempo descansar do teu domínio e das loucuras que tem em Jerusalém. Arranjei para elas o melhor quarto limpo com um pouco de móveis e tudo e já tenho seis moças e rapazes que estão trabalhando para pôr em ordem e o sr. Zakem que no começo me atrapalhou agora melhorou arranjou da prefeitura licenças de água e luz e do dinheiro americano comprei irrigadores, plantas, instrumentos de trabalho, aves, e o negócio começa a tomar geito incluzive um telescópio no telhado está quase pronto. Que ela venha com Yifat será bom aqui 5 estrelas. A gente trabalha o dia todo depois vai tomar banho de mar depois de noite a gente toca e canta um pouco e depois disso de noite vou cuidar delas por você. Tem aqui uma cosinha grande e não sou contra que tenha uma parte *kacher* para elas se a Ilana quiser isto. Não me emporta. À vontade. Aqui não é Kiriyat Arba cada um faz como que tem vontade desde que trabalhe bem e trate OK o outro, e não aborreça e que não dê lição de moral.

O que é que você diz, Michel? Escrevi isto para você porque você aí é o chefão e manda em tudo mas não me emporta que também a Ilana leia isto. E vou acabar agradecendo e com respeito porque na verdade você não é um cara mau Michel. Saiba que de você pessoalmente eu aprendi uma coisa, não bater, não jogar caixotes mesmo que no começo vinham aqui toda espécie de policiais e inspetores criaram problemas nos ofenderam e atrapalharam, não toquei em nenhum deles e isto grassas a você. Lembranças minhas para Ilana e um beliscãozinho para Yifat. Preparei para ela um balansso e um escoregador, um caixote de areia e tudo o mais. E para Ilana tenho trabalho. Agora tudo está bonito aqui como num kibutz pequeno e até muito mais porque aqui ninguém se mete nos assuntos do outro. Você também está convidado para visitar e se estiver com vontade de nos dar dinheiro, por que não? Pode doar sem problema.

Com apressiação e agradecimento,
Boaz

*

Para Boaz Brandstetter
Casa Guideon
Zichron Yaacov (Sul)

Pela Graça de D'us, Jerusalém 19 de Av de 5736 (15/8/76)

Caro Boaz,

Sua mãe e eu lemos a sua carta duas vezes seguidas, e não pudemos acreditar. Apresso-me em responder a cada ponto em ordem. Em primeiro lugar informo-o, Boaz, que não guardo rancor pela sua ingratidão (com N e não com M, seu macaco ignorante!). Mas não tenho papel suficiente para corrigir aqui a sua horrível ortografia e a má sintaxe. Não cabe a mim concluir a tarefa!

E por que haveria de me zangar com você? Se me desse ao trabalho de me aborrecer com cada um que me prejudicou ou foi ingrato, gastaria a minha vida louco de raiva. A raça humana, Boaz, divide-se entre aqueles que tomam desavergonhadamente dos outros e os que dão sem cobrar, e eu desde a infância pertenço à segunda categoria, e jamais me zanguei com aqueles que pertencem à primeira, nem os invejo, porque a porcentagem de infelizes entre eles é muito mais alta do que do nosso lado, e a razão disso é que dar sem fazer conta traz orgulho e alegria, enquanto que os tipos acostumados a tomar descaradamente são condenados pelo Céu à desgraça e ao vazio: dor e vergonha combinados.

No que se refere a você, na medida de minhas forças, fiz pela sua mãe e por você, e naturalmente por amor ao Céu, e se não recebi maior ajuda do alto, quem sou eu para me lamentar? Está escrito no Livro dos Provérbios: "O filho sensato é a alegria do pai e o filho tolo é a tristeza da mãe". Seu caro pai não é digno de alegria, Boaz, e sua mãe já teve suficiente aborrecimento com você. Quanto a mim, tenho uma medida de satisfação parcial. É verdade que esperei conduzir você por outro caminho, mas como está escrito, "para onde o homem deseja ir, para lá o conduzem". Então você quer ser agora um agricultor e contemplador de estrelas? Por que não? Faça o melhor que puder e não nos envergonharemos de você.

Alguns pontos de sua carta muito nos tocaram, o primeiro deles é você dizer que fui cem por cento correto com você. Você me julgou com benevolência, Boaz, e isso eu não esquecerei: nós, como você sabe, temos boa memória. Quem dera fosse verdade! Para seu conhecimento, Boaz, quando estou deitado à noite muitas vezes me atormento pensando que posso ter tido uma parte de responsabilidade (sem querer!) nos seus pecados da juventude, que não mencionarei aqui. Pode ser que desde o começo, desde o dia em que tive o privilégio de casar com sua querida mãe, meu dever sagrado fosse manter você de rédea curta em vez de aceitar em silêncio quando você cortou as amarras e rompeu o jugo da Torá e do respeito. Devia ter açoitado você até que voltasse ao caminho certo. Para meu mal, temi ser rigoroso demais, e que você desaparecesse. Poupei as lágrimas da sua mãe e deixei de castigá-lo. Talvez tenha feito mal quando anulei minha vontade e permiti que você gastasse os anos de seu estudo numa instituição altamente duvidosa, na qual não conseguiram ensiná-lo sequer a ler e a escrever, nem o preceito de respeitar pai e mãe. Em vez disso fui pelo caminho mais fácil. Não instruí você na Torá, nos preceitos e nos bons atos, e fechei os olhos para os seus erros, partindo da idéia de que "o que está longe dos olhos está longe do coração". Apesar de você, Boaz, não ter jamais estado longe do meu coração. Em nenhum momento. Talvez eu tenha errado também em ter ido três vezes ao inspetor Almaliah pedir perdão por você? Talvez tivesse sido bom você aprender pelo caminho difícil, com o corpo e não com a cabeça, que há recompensa e castigo, que há justiça e há um juiz? Para que você não se acostumasse a pensar que tudo é permitido na vida? Que a vida de um judeu consiste somente em divertir-se, como você me escreveu tal um idiota. Voltarei mais adiante a esse ponto. Confesso hoje meus pecados, Boaz, tendo pena de você e até hoje não consigo vencer este sentimento devido aos sofrimentos que você passou na infância nas mãos daquele homem perverso. Como está escrito: "Será Efraim para mim um filho tão querido, uma criança tão predileta, que quanto mais falo mal dele mais ainda quero lembrar-me dele? É por isso que as minhas entranhas se comovem por ele". Este versículo descreve exatamente meus sentimentos por você. Talvez seja contra seus interesses?

Mas parece que apesar de tudo ouviram minhas orações, e no Céu estão cuidando um pouco de seus passos. Seu querido e famoso pai planejou levar você para o caminho do mal, fazendo-o deixar Kiriyat Arba por aquela ruína e cometer lá sete abominações, e eis que a mão da Providência interveio para transformar as más intenções dele em algo bom. Registrei com satisfação o que o sr. Zakheim me contou, que você, junto com mais alguns rapazes e moças de nosso povo, ocupa-se com o preceito da construção da pátria e tira com o suor do seu rosto o pão da terra. Muito bem, Boaz: um progresso notável! Tenho a impressão que você está trabalhando corretamente, conforme as leis do país, apesar de continuar, pelo visto, a transgredir alguns preceitos da Torá e persistir em continuar um ignorante. Seria bom que, no mínimo, preservasse o shabat e obedecesse um pouco mais os limites da castidade. Escrevo isto não para pregar moral, mas porque está nos nossos escritos: "Os golpes de amigos são leais". Não se irrite comigo, assim como também eu me contenho (com dificuldade!) para não me irritar com você. Tudo bem, Boaz? Está combinado? Continuaremos a ser amigos?

E quero lhe dizer mais uma coisa sobre os seus pecados, que são produto dos tempos em que vivemos e infortúnio geral: enquanto as leis do país continuarem a não seguir a lei da Torá, o Messias do qual já ouvimos nitidamente os passos continuará aguardando à porta. Não entrará em nossa casa. Está certo que deixemos isso para os mais sábios e inteligentes do que nós, enquanto me satisfaço com o mínimo: cumpra ao menos as leis do país e nós daremos graças a Deus por ouvir nossas preces. Especialmente sobre você ter parado de jogar caixotes e etc. São seus atos, Boaz, os bons ou maus, que determinarão o seu destino, e as boas ações que você faz nós registramos com profundo amor e satisfação.

Quando eu tinha a sua idade vivia na pobreza e na privação,

e tinha que dar duro para sustentar meus estudos, como todos os meus irmãos e irmãs. Nosso pai, um deficiente físico, era bilheteiro no metrô e a nossa mãe (o Céu livre você disso!) fazia faxina no hospital judaico. Eu também fazia faxinas: todo dia às cinco horas, logo após as aulas na escola (ainda batiam nos alunos!) eu corria para trabalhar até meia-noite. Havia um porteiro, um judeu da Romênia, em cujo quarto eu trocava o uniforme escolar pela pobre roupa de trabalho que carregava na minha sacola. Eu limpava escadas. E lembre-se que eu não era grande e forte como você, mas um garoto magro e fraco, mais baixo que a média. Contudo, era teimoso como uma mula e até um tanto amargurado. Não nego isso. Os valentões me atacavam e às vezes me batiam para valer. E eu, meu caro Boaz, apanhava e me continha, agüentava rangendo os dentes, e tinha vergonha de contar em casa. "Não há problema algum", este era o meu lema. Quando souberam na escola que eu era faxineiro, aqueles simpáticos colegas começaram a me chamar de Monte de Trapos (acredite, Boaz, em francês é muito mais humilhante). Então encontrei outro serviço, limpar mesas num café, e ali me chamavam de Ahmed, porque me tomavam por um árabe. A verdade é que só por causa disso comecei a usar um solidéu. A fé me veio muito mais tarde. Depois da meia-noite, eu ficava sentado uma ou duas horas na privada — com o seu perdão — porque vivíamos seis pessoas num quarto e meio e só no banheiro era possível acender a luz quando todos dormiam e fazer as lições. Restavam cinco horas para dormir, toda noite, em meu colchão na cozinha, e até hoje nem para sua querida mãe contei como às vezes, em vez de dormir de cansaço, eu ficava sentado naquele colchão chorando de ódio e raiva. Eu estava cheio de ressentimento contra todos. Eu sonhava ser rico e respeitado e conseguir o que queria da vida. Eu maltratava os gatos no pátio e às vezes, na rua, esvaziava os pneus dos carros estacionados no escuro. Eu era um jovem mau e amargurado.

Portanto essa situação poderia ter transformado também a mim, Boaz, num elemento negativo, mas certo sábado eu fui com dois companheiros da mesma rua, Prosper e Janine (você conhece os dois, a sra. Fucs e o inspetor Almaliah), a uma reunião do movimento Beitar com um enviado de Israel. Acredite, fiz isso mas também poderia ter sido com os comunistas (que horror!), ou algo ainda pior, D'us me livre, mas a mão da Providência cuidou para que fosse o Beitar. Desde então, tornei-me um novo homem: nunca mais chorei na vida nem fiz mais maldade a ninguém, nem sequer a um gato. Porque entendi, Boaz, que a vida não foi feita para nos divertirmos, mas para contribuir com algo nosso para o próximo, e também para a nação. E por quê? Porque dar nos confere uma estatura, mesmo que a gente tenha apenas um metro e sessenta e quatro, e uma elevação de espírito, mesmo que a gente não passe de um monte de trapos. A árvore da vida é para aqueles que a mantêm. Se você, como me escreveu, vive apenas para aproveitar a vida, então você é um inseto, não uma pessoa, mesmo que você seja grande e bonito como o monte Branco. É preferível você passar a vida inteira sendo um fio de cabelo ou uma unha do povo de Israel em vez de ser um inseto infeliz. Este é o meu ensinamento resumido, Boaz. E você deve entender isso em seu coração, se não em seu cérebro, em Zichron Yaakov se não for em Kiriyat Arba, na própria vida, se não na religião, de modo que ainda há esperança de que as suas boas ações superem as más, que, para mim, como você sabe, têm um grande peso. Os portões do arrependimento continuam abertos, eles nunca fecham.

E já que toquei em suas más ações, não posso deixar passar em branco a arrogância e insolência que você demonstrou quando, com atrevimento e descaramento, escreveu que sua mãe (D'us nos livre!) "não é normal"? Como a sua mão não tremeu? O que há, você é normal? Sim? Vá se olhar no espelho! Sua besta selvagem. Tire primeiro os sapatos, por favor, antes de falar da sua mãe! Mesmo que você esteja andando por aí descalço como um árabe.

Outra questão. Sei que o seu querido pai começou a pagar a você algo como um salário mensal. Saiba que tudo o que ele lhe dá é seu mesmo, não dele, porque durante sete anos tratou sua querida mãe e a você com a crueldade de um abutre, negando aos dois o sustento e a reparação pelo sofrimento e vergonha que maldosamente causou. O que ele envia a você agora são apenas sobras, migalhas da mesa dele, e nada mais. Mas não quero jogar um filho contra o pai, D'us me livre. Por que mencionei o dinheiro? Somente para frisar que você, meu caro Boaz, desta vez não o desperdiçará em prazeres duvidosos e não vou lembrar exemplos do passado e etc., mas investirá na recuperação das ruínas que ele deixou para trás e na criação de uma unidade agrícola. Por isso eu disse que podíamos acreditar em sua carta, apesar dos erros e da insolência, e por isso considerei correto anexar a esta um vale postal no valor de duas mil e quinhentas libras. Daqui para diante, darei mensalmente a você essa quantia, com a condição de que se comprometa a começar a aprender a ler e a escrever corretamente e talvez a diminuir a profanação do shabat. Isso significa numa conta simples trinta mil libras por ano, a partir de hoje até a maioridade. Você não precisará aceitar mais dinheiro daquele malfeitor. Combinados, Boaz?

Mais uma coisa por conta de suas boas ações, algo incomparável: pelo visto, em vez de causar sofrimento, você começou a amar um pouco o próximo como a si mesmo. A que se referem estas minhas palavras? À sugestão infantil de sua carta. Infantil, mas absolutamente tocante. Você ainda é jovem demais para hospedar sua mãe e sua irmã — antes disso é preciso que "passe por provações", como está em nossas Escrituras, mas ficamos muito tocados com a sugestão. Eu quase escreveria aqui. "É este o jovem por quem rezamos". Só que você ainda tem um longo caminho a percorrer do mal para o bem aos olhos de D'us, e você até agora avançou apenas um ou dois degraus. Esta é a verdade, Boaz, e não me importa se você se zangará e me chamará de carola ou se continuará a me caluniar dizendo coisas desagradáveis como, por exemplo, que eu dominei a sua querida mãe ou que eu — D'us o livre — odeio os árabes ou os judeus cujos olhos ainda não se abriram.

Você ficou louco, Boaz? Quando foi que pequei contra sua mãe? O que é que você quer dizer com "dominá-la"? Ou a você? Amarrei alguém com corrente? A quem eu prejudiquei? Contra quem levantei a mão? Ou joguei um caixote? A quem causei sofrimentos? Certamente há no livro de contabilidade do alto alguns pontos negativos anotados a respeito de Michael Sommo. Não digo que não. Afinal, sou uma pessoa mediana e um judeu absolutamente comum. Mas dizer que prejudiquei alguém? Mesmo uma pequena maldade?

Você me fez uma injustiça, Boaz. Sorte que não sou dos que se ofendem, e tudo é perdoado. Em seu lugar, eu ao menos pediria perdão pelo pecado que você cometeu contra mim ao me caluniar.

Creia-me, até para os árabes — e você me acusa em sua carta de querer o mal deles —, mesmo a eles auguro de todo o coração que vivam em paz segundo a sua religião e hábitos, e que possam em breve voltar para a sua pátria assim como nós voltamos para a nossa. Só que deixamos as nossas terras nus, desprovidos de tudo, humilhados, enquanto a eles eu sugiro que saiam daqui com dignidade e saúde, sem que nós toquemos em um fio de cabelo ou cordão de sapato deles. Mesmo pelos bens que tomaram em nossa terra pela força da espada, sugiro que sejam bem pagos. Um homem como eu sonha em não tocar em um fio de cabelo de cabeça judaica, mesmo que seja o maior pecador. Então por que você está vociferando contra mim? E ainda tem o descaramento de pedir que não lhe dê lição de moral, e proclamar orgulhosamente que "é errado modificar as pessoas"! Que novidade!

O que você quer dizer? As pessoas são perfeitas? Você próprio é perfeito? Pegue até o povo eleito: não há o que modificar? Não há o que corrigir? Bobagens, Boaz! Nós todos devemos tentar influenciar um ao outro para o bem. Dar-nos as mãos para não sairmos do caminho. Toda pessoa é definitivamente o guardião do seu irmão. E certamente todo judeu também.

Quanto à sua mãe e à sua irmã, talvez nós três iremos fazer uma rápida visita a você, mas somente com a condição que antes disso você novamente comece a vir nos shabats para Jerusalém. Foi você que se afastou e é você que tem o dever de dar o primeiro passo em direção a nós. Dentro de alguns meses mudaremos para o bairro judaico, um apartamento bonito e amplo, e teremos sempre um quarto disponível para você. Isso é uma coisa. Mas elas irem morar nessa ruína que você recebeu do seu pai? Entre pessoas que talvez sejam anjos, mas eu não as conheço, nem às suas famílias? O que é isso? Você quer salvar sua mãe e sua irmã das minhas mãos? Mas eu o perdôo — suas intenções foram boas.

E agora, quanto às opiniões perigosas que você me escreveu — que o principal na vida é se divertir. Fiquei chocado, não nego. Seu pai tão inteligente, pelo visto é dele que provém este veneno que você proclama numa linguagem estropiada. Esta idéia, Boaz, é a mãe de todos os pecados e é melhor que você fuja dela como de uma epidemia. A coisa mais importante na vida é fazer o bem. Simplesmente. E não deixe que o seu pai e outros sabidos do mesmo tipo comecem a tentar convencer você que o bem é uma questão relativa, que ninguém está capacitado a distinguir entre o bem e o mal, que o bem de um é o mal de outro e vice-versa, que depende de quando e onde, e todos estes sofismas inteligentes. Já ouvimos o bastante. Não temos nada a ver com essas filosofias estrangeiras feitas de flores, e não frutos, como disse o sábio, e flores envenenadas ainda por cima. Deixe esta profanação. Digo a você, Boaz, que ainda não nasceu a pessoa, inclusive árabe ou criminoso, que não saiba no fundo de sua alma o que é bom e o que é mau. Todos sabemos o que é correto desde a barriga de nossa mãe. Da nossa imagem de D'us. Sabemos muito bem que fazer bem aos outros é bom, e fazer mal é mau. Sem filosofias. Isso é toda a Torá em uma lição. E claro, infelizmente, há certos trocistas profissionais que, astuta ou inocentemente, dizem: traga provas. Muito bem, por que não? Há abundância de provas. Por exemplo, sei que você construiu aí uma espécie de telescópio, e à noite você olha para as estrelas. Portanto, espie bem pelo seu instrumento, e seu coração começará a entoar cânticos de louvor a todas as maravilhas divinas, e você verá a prova com seus próprios olhos. No céu estrelado, Boaz, nos sete firmamentos acima de nós, o que vemos? O que está escrito em letras imensas no céu?

Agora você fica calado? Muito bem. No seu conceito, as estrelas são apenas uma questão de óptica e de astronomia. Você se faz de tonto. Então está bem, vou dizer a você o que está escrito nelas: Ordem! Projeto! Propósito! Está escrito que toda estrela seguirá precisamente o seu caminho! Mais que isso, também está escrito que a vida tem um propósito. Que há um Condutor, que há Justiça e Juiz. Que nós, como exército celestial, devemos estar sempre a postos e cumprir a vontade do Criador. Estrela ou verme, não faz diferença, todos nós fomos criados para um propósito e todos nós devemos seguir a trilha fixada para nós.

É verdade que no firmamento também podemos ler: "Quando contemplo o teu Céu, obra das tuas mãos, a lua e as estrelas que tu ordenaste, o que é o homem para dele assim te lembrares e o filho do homem para dele cuidares?". Ou seja, que nós somos muito pequenos, que os trinta ou quarenta centímetros que você tem a mais do que eu são tão importantes quanto uma casca de alho, mas por outro lado também está escrito no Céu que nós fomos criados à Sua imagem e que tudo recebeu o seu ser da Sua palavra.

Se você olhar para cima com toda a alma e toda a sua força, perceberá com seus próprios olhos que o Céu proclama a glória de D'us: "Ele desdobra o Céu como uma cortina, veste-se da luz como um manto". E quem olha com os olhos do coração sabe o que é permitido e o que é proibido, e o que é a natureza humana. Por mais espertos que queiramos ser, continuamos sabendo perfeitamente. Desde que comemos do fruto da árvore do conhecimento, cujo nome completo na Bíblia é "árvore do conhecimento do bem e do mal". Até mesmo o seu pai sabe — e você, mais ainda, tal pai, tal filho. Por isso repare bem nas suas estrelas e em sua consciência, e olhe assim para o mais alto, não para os maus instintos, e você não será como uma estrela que perde a sua rota nem como uma folha caída.

Talvez você se interesse em ouvir de mim, se já não ouviu de Zakheim, que deixei de ser professor e agora estou engajado todo o tempo no propósito de redimir a Terra, junto com mais companheiros do grupo União de Israel, que você conheceu aqui em Jerusalém e em Kiriyat Arba, assim como alguns novos companheiros. Temos até três pecadores arrependidos, inclusive um que cresceu num kibutz de esquerda e agora deixou tudo isso de lado. Você gostaria de vir por alguns dias, sem compromisso, para ver com seus próprios olhos? Quem sabe a sua centelha judaica se acenda? Brevemente, se D'us quiser, irei a Paris tratar da redenção da Terra, e quando voltar nos encontraremos. Se você quiser juntar-se a nós, diremos seja bem-vindo, esqueceremos tudo sobre a fuga de Kiriyat Arba e não faremos muitas perguntas. Você poderá receber um trabalho interessante e importante, como segurança, por exemplo. Aprenderá um pouco da Torá e também isso será uma bênção. É só dizer e eu arranjarei algo para você; graças a D'us, tenho muitos novos contatos e possibilidades novas em abundância.

Enquanto isso não hesite em me escrever, mesmo com erros. Você é tão caro para mim como se fosse meu filho. Anexo à carta as colagens que sua irmã fez e disse "mande para Bozaz". E quero que você saiba que sua mãe chorou copiosamente pela carta que você mandou, não lágrimas de vergonha mas de alívio. Ela acrescentará algumas linhas aqui embaixo. Estamos com saudades e rezamos para que você sempre escolha o bom caminho. Não se envergonhe, informe se necessitar de algo, inclusive dinheiro, e veremos o que está ao nosso alcance.

Seu afetuosamente,
Michel

P.S.: Pense bem se você aceita a proposta que acompanha o cheque. Se não, não faz mal — fique com o dinheiro desta vez. Em caso positivo, você receberá de mim mensalmente, como foi dito, a soma mencionada. Você pensará nisso, Boaz? Vai usar a cabeça? Sua mãe também quer acrescentar algumas linhas.

*

Querido Boaz, não li o que Michel escreveu a você. Li sua carta para ele porque você me autorizou. Acho maravilhoso tudo o que você está fazendo aí na casa do seu avô. Você é melhor do que todos nós. Não posso ir com Yifat sem magoar Michel. E além disso, estou de mãos vazias. Não tenho nada com que contribuir. O que fazer se falhei? Falhei em tudo, Boaz. Falhei completamente. Só que mesmo uma mulher que falhou, e até uma mulher que não é normal, é capaz de amar. Mesmo que seja um amor infeliz.

Você não me odeia e eu me admiro com isso. O que é que eu não daria em troca da possibilidade de lhe dar algo. Ao menos lavar e remendar a sua roupa. Você não precisa responder. Se você puder, tente não me desprezar. Você é melhor e mais puro do que todos nós. Cuide-se bem. Mamãe.

*

Michel e Ilana Sommo
Tarnaz 7
Jerusalém

Ôi Michel e Ilana e doce Yifat

Recebi as cartas de vocês e o dinheiro. É uma pena que vocês se preocupem e façam tanto barulho sobre mim. Estou 100 por cento e vocês não têm com que se preocupar. As suas discussões Michel me dão dor de cabeça e decidi parar com isto. Mais ou menos 60 por cento do que você escreveu eu até concordo fora dos vercículos e o resto, e mais ou menos 30 por cento não entendi nada. O que é que você quer de mim? Você é uma pessoa legal Michel mas muito complicado com a Bíblia e a sua política. É melhor você ficar agora algum tempo em Paris e ficar numa boa se divertir e se acalmar de todas as suas redenssões. Para sua informação as estrelas não dizem nada e com certeza não dão lição de moral, só fazem bem pra alma. Estou aprendendo a escrever com uma garota que está aqui e nos sábados de todo jeito quase não se trabalha por isso aceitei o dinheiro. E para sua informação comprei um aspersor e um cortador. Se você estiver com vontade mande mais porque vamos precisar comprar urgente um tratorsinho sem isto é difícil avançar. Ilana, você é OK, mas sabe o que é? deixe os sentimentos e lágrimas e tudo o mais e comece a fazer alguma coisa. Pus no envelope penas de pavão para Yifat porque ganhamos um pavão de uma velhinha e ele está andando no pátio. Até e lembranças.

Boaz B.

*

Ao Prof. A. A. Guideon
Programa de Verão/ Ciências Políticas
Universidade de Princeton
Princeton, Nova Jersey, EUA

Jerusalém 20/8/76

Meu querido Alex,

Se por acaso você já se acalmou, concluiu o período de chuvas-e-trovoadas e entrou num período de tempo parcialmente bom, poderá encontrar no final da minha carta uma idéia interessante para analisar. Se, ao contrário, você ainda estiver fervilhando contra o seu Manfred, jogando sua fúria selvagem contra as árvores e as pedras, imerso em autocomiseração na melhor tradição tártara do seu pai, peço que ouça pacientemente a minha defesa.

Não é difícil para mim adivinhar o que você está pensando a meu respeito agora. Na verdade, eu seria até capaz de escrever por você a acusação contra mim. O velho Manfred surgirá nela no papel de "lago dos pobres", conforme as suas palavras (quem sabe "lago dos ricos" seria mais apropriado?), uma espécie de Maquiavel de Heidelberg, que traiu o seu pai com você, que traiu você com a sua sensacional ex-esposa, que a traiu com o doce marido, até que por fim fechou o círculo de baixeza e traiu também a Sommo — novamente com você. Zakheim Iscariotes ao quadrado. Não é de se admirar que saia fumaça preta de suas narinas e ouvidos. Não esqueci os ataques de raiva que você costumava ter quando criança: depois de arrancar os cabelos e estraçalhar os brinquedos caros, fincava os dentes nas costas da própria mão até que surgisse uma espécie de relógio sangrento. Por mim, você é livre para continuar produzindo tais relógios. Ou abrir o dicionário e me lançar todos os insultos que encontrar ali, por ordem alfabética. Vá em frente, você é meu convidado. Estou acostumado a todo o repertório gudonskiano das três últimas gerações e me alegrarei em devolver com juros. Mas gostaria de lembrá-lo, meu caro, que se não fosse o meu prudente pé nos seus breques estragados, já há tempos você teria sido deixado nu, despojado de todos os seus bens e enviado para morrer como um cachorro no asilo mais próximo.

Além disso, Alex, se não fosse o terrível Manfred, todos os bens de seu pai teriam se dissolvido nas suas mãos senis e se desperdiçado dez anos atrás em projetos como dessalinizar o mar Morto ou na criação de uma universidade de língua iídiche para as tribos beduínas. Fui eu quem liberou para você, das unhas do Czar, a propriedade e a maior parte da fortuna e transferi os despojos sob o nariz de todas as emboscadas bolcheviques que as diversas autoridades tributárias armaram para você. Isso eu lembro a você, meu caro, não para merecer alguma tardia condecoração por bravura em combate, mas para estabelecer este fato como base para um juramento de minha honra: não o traí, Alex, apesar da saraivada de ofensas e insultos que você não cessa de disparar contra mim. Ao contrário, ao longo de todo o caminho estive humildemente à sua direita e o servi com o melhor da minha habilidade para salvá-lo de chantagens afetivas, ardis diabólicos e, sobretudo, de suas próprias mais recentes loucuras.

Por que fiz isso? Uma ótima pergunta. Não tenho resposta. Não é uma resposta fácil. Com sua licença, registrarei aqui o desencadear do enredo atual, de modo que ao menos possamos concordar sobre a seqüência dos fatos. No final de fevereiro, como um trovão num dia claro, você subitamente me ordenou que vendesse a propriedade em Zichron a fim de financiar as cruzadas do rabi Sommo. Confesso que tentei ganhar um pouco de tempo, na esperança de esfriar seu capricho de Robin Hood. Empenhei-me em coletar e apresentar a você as informações necessárias para que reconsiderasse a questão. Realmente esperei trazêlo de volta, delicadamente e com muito tato, da nogueira em que você havia subido. Em sinal de agradecimento, você me inundou com um dilúvio de ofensas e insultos que teriam causado grande prazer ao seu pai, se ele conseguisse lembrar quem é você, quem sou eu e quem é ele mesmo. E o santo Manfred enxugou a saliva que você cuspiu na cara dele e cumpriu religiosamente a sua ordem: vender, pagar, e calar a boca.

Confesso sem nenhuma vergonha: neste ponto me permiti aparar um pouco as arestas. Tomei a iniciativa sob fogo cerrado, e decidi vender por conta própria outra de suas propriedades a fim de pagar aquele dinheiro de proteção, mas salvei Zichron para você. Eu devia estar sob a influência de uma inspiração profética: reconheça que, com isso, consegui prever com espantosa precisão a sua reviravolta seguinte. Antes que eu conseguisse acabar de dizer "Gudonski, o louco", você tinha mudado de idéia e se apegado à propriedade de Zichron como se a sua vida dependesse dela. Juro com a mão no coração, Alex, se eu tivesse cumprido o seu desejo original em fevereiro ou março e vendido o Palácio de Inverno, você teria torcido meu pobre pescoço, ou no mínimo arrancado os poucos cabelos que me restam.

E qual foi o seu agradecimento principesco, marquês? Você me colocou contra a parede e atirou. Apenas isto. Kaput! Assim, aceitei a sentença e me afastei da condução dos seus negócios (depois de trinta e oito anos de serviço devotado e incondicional à gloriosa família Gudonski!). Até respirei aliviado. Mas antes que conseguisse acabar de fumar um cigarro, você me mandou um telegrama urgente dizendo que novamente tinha se arrependido, pedindo perdão e solicitando, mais ou menos, uma espécie de ajuda espiritual urgente. E que fez o magnânimo Manfred? Em vez de mandar você para o inferno com todas as suas loucuras, partiu correndo no mesmo dia para Londres e permaneceu uma noite e um dia aos seus pés, engolindo um bombardeio concentrado de fogo e fumaça ("Traidor", foi como você me chamou, antes de resolver me promover ao grau de Rasputin). E quando por fim sossegou, emitiu uma nova série de ordens: de repente você quis que eu afastasse a Bela da Fera, que eu "comprasse o cavalheiro, não importava o preço". Por quê? Sem motivo. "Decreto do rei ao seu conselheiro", nada além disso.

E assim, a calva abaixada e o rabo metido entre as pernas, o querido Manfred voltou para Jerusalém e começou a mover os pauzinhos. Contudo, no meio disto, teve uma inspiração. No que se referia à domesticação do rebelde, por que não colocar um cabresto no sagrado nariz de Sommo, amarrá-lo um pouco com uma correia, de modo que a fortuna de seu pai não fosse desperdiçada sem mais nem menos com a construção de uma academia rabínica de Ponivez em Halchul ou um Shtibl de Tshortkov no alto de Kalkilya, mas investida sabiamente em bens imóveis sólidos. Este é o meu crime e este é o meu pecado. Lembre-se que esta riqueza é fruto não menos do sangue e do suor de Zakheim do que das visões do Czar. Pelo visto, para minha desgraça, tenho uma ligação sentimental com os bens órfãos das várias gerações da família Gudonski. Investi os meus melhores anos para que se acumulassem, e não aceito nenhuma jogada para destruí-los com minhas próprias mãos. Uma vez, em 1949, quando eu era auxiliar do promotor da justiça militar, consegui reduzir a pena de um soldado chamado Naji Santos, que roubara do seu quartel uma granada de mão dizendo que tinha investido um ano e meio escrevendo na granada todo o Livro dos Salmos em letras minúsculas a nanquim. Pelo visto eu também sou um pouco santo.

E assim tapei bem as minhas narinas com um pregador de roupa e mergulhei fundo no meio das massas. Abri a minha úlcera num esforço titânico para domesticar um pouco Santo Sommo, para transformá-lo ao menos num fanático jesuíta, em vez de um fanático camicase. E acredite, meu caro Alex, foi um prazer muito duvidoso: pela quantidade de sermões missionários que fui obrigado a engolir, eu teria que debitar de você por metro.

E então, enquanto você ainda me ofende e me demite e o rabi purifica a minha alma, consegui amarrar as mãos e os pés de Sommo a Zohar Etgar, meu genro, e girá-lo se não em cento e oitenta graus, ao menos em noventa. De modo que, neste momento, os seus cem mil estão obedecendo o preceito de crescei e multiplicai-vos, e brevemente serão duzentos.

E agora pergunte — por que eu devia me empenhar tanto? Pois eu podia simplesmente dizer a mim mesmo: ouça, Manfred, se o seu conde louco quer realmente pendurar uma argola de ouro no focinho de um porco, pegue tranqüilamente a sua comissão e deixe-o pular do telhado. Neste ponto, entram Bons Sentimentos no quadro. Zakheim Iscariotes talvez não despreze as trinta (ou mais) moedas de prata, mas por algum motivo não tem vontade de ver seu senhor crucificado. Nem participar da exploração dos órfãos. Fomos amigos, eu e você. Ou só me pareceu? Quando você tinha sete ou oito anos, um menino estranho e reprimido, que construía monumentos para macacos rhesus e mordia a si mesmo em frente ao espelho, o abaixo-assinado já colocara sua aguçada inteligência a serviço das visões do seu pai. Juntos, a quatro mãos, construímos um império a partir do nada. Isso começou nos tempestuosos anos 30. Virá o dia, meu ilustre cliente, em que finalmente me sentarei para escrever as minhas sensacionais memórias, e você ainda saberá como chafurdei pelo seu pai em pocilgas de árabes efêndis degenerados, me sujei em cerveja inglesa, nas frases bolcheviques fanhosas de funcionários da Agência Judaica — e tudo para acumular astuciosamente acre por acre, pedra por pedra, libra por libra, tudo o que você recebeu de mim numa bandeja de prata, envolto em papel celofane e amarrado com fita azul. Era pegar ou largar, meu caro, e não pude suportar a idéia que você destruiria tudo isso pregando uma mezuzá de ouro em cada ruína árabe nos territórios, ou pondo filactérios em cada uma dessas colinas árabes, em toda essa idolatria. Ao contrário, no meu espírito abriu-se a possibilidade atraente de utilizar Sommo para renovar os nossos dias dourados de antigamente, adquirindo por uma bagatela terrenos em lugares onde o pé de um homem branco ainda não pisou, atrelar à nossa carruagem este burro a serviço do Messias e fazer por você, no presente, o dobro do que fiz pelo seu pai no passado. Este é o meu documento de defesa, Alex. Há apenas mais um ou dois pontos.

Com esforços beirando o martírio, dirigi Sommo para o caminho (relativamente) correto. Transformei o Pigmaleão preto em negociante sionista de imóveis, e acoplei a ele Zohar na qualidade de alfinete de segurança. Esperei que com o passar do tempo você também se acalmasse, ficasse um pouco mais sóbrio e me autorizasse a colocar em seu nome a nova carruagem que construí. Confiei que, quando acabassem o som e a fúria, talvez você começasse finalmente a comportar-se como um autêntico Gudonski. Planejei que o seu dinheiro mais a minha inteligência, mais os primos vence-obstáculos de Sommo, mais o dinamismo de Zohar ainda nos enriqueceriam a todos e nos fariam viver felizes para sempre. Em resumo, para citar o pequeno Moisés, tentei extrair doçura da força. E isso é tudo, meu caro. Foi só por isso que me aliei ao eixo Sommo—Paris e me meti no negócio de Toulouse. Só para isso implorei a você que aceitasse trocar a sua ruína em Zichron, que não rende um centavo e apenas desperdiça impostos, em troca de uma base em Belém, onde se encontra o futuro. Tome nota, Alex: o nosso bolchevismo já está moribundo. Não está longe o dia em que este país estará nas mãos de Sommo & Zohar e de outros da mesma laia. E então as terras na Margem Ocidental e no Sinai serão descongeladas para construção urbana, e cada torrão terá seu peso avaliado em ouro. Acredite, meu caro, que por muito menos que isso seu pai teria me dado uma pequena Mercedes e uma caixa de champanhe de aniversário.

E quanto a você, *darling*? Em vez de inscrever o nome de Manfred no Livro de Ouro, em vez de agradecer três vezes por dia ao seu pai por ter legado a você junto com o trono também o seu Bismarck, em vez de Mercedes e champanhe, você novamente me despediu. E me amaldiçoou e me insultou em seus telegramas como a um mujique bêbado. E ainda me meteu em sua nova loucura: comprar Boaz deles. Como disse Shakespeare: "Meu reino por um cavalo" (mas não por um asno, Alex!). E isso depois de tudo o que você me obrigou a fazer no seu processo de divórcio? Por que Boaz agora? Para quê? Em nome de quê?

Porque assim você entendeu. "O rei quer", e pronto. A aristocracia russa afrancesada da região norte de Binyamina estraçalha taças de cristal na parede e nós, os serviçais, recolhemos humildemente os cacos e limpamos as manchas do tapete.

Quando cumpri o meu dever humanitário de adiar um pouco a execução de sua loucura até que você talvez se recompusesse, você novamente me despediu e contratou Roberto em meu lugar. Assim como você jogou seu pai na lata de lixo e assim como atirou ao refugo Ilana e Boaz, e assim como agora você atira a si próprio para o inferno: como um par de meias velhas. Depois de trinta e oito anos de serviço! A mim, que construí a partir do nada todo o ducado Gudonski! Você já ouviu falar sobre os esquimós que atiram os seus velhos na neve? Bem, mesmo entre eles não é hábito cuspir na cara... Roberto! Este redator de testamentos! Este *maître-d'hôtel*!

E depois, só e abandonado, o querido tio Manfred, a metamorfose de bela alma do rei Lear e do Pai Goriot, decidiu, apesar do golpe, permanecer em seu posto. Ignorar a vergonhosa rejeição. "Aqui estou, e não posso estar em outro lugar." No tribunal militar de apelações, uma vez tivemos o caso de um soldado que recusou a ordem de acionar um morteiro na batalha sob a alegação de que tinha se comprometido com os obuses.

Neste meio-tempo você comprou Boaz, descartou Roberto e de novo voltou para mim e implorou que começássemos de novo. Quer saber, meu gênio? Há um método nessa loucura. Inicialmente você espezinha (Ilana, Boaz, a mim e até a Sommo), depois desculpa-se, bajula, distribui dinheiro e pedidos de perdão, apazigua e tenta comprar à vista uma absolvição retroativa. E também pede piedade. O que é isso: cristianismo popular? "Aqueles que disparam com alegria, com lágrima curarão?", "Assim como você matou assim você untou?".

E logo você me impôs uma nova tarefa: colocar minhas mãos em seu filho monumental e, com seu dinheiro, dedicar-me a ajudá-lo a construir uma espécie de colônia hippie na terra abandonada de seu pai. (Aliás, este Gulliver pelo visto é feito de um material nada mau, mesmo que totalmente maluco, até mesmo para os padrões da família Gudonski.) Manfred, que ama você incondicionalmente, de novo rangeu os dentes mas cumpriu as suas instruções doidas. Como a serpente dançando conforme a flauta do faquir. Deu-se ao trabalho de ir pessoalmente a Zichron. Argumentou. Pagou. Aplainou. Acalmou a polícia local. Evidentemente continuo tendo uma espécie de pequena glândula que segrega um tipo de afeição por você e um temor constante pela sua saúde. Se me permite, lembrarei que até o grande Shakespeare em pessoa não deixou Hamlet, na cena do massacre, apunhalar acidentalmente o seu fiel Horácio. Na minha opinião, não sou eu que devo explicações, mas sua alteza me deve ao menos um pedido formal de desculpas (se não uma caixa de champanhe). E aliás, você me deve também dinheiro: eu invisto em seu Golias filisteu cerca de duzentos e cinqüenta dólares mensais, conforme você me instruiu. Só que você fez o favor de esquecer (desde quando você tem cabeça para ninharias?) que não tem dinheiro em caixa aqui. Por outro lado, você tem agora, graças a mim, uma nota preta na sua conta de Guilherme Tell, como conseqüência do negócio Magdiel-Toulouse. Não é muito agradável descer das alturas do balanço espiritual para o vale das lágrimas financeiro, mas apesar disso faça o favor de não esquecer. E não esqueça aquele doce item no seu testamento, sobre meus netos: o velho Manfred talvez esteja um pouco apodrecido, mas continua longe da senilidade. Por enquanto nem se alistou como voluntário no Exército da Salvação.

Ou talvez tenha se alistado, sim, sem que tivesse percebido? Foi vinculado inconscientemente à legião de honra dos salvadores do infeliz Alexander? Se não, como explicar a sua dedicação estranha a você e a todas as suas formas de loucura?

Foda-se, Alex. Case-se com Sommo, adote sua ex-esposa como mãe, o vadio dela como macaco rhesus e Roberto como seu escudeiro. Vá para o inferno. Era isto que eu deveria ter dito a você de uma vez por todas. Doe suas calças ao Sindicato das Ninfomaníacas Reformadas pela Judéia e Samaria e deixe em paz a minha pobre cabeça.

O triste é que um sentimento antigo constantemente sobrepõe-se à minha razão clara. Lembranças antediluvianas me prendem a você como um par de algemas. Você está cravado em minha alma como um prego enferrujado sem cabeça. E pelo visto também estou cravado em você, entre as rodas dentadas que existem no lugar da alma. Gostaria que um dia você me explicasse durante um uísque como é que a sua magia negra atua em nós. Como você consegue sempre nos manipular a todos, inclusive o tonto tio Manfred? Em 1943, quando eu ainda era um mísero segundo-tenente no Exército britânico, uma noite fui convocado para o barracão do comando de Montgomery, no deserto da Cirenaica, para traduzir um documento do alemão. Por que é que na sua presença eu sempre me sinto como daquela vez? O que é que você tem que me faz ficar em posição de sentido? Uma vez após a outra bato os calcanhares (simbolicamente) e sussurro submisso "sim, senhor" a todos os seus caprichos e insultos. Qual é o feitiço que você nos transmite, mesmo através do Atlântico?

Talvez seja a misteriosa combinação de crueldade e desamparo.

Vejo diante dos olhos a sua figura reclinada no sofá de couro da casa dos Nicholson, em Londres, na noite do nosso último encontro (mesmo que neste meio-tempo você já esteja novamente nos Estados Unidos, se não no Ceilão ou em Timbuktu). Suas feições de patrício romano concentradas num esforço imenso de esconder de mim o seu sofrimento. Seus dedos apertam a xícara de chá como se a qualquer momento você estivesse para me atirar na cara o seu conteúdo ou estilhaçá-la em minha cabeça. Sua voz estava fria, nítida, e suas palavras eram como soldadinhos de chumbo. Muitas vezes você fechava lentamente os olhos, como se estivesse num castelo medieval com cavaleiros erguendo a ponte e trancando os portões de ferro. Enquanto eu aguardava que você se voltasse e me notasse, olhei para as suas costas apoiadas rigidamente no sofá, para seu rosto fechado, pálido, para a expressão de sofrimento amargo permanentemente gravada em torno dos lábios, e por um momento, como se me espreitasse da boca de fogo de um tanque, pude perceber a criança de quarenta anos antes: uma criança crescida, mimada, um decadente imperador menino, capaz de no momento seguinte ordenar aos seus servos com um movimento indolente de queixo que me cortassem a cabeça. Simplesmente. Como um divertimento noturno. Porque eu deixara de interessá-lo.

Assim você me pareceu, daquela vez em Londres. E eu senti uma mistura de submissão e vaga piedade paternal. Um horror físico combinado com um impulso repentino de colocar a mão em sua testa. Como quando você era criança.

Seu corpo de gladiador, que se tornou tão magro e ossudo, sua expressão de príncipe torturado, a força do seu olhar cinzento, o fulgor do seu espírito atormentado, o frio da vontade férrea. Talvez fosse isto: sua ferocidade frágil. Sua tirania indefesa. A selvageria infantil que faz você parecer um relógio que perdeu a tampa de vidro. Assim você nos hipnotiza a todos. Desperta até num homem como eu um sentimento quase feminino em relação a você.

Mesmo se isto fizer você explodir, não me conterei desta vez para dizer que, naquele nosso encontro em Londres, você despertou em mim uma espécie de piedade. Como se eu fosse um velho eucalipto descascado, que subitamente começou a dar figos para espanto de todos. Tive pena de você. Do que você fez com a sua vida e da maneira como planeja agora a sua morte. Certamente você desenvolveu a doença como um míssil mortífero e sofisticado que disparou sobre si mesmo (tenho certeza que a escolha toda está em suas mãos, sufocar a doença ou entregar-se totalmente a ela). Agora você rirá secamente, torcendo metade da boca, e talvez registre para si que o patife do Manfred está tentando adulá-lo novamente. Mas Manfred está preocupado com você. Com o garoto solitário e estranho que, há quarenta anos, costumava chamá-lo de tio Malfrend e subia em seus joelhos procurando nos bolsos do paletó um chocolate ou caixinha de chiclete. Houve época em que fomos amigos. Agora eu também sou um monstro. Embora apenas um monstro de brinquedo. Quando levanto toda manhã para fazer a barba vejo no espelho um corrupto calvo, um nojento encolhido, um sátiro que arrasta a sua feiúra dia após dia a fim de deixar o dinheiro para os preciosos queridos netos quando chegar a hora. O que é precioso para você, Alex? O que faz você levantar toda manhã? O que é que espia você do outro lado do espelho?

Fomos amigos antigamente. Foi você que ensinou o tio Malfrend como montar num burro (um espetáculo que deveria ter sido eternizado por Marc Chagall) e eu, por minha vez, ensinei você a encher a parede com um teatro inteiro de animais criados pelas sombras de seus dedos. Durante minhas freqüentes visitas à casa de vocês eu costumava às vezes ler uma história antes de você dormir. E jogávamos cartas, um jogo do qual ainda me lembro, chamava-se Mico Preto. A finalidade do jogo era arranjar o mundo em pares, dançarino com dançarina, alfaiate com costureira, camponês com camponesa, e só o mico preto não tinha companheira. Quem ficava com o mico no fim perdia o jogo. Sempre, sem exceção, era eu que perdia. Mais de uma vez tive que inventar algum artifício complicado para que você ganhasse sem perceber minha concessão, pois se não fosse assim você era tomado de uma raiva selvagem — se perdia, ou pior, se suspeitava que a vitória fora dada de presente. Você começava a quebrar, atirar e rasgar coisas, acusando-me de trapaça, mordendo as costas de sua mão até sangrar, ou entrando numa depressão profunda e arrastando-se como um animal para se esconder na escuridão sob a escada.

Por outro lado, toda vez que eu perdia o jogo — de acordo com um estranho senso de justiça — você me recompensava. Corria ao porão para me trazer uma cerveja gelada. Dava-me de presente uma bolinha ou uma cesta de caracóis brancos que tinha recolhido no pátio. Você trepava nos meus joelhos e introduzia sorrateiramente um charuto de seu pai no bolso do meu paletó. E uma vez, no inverno, você entrou no banheiro e raspou a lama das minhas galochas. Em outra ocasião, quando seu pai me descompôs aos berros e me insultou em russo, você usou um ferro elétrico estragado para provocar um curto-circuito e deixar a casa às escuras em meio aos seus gritos e palavrões.

E em 1941 eu me alistei no Exército britânico. Durante cinco anos andei da Palestina para o Cairo, Cirenaica e Itália, e da Itália para a Alemanha e Áustria, da Áustria para Haia, de Haia para Birmingham. Durante todos aqueles anos você lembrava de mim, Alex: a cada duas ou três semanas o bravo soldado Malfrend recebia um pacote de você. De você, não do seu pai. Doces, meias de lã, jornais e revistas em hebraico, cartas nas quais você desenhava esboços de armas imaginárias. Também eu costumava enviar postais de todos os pontos por onde passava. Colecionei e enviei para você selos e cédulas de dinheiro. Ao voltar para a Palestina, em 1946, você me deu o seu quarto até seu pai alugar para mim o meu primeiro apartamento em Jerusalém. E ainda tenho na minha mesinha-de-cabeceira uma foto de abril de 1947: lindo, triste e um pouco severo, você está parado como um lutador sonolento segurando uma das varas do pálio do meu casamento. Sete anos depois, quando Rosalind foi morta, você e seu pai convidaram a pequena Dorit para passar todo o verão em Zichron. Na copa de um pinheiro você construiu para ela uma cabana de galhos com uma escada de cordas, e conquistou seu coração para sempre. Quando se matriculou na universidade em Jerusalém, dei a você a chave da minha casa. Quando você foi ferido nas costas na ofensiva ao norte do mar da Galiléia, novamente você ficou conosco por cerca de duas semanas. Fui eu que preparei você para os exames de alemão e latim. Depois houve o seu casamento meteórico, e mais tarde o seu pai começou a distribuir a fortuna por diversos fundos de benemerência e a dar cheques a vigaristas que asseguravam estar representando as dez tribos de Israel. Até que enviou os seus circassianos num ataque noturno ao kibutz vizinho, e então nós dois planejamos juntos uma revolta. Não vamos esquecer, você e eu, os onze processos que conduzi em seu nome até que liberamos os bens e internamos o Czar numa clínica. Nem esqueça o que eu fiz por você durante seu divórcio. Pus no papel estes itens a fim de dizer que o tio Malfrend carregou-o nas costas desde que você era pequeno, enquanto você estabelecia uma reputação mundial e seu livro era traduzido para nove línguas. Você, por sua vez, pagou a viagem de núpcias de Dorit e Zohar ao Japão e até abriu uma generosa poupança quando nasceu cada um dos meus netos. Será que foi só um investimento calculado, frio? Ficarei grato se você esclarecer. E se fizer o favor de confirmar, por escrito, mesmo entre pragas e insultos, que o que escrevi aqui realmente aconteceu. Para que eu não seja obrigado a concluir que um de nós já está senil e enxergando coisas. Somos amigos, Alex? Responda-me sim ou não. Só para deixar tudo em pratos limpos. E o principal: dê um sinal e eu investirei o dinheiro de Magdiel na compra de campos em Belém. Cuide da saúde e diga no que posso ajudar.

Tio Malfrend
Guardião do Carimbo

*

PESSOAL ZAKHEIM JERUSALÉM ISRAEL

DEDUZA MINHA CONTA O QUE DEVO PELOS PAGAMENTOS A BOAZ PEGUE MAIS DOIS MIL GORJETA DEIXE DE ABANAR RABO ALEX

*

GUIDEON PROGRAMA DE VERÃO PRINCETON NJ

SOU UMA GRANDE BESTA E VOCÊ CASO PERDIDO PEGUEI CINCO MIL ENVIO CONTA DETALHADA ROBERTO RECUSA ABSOLUTAMENTE RETOMAR CONDUÇÃO SEUS ASSUNTOS FAVOR URGENTE ENVIAR INSTRUÇÕES QUEM ENTREGAR DOCUMENTOS TALVEZ SEJA MELHOR VOCÊ SE INTERNAR LIVRE VONTADE ANTES PONHAM CAMISA-DE-FORÇA MANFRED

*

PESSOAL ZAKHEIM JERUSALÉM ISRAEL

DEMISSÃO NÃO ACEITA ESTÁ AUTORIZADO CONTINUAR GERIR BENS CONDIÇÃO QUE NÃO META NARIZ E CASCOS E PARE DE INVESTIGAR VIDA TODOS NÓS VOCÊ ADMINISTRADOR NÃO PADRE CONFESSOR SEUS NETOS ESTÃO MEU TESTAMENTO O DIABO SABE POR QUÊ ALEX

*

GUIDEON PROGRAMA DE VERÃO PRINCETON NJ

MINHA DEMISSÃO CONTINUA DE PÉ CORTEI VOCÊ PARA SEMPRE VOLTO SOLICITAR INSTRUÇÕES PARA QUEM TRANSFERIR DOCUMENTOS MANFRED ZAKHEIM

*

PESSOAL ZAKHEIM JERUSALÉM ISRAEL

MANFRED ACALME-SE INTERNO-ME POR UMA SEMANA PARA RADIOTERAPIA NO MONTE SINAI NOVA YORK DISTRIBUIREI HERANÇA ENTRE MEU FILHO A FILHA DELA E SEUS NETOS NÃO ME DEIXE AGORA PENSO VOLTAR A ISRAEL APÓS RADIOTERAPIA VOCÊ PODE ARRANJAR CLÍNICA PARTICULAR TRANQÜILA EQUIPADA PARA QUIMIOTERAPIA DOU CARTA BRANCA PARA ADMINISTRAR BENS COM CONDIÇÃO QUE FIQUE AO MEU LADO NÃO SEJA CRUEL ALEX

*

GUIDEON HOSPITAL MONTE SINAI NOVA YORK

CONTINUAÇÃO MEU TELEFONEMA ONTEM TUDO ARRANJADO CASO DECIDA VIR INCLUSIVE CLÍNICA ÓTIMA MÉDICO PARTICULAR E ENFERMEIRA INSTRUÍ ZAND PARA LARGAR FAMÍLIA SOMMO E BOAZ INVISTO SEU DINHEIRO COMPANHIA ESTACA MAS NÃO TOCO BENS ENTENDI NÃO QUER QUE COMUNIQUE SEU ESTADO ILANA E BOAZ DORIT E EU PARTIREMOS FIM DE SEMANA NOVA YORK FICAR SEU LADO A NÃO SER VOCÊ INSTRUA OUTRA FORMA ABRAÇO MANFRED

*

PESSOAL ZAKHEIM JERUSALÉM ISRAEL

OBRIGADO NÃO VENHAM NÃO HÁ NECESSIDADE TESTAMENTO ATUALIZADO A CAMINHO É PROVÁVEL QUE EU VÁ SINTO-ME BEM PEÇO ME DÊ SOSSEGO ALEX

*

SOMMO HOTEL CASTILLE RUE GAMBOM PARIS

MICHEL NÃO SE ZANGUE FUI COM YIFAT PARA ZICHRON TIVE QUE IR ENTENDA EMPENHAREI CUMPRIR SHABAT E COMER KACHER NÃO É NECESSÁRIO VOCÊ ENCURTE VIAGEM BOAZ ENVIA LEMBRANÇAS CARINHO DIZ VOCÊ SE DIVIRTA NÃO SE PREOCUPE AMO VOCÊ ILANA

*

SENHORA SOMMO CASA GUIDEON PERTO ZICHRON YAAKOV ISRAEL

ILANA VOLTE PARA CASA IMEDIATAMENTE OU PEDIREMOS QUE ALMALIAH BUSQUE COM RADIOPATRULHA SOU OBRIGADO PERMANECER AQUI MAIS ALGUNS DIAS QUESTÃO VIDA OU MORTE PERDÔO CONDIÇÃO VOLTE AINDA HOJE NÃO LHE FIZ MAL NÃO MEREÇO ISTO MUITO TRISTE MICHEL

*

A Senhora Janine Fucs
R. do Limoeiro, 4
Ramat Hasharon

31 de agosto, 23h35

Cara Janine,

Há dois dias tento falar com você por telefone, e esta noite fui pessoalmente à sua casa e encontrei tudo fechado. Pelos vizinhos fiquei sabendo que partiram numa excursão para Rodes e pretendem voltar de Atenas pela El Al de madrugada. Como estarei em Eilat em missão oficial, decidi colocar esta carta sob a porta na esperança de que você a encontre. Trata-se de nosso amigo comum Michel (Sommo). Michel viajou a Paris devido a certo assunto público (e também para visitar os pais que agora vivem com a filha em Marselha). Quando voltou anteontem, deparou com uma situação muito ruim criada pela mulher, que tomou a iniciativa de ir com a filha pequena para a casa do filho dela do casamento anterior, num lugar abandonado entre Zichron Yaakov e Binyamina. Sabe-se que aproximadamente um dia antes de Michel voltar apareceu por lá também o primeiro marido dela (o estudioso que emigrou para os Estados Unidos). Você pode imaginar o choque de Michel e a vergonha para nossa querida família Sommo por esta situação desonrosa, encontrar-se com o primeiro marido na mesma casa, provocando falatórios, enquanto ela se recusa a voltar para Michel, cujo mundo desmoronou.

Eu e o irmão mais velho de Michel e mais dois amigos viajamos para lá ontem, a fim de falar com ela, mas ela recusou-se até a nos ver! Assim, voltamos a Jerusalém de mãos vazias e permanecemos, magoados, no seio da família até às três e meia da madrugada, quando nos ocorreu a seguinte idéia: que Michel apresente uma queixa contra ela por ter levado a filha de casa sem seu consentimento, o que se aproxima de seqüestro.

O problema é que Michel está numa forte depressão e insiste irracionalmente que jamais apresentará queixa criminal contra a esposa. Ele prefere morrer, disse, o que está feito não pode ser desfeito, e outras coisas piores que esta. Parece totalmente transtornado e até bastante desesperado. E eu, sem uma queixa formal da parte dele, fico de mãos amarradas. Seu irmão e primos pensaram em tomar uma atitude física que nem quero repetir por escrito, mas com muita dificuldade os dissuadi disso.

Em resumo, querida Janine, como você e Bruno têm boas relações pessoais com todas as partes envolvidas, ou seja, tanto com Michel como com Ilana e também com o filho dela, Boaz, que viveu com vocês durante algum tempo depois que eu o libertei, e como Bruno serviu uma vez no Exército sob o comando do primeiro marido e o conhece daquela época, não seria conveniente que vocês dois viajassem para lá e tentassem falar com eles? Antes que estoure, o Céu não permita, um escândalo público com a imprensa e todo tipo de aborrecimentos e vergonhas, que afetarão muito Michel e toda a família Sommo. Eu suplico em nome da família e dos amigos, com veemência. Todos depositamos as nossas esperanças em vocês!

Se acharem útil que também eu me junte a vocês (à paisana), naturalmente estarei pronto assim que voltar de Eilat. Deixem-me apenas um recado por telefone no quartel-general de Tel Aviv em nome do inspetor-chefe Almaliah, e eles me transmitirão a mensagem. Mas talvez seja melhor não perdermos tempo e vocês viajarem para lá o mais rápido possível. Peço-lhe também, Janine, que você por favor telefone sem demora para Michel, que está muito mal, e convença-o a não fazer nenhuma bobagem e a não ouvir maus conselhos. Com o agradecimento e a esperança de que consigam, e naturalmente, como sempre, com amizade.

Seu,

Prosper Almaliah

*

Sr. A. Guideon
Casa Guideon
Zichron Yaakov
EM MÃOS

Com a graça de D'us, Jerusalém, véspera do santo shabat
8 de Elul de 5736 (3/9/76)

Prezado Senhor,

Esta carta será entregue ao senhor por intermédio de um mensageiro ainda antes do início do shabat, de modo que lhe concedemos aproximadamente trinta horas para ponderar com sua alma, pois no domingo de manhã, às nove e trinta, irão aí uns amigos meus para levar para casa minha filha Madeleine Yifat, seja de modo polido e educado, seja por outros meios, dependendo do seu comportamento. Quanto à infeliz mulher que também está vivendo em sua casa, terá que enfrentar o próprio destino. Como poderei olhar no seu rosto quando o coração está vazio dentro de mim? Pelo que explicou ontem à noite o ilustre rabi Busquila, a situação dela ainda precisa ser esclarecida: é provável que, de acordo com a lei, ela esteja na situação de mulher proibida ao seu marido e proibida ao amante, devendo ser expulsa tanto da casa de um como do outro. De qualquer modo, minha exigência atual refere-se apenas à minha filha Madeleine Yifat, sobre a qual, tanto pela lei religiosa como pelas leis do Estado, o senhor não tem direito algum, nem responsabilidades, portanto é preferível que o senhor a devolva pacificamente no domingo de manhã e não nos obrigue a adotar outras medidas. O senhor está prevenido.

Assinado:
Michael (Michel-Henri) Sommo

P.S.: Pela minha vida, não consigo compreender, nem mesmo com muita astúcia, como o senhor conseguiu agir tão mal. Ou tão cruelmente. Nem mesmo entre os gentios ou nos bandos de ladrões e criminosos ouviu-se algo assim! O senhor conhece a história do profeta Natã? Sobre o pecado do rei Davi com Betsabá? Ou talvez em nossos dias os professores modernos estão dispensados de saber o que está escrito na Bíblia?

Há três dias e quatro noites vago pelas ruas de Jerusalém, a barba crescida pelo luto. Para que me barbearia? Ando e pergunto a mim mesmo: o senhor é judeu ou amalecita? O senhor é um ser humano criado à imagem divina ou é, o Céu não o permita, uma espécie de demônio? Todos os pecados que cometeu no passado contra a mulher e o garoto são brancos como a neve em comparação ao seu último ultraje. Nem mesmo os habitantes de Sodoma e Gomorra o aceitariam entre eles! Depois de ter martirizado a mulher, depois de ter expulsado seu filho, o senhor não se satisfez e lançou os seus cascos impuros sobre a ovelha do pobre e derramou também o meu sangue!

A verdade é que duvido que alguém como o senhor, um reconhecido malfeitor e um canalha imbuído do espírito de Belial, sinta algum receio do Céu ou sequer tenha alguma consciência. Pelo visto, não. Ouvi aqui em Jerusalém pessoas falarem a seu respeito, dizendo que é um grande defensor dos árabes. De acordo com suas "concepções", aqui é aparentemente a Terra de Ismael, prometida pelo Céu para a semente de Ibrahim, a terra que Mussa viu de longe e sobre a qual Daud reinou, e nós, judeus, não temos absolutamente o que procurar aqui. Sendo assim, será que o senhor me considera um árabe? Talvez o senhor possa comportar-se comigo segundo os belos princípios que adota com os árabes. O senhor roubaria a esposa de um árabe? Sua filha? Sua ovelha? Certamente o senhor escreveria a respeito artigos no jornal, faria manifestações, assinaria protestos e moveria céus e terras se alguém ousasse fazer algo assim, mesmo ao último dos árabes! Mas como somos foras-da-lei, nossas vidas são desprotegidas, somos a vergonha dos nossos vizinhos e escárnio e zombaria para todos ao nosso redor. Já estamos nos Dias de Penitência, sr. Guideon, e é melhor que o senhor se lembre que há Alguém que castiga o arrogante e não aceita zombaria nem leviandade. Ou estarei enganado? Talvez, o Céu não o permita, não haja nada no Céu? Não haverá justiça nem juiz? O mundo é uma propriedade abandonada?

A verdade é que desde o início eu suspeitava dos seus planos diabólicos. Desde que o senhor e a infeliz mulher começaram a corresponder-se fora dos limites naturais. Desde que seus cheques começaram a cair sobre nós como uma chuva abundante. Por vezes minhas entranhas estremeciam de medo à noite, pensando se o senhor estaria estendendo uma armadilha aos nossos pés. O que estava acontecendo? Haveria um coração novo em seu interior? Ou era Satã dançando diante de nós? Por que ele estava despejando todo esse dinheiro sobre nós? Talvez estivesse desejoso de apanhar o pobre em sua rede, como está escrito no Livro dos Salmos? Mas eu disse para mim mesmo, talvez eu deva me submeter à prova. Não me deixar levar pelas suspeitas. Deixar ao senhor o benefício da dúvida e abrir-lhe as portas do arrependimento. Olhos puros para enxergar a maldade, assim fui eu, em vez de cortar esta relação suja enquanto começava a brotar.

Ou eu também pequei? A ganância cegou os meus olhos?

Confesso hoje o meu pecado, transgredi o que está no versículo "Não justifique demasiadamente". E agora fui amplamente punido pelo Céu. Para que eu aprenda a lição, não dar as costas aos inimigos nem mostrar minha outra face. O que não é a lei do judaísmo, mas fazer ao malfeitor o que o relato de Pessach nos ordena fazer. Agora paguei minha dívida e o senhor é apenas o chicote com o qual me fustigam. Por cinco ou seis anos Michael Sommo pôde levantar um pouco a cabeça, por cinco ou seis anos permitiram-lhe ficar um pouco mais ereto como pai, marido e gente, e agora ele é chamado a pagar a sua conta com juros e depois voltar a ser nada. Voltar ao pó do qual teve a arrogância de tentar se levantar.

Esta tarde, quando o sol começou a se pôr, fui até o bosque de Talpiot e fiquei lá parado. Ergui os olhos para as colinas para ver de onde poderia vir socorro, onde estava Sommo, onde estavam os montes. Os montes ficaram calados e não se esforçaram em me dar uma resposta às antigas perguntas, como até quando se regozijará o mal? Aquele que julga toda a terra não fará justiça? Em vez de responder, as montanhas se envolveram em escuridão. Quem sou eu para me queixar? O rabi Busquila me aconselhou a aceitar o sofrimento com amor. Lembrou-me que essas perguntas ficaram sem resposta também quando homens mais importantes e melhores do que eu as fizeram, milhares de anos atrás. Os montes se envolveram em escuridão e não me deram atenção. E eu permaneci ali ainda mais um pouco, maravilhado com o vento que se dignava a acariciar alguém como eu, admirado com as estrelas que se mostravam a um verme inumano como eu, até que começou a esfriar. Então entendi, vagamente, que Sommo é muito pequeno. Que sua dor é como uma sombra passageira. Que ele está proibido de investigar o que é demasiado maravilhoso para ele. Assim, se por um momento refleti sobre os caminhos da Providência, e por um momento fiquei cansado da vida e desejoso da morte, se até me passou a terrível idéia de matá-lo com minhas próprias mãos, após um momento me arrependi e me submeti. Quando a lua surgiu, eu já tinha acalmado e silenciado minha alma. Meus dias são como uma sombra, e eu murcharei como a grama.

Mas e o senhor? Como pode não ter medo? Para onde erguerá seus olhos? E as suas mãos cheias de sangue?

A verdade é que talvez o senhor seja um grande defensor dos árabes e conspurcador de Israel, mas o senhor derramou o sangue dos árabes como água durante guerras e talvez também entre elas. Enquanto eu, o suposto patriota e extremista, jamais derramei sangue em toda minha vida. Nem uma gota sequer. E não deixei um fio de cabelo árabe cair no chão, apesar de eu e meus antepassados termos recebido deles ofensas, cusparadas e coisas piores. Não fiz o mal nem prejudiquei o judeu nem ao gentio, apenas me contive e fiquei calado. Mas o que aconteceu? O senhor é considerado um grande humanitário clemente e indulgente, enquanto eu sou considerado um fanático cruel. O senhor é considerado cidadão do mundo e eu um limitado de mente estreita. O senhor representa a paz e eu o círculo de sangue. E por que esta calúnia pegou? Porque o senhor e os outros da sua laia são aparentemente dignos de louvor, enquanto eu e os que são como eu merecemos apenas o silêncio. Sem dúvida isso acontece porque o senhor derramou tanto sangue árabe que se tornou um sanguinário. E como os admirávamos em nossa juventude! Como erguemos os olhos para vocês! Que heróis! Que semideuses! Os novos leões de Judá! Mas por que estou discutindo com o senhor e ainda recapitulando a minha humilhação? O senhor deve me devolver a minha filha domingo de manhã, e depois disso — vá arder no fogo do inferno. Talvez o senhor leia tudo isto com um riso zombeteiro, imite meu sotaque, ria de minha mentalidade, e ela dirá que pare, que não é bonito rir assim do pobre homem, mas mesmo ela não conseguirá conter o riso. O que está perdido, perdido está.

Não foi à toa que o rei Davi foi proibido de construir o Templo Sagrado. O Céu lembrou-se de lhe pedir contas pelas mãos cheias de sangue inocente. Mas esse castigo não consola aqueles cujo sangue foi derramado. Certamente os Sommo da época do rei David não estavam contentes com a sua sorte. Somos a palha levada pelo vento. A casca diante do vento. O capacho sob os pés.

Parentes, amigos e conhecidos vêm e sentam-se em minha casa de manhã à noite oferecendo condolências. Entram em casa cabisbaixos como se houvesse um cadáver, apertam fortemente a minha mão, dizem-me para ser forte e ter coragem. Pareço um enlutado, só que meu coração ainda não me permite vestir luto por ela. Talvez ainda haja uma sombra de dúvida? Deu a ela o benefício desta dúvida, naturalmente de acordo com as condições que eu estabelecer para ela e de acordo com a decisão legal do rabi Busquila. Mas a menina o senhor deve devolver no domingo de manhã, nem uma hora mais tarde, de outra forma me obrigará a adotar medidas desesperadas. Até pensei em ficar parado dia e noite à porta da sua casa com um cartaz: "Uma ação vergonhosa foi cometida em Israel". Nossos parentes e amigos falam de medidas ainda mais drásticas contra o senhor. Mas talvez apesar de tudo o Céu me detenha. Para que eu não desça ao seu nível.

O dia todo fica aqui comigo a querida mulher do meu irmão. Deixou seus próprios filhos e veio acompanhar-me na minha dor. Serve para as visitas soda gelada, salgadinhos e café, esvazia os cinzeiros, repreende-me para que eu coma, e eu obedeço e como meu pão com lágrimas. Boas almas dedicam-se o dia todo a distrair minha mente da catástrofe. Conversam comigo sobre o governo, sobre a Comissão Agranat, sobre o Rabin, Kissinger, Hussein. Eu, com o máximo da boa vontade, finjo ouvir. Até o sr. Zakheim foi chamado. Falou suavemente e propôs agir como intermediário. Para que precisamos de intermediários? Apenas me devolva a menina, depois enfrente seu destino. E a mulher que enfrente o destino dela também. Ontem à noite, quando a última visita saiu, chegou meu irmão com uma garrafa de conhaque, abraçou-me, beijou-me e disse tristemente: "Nunca deveríamos casar com elas. Elas estão infectadas com algo que nós não entendemos e não conhecemos, devemos ficar com a nossa gente, evitando o contato e o contágio delas". Falou e falou, depois pegou a esposa e foram embora. Eu também saí para andar pelas ruas. Subi a colina para ver o pôr-do-sol e fazer perguntas proibidas. A única resposta que recebi foi o sussurro das árvores. Talvez fosse tudo um engano? Talvez o Jardim do Éden, o Dilúvio, o Monte Moriá e a Sarça Ardente nunca tenham existido, foram apenas uma mera alegoria? Talvez os grandes estudiosos tenham errado nas suas identificações, e a antiga Jerusalém não é aqui, a Terra de Israel bíblica, mas em algum lugar totalmente diferente? Para além das colinas de trevas? Não poderia ter ocorrido um erro assim? Os cientistas não erram? Talvez seja por isso que não existe D'us neste lugar?

Quando a lua despontou por trás das montanhas, fui para casa. Não tenho nada a ver com a lua, a menos que os meus instintos tomem conta de mim e eu deseje morrer ou estrangular o senhor. E quando voltei para minha casa vazia, servi-me de um copo do conhaque que meu irmão deixou, liguei a televisão, fiquei sentado no escuro olhando belos e ágeis detetives com suas pistolas caçando criminosos no Havaí. O que mais poderia fazer? Entre saltos e tiros, em meio à perseguição levantei e deixei-os. Não precisavam me fazer favores. Que brilhassem sozinhos no escuro. Fui até a varanda ver se o mundo continuava no lugar e a lua ainda derramava sua luz de prata apesar da vergonha cometida em Israel. Passantes caminhavam na calçada, cada um em seu caminho para casa, esposa, filhos, e meus olhos acompanhavam suas sombras: talvez eu pudesse descobrir para onde carregar minha desgraça.

Aos poucos a rua ficou vazia, eu voltei para dentro e verifiquei que, enquanto isso, tudo tinha acabado no Havaí. Talvez eu devesse pegar minha filha e ir viver no Havaí?

Sentei na cozinha diante do avental dela no gancho, contando os passos dos vizinhos ao lado e também de cima, folheando ao acaso o Livro dos Salmos em busca de consolo. Ainda que fosse mais conveniente, em vez disso, ler o Livro de Jó. Por que deixei meu coração se encher de orgulho? Por que casei com uma mulher de posição mais elevada? Por que sonhei tão alto? Com olhos toldados, decoro o que está escrito: "Que se envergonhem e fiquem vexados os que tentam a minha alma, que recuem os que querem o meu mal, que seu caminho seja negro e incerto, armaram sua rede contra mim em vão para prenderem a minha alma, a Sua justiça é como as grandes montanhas, Seus julgamentos são o grande abismo etc.". Que proveito há para mim nesses textos, se o meu coração está morto? O que está feito está feito, não há como endireitar o torto. A vergonha é minha, não daqueles que tentam minha alma. Estou abandonado como uma tamargueira na estepe. Meu caminho está semeado de escuridão e incerteza, e o senhor vê o seu mundo em sua vida. E por quê? Um fundo abismo. Que pecado cometi contra o senhor? O que ganhou Uria, o hitita, se no fim o rei também foi punido? Mesmo agora, depois de três mil anos, ainda lemos e respeitamos os cânticos de Davi, filho de Jessé, enquanto as lamentações de Uria jamais existiram. Ou existiram, mas foram esquecidas e até a lembrança delas se perdeu. O Senhor preferiu Abel e sua oferenda mas não teve consideração por Caim e por sua oferenda. De que isso serviu a Abel? Abel morreu e Caim continuou vivo, o sinal em sua testa lhe dá imunidade e nada o impede de enriquecer e ficar famoso e gozar de todos os prazeres.

Levantei, caminhei pela sala, abri o armário e lá estavam os vestidos dela. Fui ao banheiro lavar o rosto e lá estavam os cosméticos dela. Entrei pelo quarto da menina e havia um ursinho olhando para mim. O ursinho que seu filho trouxe de presente para a minha filha, após a festa de Pessach. O senhor vai me devolver a menina?

Por que estou suplicando? A terra foi dada ao iníquo. Vocês são o sal da terra, vocês têm a propriedade e o poder, vocês têm a sabedoria e a lei e nós somos pó sob seus pés. Vocês são os levitas e os sacerdotes e nós somos os aguadeiros. Vocês são a glória de Israel e nós somos uma multidão confusa. Ele escolhe vocês e os santifica como filhos do Espírito Divino, enquanto nós somos os enteados. A vocês foram dadas beleza, esplendor, alta estatura — todo o mundo os admira —; a nós, a baixa condição e a baixa estatura e quase nada nos distingue dos árabes. Talvez devêssemos agradecer o privilégio de cortar lenha para vocês, de comer envergonhados os restos de suas refeições, habitar em casas que vocês já enjoaram, fazer para vocês toda espécie de serviço que vocês desprezam, inclusive a construção do país, e às vezes casarmos com as ex-esposas que vocês rejeitaram, e que nos autorizam a beber água do poço onde vocês cuspiram e a tentar adquirir os seus modos para lhes agradar. Saiba que uma pessoa como eu, um judeu extremamente simples, está disposta a perdoar e a esquecer. Mas não agora, senhor — somente depois que os senhores tiverem tomado o cálice até o fim. Depois de baterem no peito e confessarem seus pecados. Depois de abandonarem o mau caminho e voltarem a servir o país, em vez de destruí-lo e tratar de seus próprios interesses, e ainda caluniar o país diante do mundo. Sua reputação internacional e os elogios baratos que recebe são para mim como uma casca de alho: o senhor aviltou o nome de Israel no livro que escreveu para os gentios, e eu não li nem sonho ler, bastou-me ler o que escreveram no jornal vespertino: "A loucura sionista"! Como é que o senhor pôde? Como é que a sua mão não tremeu? E ainda mais em inglês? Uma festa para os nossos inimigos?

Quando eu era jovem, trabalhei como garçom e havia clientes, inclusive judeus, que me tomavam por engano por um árabe. Chamavam-me de Ahmed — depois de tudo o que os árabes nos fizeram. Por isso vim viver em Israel, cheio de fé que aqui seríamos irmãos, e o Messias viria para reinar sobre nós. E como o país recebeu o jovem idealista que veio, para sua informação, diretamente da Sorbonne? Pedreiro. Vigilante noturno. Bilheteiro de cinema. Policial. Em resumo, o fim da linha. Um burro completo toda a vida e agora, graças ao senhor, caro professor, um burro com chifres na testa, se o senhor puder imaginar uma criatura assim. Ou um cão do qual tiraram o osso que encontrou debaixo da mesa.

Mas, em minha pressa, eu disse: por que não? Ao contrário, estenderei as minhas asas sobre o filho dele também. Ele jogou fora e eu recolherei. Ele pisoteou e eu elevarei. Serei para o seu filho uma espécie de pai e mestre, e com isso retribuirei o mal com o bem e ainda salvarei uma alma judaica, quem sabe duas. Fui ingênuo. Ou idiota. É verdade que está escrito "bem-aventurados os simples", e também está escrito "Deus protege os loucos", mas pelo visto esses versículos não devem ser tomados literalmente. Pois quem os escreveu não estava pensando em Sommo, mas em alguém melhor. "O injusto vence", "a terra foi entregue ao iníquo" — são os versículos que prevalecem agora. E eu aceito o veredicto. Só me devolva a menina. O senhor não tem direitos sobre ela.

E quais são os seus direitos, afinal? Por ter sido herói de guerra? Também os violentos filhos de Zeruia e também Acab, o malvado, foram grandes heróis. E entre uma guerra e outra, o que foi que vocês fizeram pelo país? Profanaram-no? Venderam-no por um prato de lentilhas? Comeram-no sem sal?

Por isso seu tempo já passou. Os sinos tocam pelos senhores. Já passa da meia-noite, é madrugada de sexta-feira, e aqui no sul de Jerusalém ouvem-se os sinos. Seu reinado terminou, meu senhor. Logo mais será dado ao seu companheiro, que é melhor do que o senhor.

Eu nunca disse que sou imaculado. Talvez eu tenha pecado por oferecer a minha mão a uma mulher destinada a alguém superior a mim. Ela é mais alta que eu, e bela, e quem sou eu, afinal? Todos esses anos em que estive casado com ela, sua sombra impura nunca nos abandonou. Apesar de ter tentado ignorá-lo, eu o ouvi rindo de mim no escuro. E agora, pelo visto, os Céus decidiram castigar-me. Ou será que, o Céu não o permita, já não há D'us neste lugar? Mudou-se para o Havaí? A verdade é que esta carta está misturada com um quarto da garrafa de conhaque que meu irmão deixou e também dois calmantes que encontrei na gaveta. Dela. Onde havia também uma foto antiga de jornal do senhor, fardado, com toda a espécie de condecorações e insígnias, bonito como um ser celestial.

Melhor parar por aqui. Já escrevi demais. De manhã meu cunhado virá com seu furgão Peugeot buscar a carta e levá-la ao senhor em Zichron. Agora vou caminhar até o Muro Ocidental, ainda que orações de alguém como eu não causem impressão alguma no alto. Ou apenas uma má impressão. Mas não há mal sem bem: "a mão esquerda fere e a mão direita cura", como está escrito. Agora que não tenho nada neste mundo, dedicar-me-ei ao trabalho de redenção da Terra e esta será minha vingança: a despeito de homens como o senhor, ela será ainda resgatada. Até que a recompensa pelo sofrimento de Sommo se cumpra e ele seja convocado a subir para o alto a fim de descansar de todo o seu trabalho. Talvez também no mundo vindouro precisem de cozinheiros e policiais, e talvez o senhor ainda me veja prestando-lhe continência na fronteira, mas certamente não prestará atenção em mim. Só mais uma coisa: ao menos desta vez tente comportar-se com ela com consideração, sim? Com um pouco de compaixão. Não abuse mais dela, porque ela não pode suportar mais sofrimentos.

E queira devolver a minha filha sem criar caso. Subscrevo-me com frio desprezo.

M. S.

*

Senhor Sommo
Tarnaz, 7
Jerusalém

Casa Guideon em Zichron Yaakov
Sábado 4/9/76

Prezado Senhor Sommo,

I. Ontem o seu cunhado trouxe-me sua perturbada carta. Suas suspeitas não têm fundamento. Ninguém o enganou. Contudo, compreendo seus sentimentos e em certo sentido isso não me é estranho. Para dizer a verdade, foi sua esposa quem decidiu, de livre vontade, permanecer aqui alguns dias para cuidar de mim até que eu seja internado (brevemente) para radioterapia, e então voltará para o senhor imediatamente. Espero que o senhor, sr. Sommo, não seja duro com ela nessa volta. No final de sua carta, o senhor frisou que "ela não pode sofrer mais", e eu concordo. Não tenho alternativa senão devolver o seu próprio pedido: trate-a gentilmente.

II. Pelo visto não sairei do hospital Hadassa. Há um ano sofro de câncer nos rins e fui operado duas vezes. Agora a doença se espalhou pelo abdômen. Os médicos em Nova York não vêem sentido numa nova operação. Meu estado é bastante lamentável, e disso o senhor poderá deduzir que não há fundamento para suas fantasias enciumadas e não há sentido em ir tão longe como Uria, o Hitita. Ou até o Havaí. Basta voltar alguns anos trás. Como o senhor sabe, casei com Ilana em setembro de 1959, mais por vontade dela do que minha. Após alguns meses, ela engravidou e deu à luz Boaz por sua livre decisão: não me via no papel de pai, e disse isso a ela desde o começo. Depois a nossa vida comum complicou-se. Tornou-se claro, acima de qualquer dúvida, que eu estava causando sofrimentos a ela. Os quais, talvez, ela desejasse (não sou especialista nesse assunto). Por fraqueza de caráter, retardei nosso divórcio até setembro de 1968. O divórcio foi cruel de ambas as partes e, da minha, até mesmo mesquinho: meu comportamento foi ditado por ódio e desejo de vingança. Depois, fui embora do país. Cortei qualquer ligação. Tomei conhecimento de seu casamento indiretamente. Até que, no início deste ano, recebi um pedido de ajuda dela, ou talvez de ambos. Por motivos que não são claros para mim, mas talvez provenham do desenvolvimento da minha doença, considerei adequado atender. Agora, no final da vida, há duas ou três coisas das quais comecei a me arrepender. Foi por isso que vim a Israel na semana passada (sem um comunicado prévio), para ver Boaz e ficar na casa onde cresci. Encontrei aqui Ilana, e ela preferiu cuidar de mim mais ou menos como uma enfermeira. Eu não a convidei a ficar aqui, mas também não vi razão alguma para expulsá-la novamente. Ainda mais que a casa praticamente pertence a Boaz, embora formalmente ainda esteja registrada em meu nome. As relações entre nós, sr. Sommo, não são relações entre marido e mulher no sentido convencional. Se o senhor solicitar, assinarei uma declaração para o seu rabino testemunhando a inocência de sua esposa.

III. Deixei instruções em meu testamento revisado para garantir um bom futuro a Boaz e sua família. Se o senhor não gastar o dinheiro em investimentos messiânicos etc., sua filha estará protegida da privação e da pobreza que o senhor sofreu, como descreveu em cores fortes na sua carta. Aliás, a menina me parece delicada e generosa: hoje de manhã cedo, por exemplo, enquanto toda a comuna ainda dormia, ela veio sentar-se na beira da minha cama, inventou para mim uma espécie de remédio (querosene e folhas de amoreira, aparentemente), e me deu de presente um grilo morto dentro de um saquinho de plástico. Em troca pediu (e recebeu) três barcos de papel. Tivemos uma pequena conversa filosófica sobre a natureza da água.

IV. Quanto às suas outras reclamações, as que o senhor me dirigiu no singular e as que o senhor preferiu escrever no plural, e de caráter ideológico ou político, só posso declarar-me culpado da maioria das acusações. Com a condição que me seja permitido, primeiro, excluir alguns exageros emotivos que tendo a atribuir à sua raiva ou amargura acumulada. Em linguagem simples, sr. Sommo, não só considero o senhor uma pessoa melhor do que eu — o que nada teria de notável —, mas vejo no senhor um bom homem. Ponto. Sobre suas excelentes qualidades, fiquei conhecendo-as no ano que passou, especialmente nos últimos dias, seja por Ilana e Boaz, seja indiretamente, observando atentamente sua filha (ela acaba de entrar novamente no meu quarto, datilografou com a minha ajuda o próprio nome na minha Hermes Baby, e desta vez me deu de presente seis formigas numa xícara e me convidou para dançar. Fui obrigado a recusar o convite, por culpa da doença e também porque jamais consegui aprender a dançar).

V. Embora o senhor, conforme suas palavras, sinta por mim "um frio desprezo", sinto pelo senhor uma certa estima, deixando de lado nossas divergências de opinião. E peço desculpas pelos problemas que minha existência causa ao senhor.

VI. O senhor tem razão ao me acusar de arrogância. Ao contrário do senhor, sr. Sommo, sempre tive tendência a olhar as pessoas de cima, talvez porque a estupidez esteja tão difundida por onde tenho andado, talvez porque desde minha infância todos, por alguma razão, me olhassem de baixo para cima.

E agora, que quase não consigo dormir realmente, e também não estou totalmente desperto, parece-me que isso foi um erro. Atenção e hesitação caracterizam as minhas relações atuais com os que me rodeiam aqui (embora eu não esteja certo que eles percebam). Se ainda restasse tempo, eu sugeriria que o senhor e eu tentássemos nos encontrar algum dia e olhássemos um para o outro da mesma altura. Talvez não nos aborrecêssemos. Apenas, como o senhor frisou em sua carta com penetrante intuição, meu tempo já passou, sr. Sommo. Os sinos realmente estão soando por mim.

E não estou me referindo a sinos simbólicos, mas a sinos reais: Boaz montou num dos aposentos de cima uma espécie de xilofone de sopro, feito de garrafas suspensas do teto. Cada sopro de vento que vem do mar produz nelas uma melodia desolada, repetida. Às vezes essa melodia me expulsa da minha cama de tábuas. Ontem à noite, com a ajuda da bengala que Boaz fez para mim, consegui levantar e descer ao jardim; estava escuro. Os oito jovens que estão aqui arrancaram espinhos e cardos, espalharam esterco de cabras (cujo cheiro penetrante me traz de volta um pouco dos cheiros da infância), e cavaram o chão com um forcado. No lugar das roseiras exóticas que meu pai cultivava há agora hortas. Ilana se ofereceu para fazer espantalhos (parece que os passarinhos não se impressionaram muito). A sua filha rega-os duas vezes por dia com um regador que mandei comprar para ela na cidade.

Entre os canteiros de flores, junto ao tanque de mármore agora restaurado onde novamente nadam peixes (carpas, em vez de peixinhos dourados), encontrei duas cadeiras de palha. Ilana trouxe café para si, e para mim chá de hortelã. Se o senhor está interessado em detalhes, ela e eu ficamos sentados de costas para a casa, o rosto voltado para o mar até que escureça. Só falamos o essencial. Ilana talvez tenha se assustado com a palidez de meu rosto encovado. E eu não achei o que dizer a ela, exceto que seu vestido era bonito e o cabelo comprido lhe fica bem. Nunca imaginei que durante os anos do nosso casamento pudesse falar com ela assim. Por que deveria? Por acaso o senhor, sr. Sommo, elogia o vestido dela? Será que o senhor fica à espera que ela elogie suas calças?

Ela cobriu meus joelhos com um cobertor. E quando o vento ficou mais forte, estendi o cobertor sobre os joelhos dela também. Novamente observei como as mãos dela envelheceram, embora o rosto continue jovem. Mas não disse nada. Ficamos sentados em silêncio cerca de uma hora e meia. Longe, junto ao curral das cabras, sua filha ria e gritava porque Boaz a montara sobre seus ombros, sobre sua cabeça e, depois, em cima do burro. Ilana me disse: Veja. E eu disse: Sim. Ilana disse: Não se preocupe. E eu disse: Não. E voltamos ao nosso silêncio. Eu não tinha nada para dizer a ela. Saiba, senhor, é assim que ela e eu nos comunicamos: não, sim, está frio, o chá está bom, gosto do vestido, obrigado. Como duas criancinhas que não sabem falar. Ou como soldados traumatizados que vi depois da guerra num centro de reabilitação. Detenho-me nesse detalhe para sublinhar uma vez mais que as suas suspeitas são absurdas. Entre mim e ela não há sequer uma verdadeira comunicação por palavras. Por outro lado, tenho urgência em escrever estas páginas ao senhor. Mesmo que eu não tenha idéia por quê. A sua carta, que pretendia talvez ferir-me, não me atingiu. Pelo contrário, agradou-me. Como é possível? Não tenho idéia.

Às sete horas o sol se pôs e começou um lento crepúsculo. Da cozinha vinha até nós o som de uma gaita de boca. E um violão. E cheiro de pão. (Eles fazem o próprio pão aqui.) E às oito, ou um pouco depois, uma moça descalça nos trouxe um lampião de querosene, pão sírio tirado do forno, azeitonas, tomates e iogurte (também feito em casa). Forcei-me a comer um pouco para que Ilana também comesse. Ela mastigou sem vontade, me encorajando. Às nove e um quarto eu disse: Está começando a esfriar. Ilana disse: Sim. E disse: Vamos entrar. E eu disse: Está bem.

Ela me ajudou a subir para meu quarto, a despir minhas roupas (jeans e uma camiseta com o desenho do Popeye) e a deitar na cama de tábuas. Antes de sair, arrancou de mim a promessa de que a chamaria se tivesse dores à noite (Boaz pendurou a ponta de uma corda junto à minha cama. Se eu puxá-la, soarão as latas que amarrou na cabeceira dela, no térreo). Mas não cumpri essa promessa. Em vez disso, levantei, arrastei uma cadeira, e permaneci sentado várias horas na janela escura, de vidros colados com fita adesiva. Tentei absorver a noite, examinar o que a luz faz com as colinas de Manasses, ao leste. Era assim que minha mãe costumava ficar sentada, no seu último verão. Será que o senhor pode imaginar como é lançar três granadas de mão para dentro de uma casamata cheia de egípcios? Depois entrar lá dentro com uma metralhadora pulverizadora, entre os gritos, uivos e gemidos? Receber jatos de sangue e miolos na sua roupa, seu cabelo, seu rosto? E afundar a bota num ventre desfeito que derrama um líquido viscoso?

Fiquei sentado junto à janela até duas horas da madrugada, ouvindo os ruídos da turma de Boaz. Em volta de uma fogueira no jardim, cantavam músicas que eu não conhecia. Uma garota tocava violão. Não conseguia distinguir o próprio Boaz, nem ouvir a voz dele. Talvez tivesse subido ao telhado para ficar sozinho no telescópio. Talvez tivesse descido ao mar (tem uma pequena jangada, feita sem prego algum, que carrega nas costas até a praia, a cinco quilômetros daqui. Quando ele era pequeno, ensinei-o a construir uma *Kon-Tiki* de madeira leve presa com cordas. Parece que não esqueceu disso).

Às duas horas a casa envolveu-se em escuridão e profundo silêncio. Só os sapos continuaram. E alguns cães distantes. E a resposta dos cães do pátio. A raposa e o chacal que infestavam este lugar quando eu era criança desapareceram sem deixar traços.

Até o amanhecer, fiquei sentado junto àquela janela, enrolado num cobertor de lã como um judeu em sua prece. Imaginei ouvir o mar. Embora provavelmente fosse apenas o vento nas copas das palmeiras. Refleti sobre as reclamações de sua carta. Se ainda me restasse tempo, eu o tiraria de sua guarita de policial. Faria um general de você. Entregaria as chaves a você. Iria filosofar no deserto. Ou talvez tomasse seu lugar como bilheteiro de cinema. Gostaria de trocar de lugar comigo, Sommo?

À minha volta, a pequena comuna hippie inclui-me na sua rotina, mesmo durante o dia, como em segredo, na ponta dos pés. Como se eu fosse um fantasma vindo do porão para instalar-se nos quartos. E aqui há quartos em abundância. A maior parte continua abandonada. Para dentro de suas janelas crescem ramos de figueira e amoreiras. Gosto da maneira como Boaz dirige aqui — ou não dirige, vive — na função de primeiro entre iguais. Divirto-me com a cantoria deles na cozinha, enquanto trabalham ou em volta da fogueira no pátio, até tarde da noite. Os sons da gaita de boca. Os vapores do que cozinham. Mesmo o pavão que anda por aí como um comandante tonto e arrogante, entre exércitos de pombas pelos corredores e escadas. E o telescópio plantado no telhado (quero subir lá. Quero pedir a Boaz que me convide para uma pequena jornada nas estrelas. Mesmo que eu não saiba nada sobre as hostes celestiais, exceto como ajuda nas viagens noturnas pelo deserto). A principal dificuldade é que a escada de cordas está além das minhas forças. Fico tonto com facilidade. Até mesmo nas minhas tentativas de ir sozinho da cama para a janela. Além disso, Boaz evita falar comigo, exceto para bom-dia, como vai, precisa alguma coisa da loja da colônia (esta manhã pedi uma mesa para colocar minha Hermes Baby e escrever esta carta. Uma hora e meia depois ele trouxe uma mesa que fez para mim de caixotes e galhos de eucalipto, com um banquinho. E por iniciativa própria comprou também um ventilador). A maior parte do tempo, aparentemente, ele trabalha na floresta que antigamente era um jardim: arranca raízes, serra galhos, remove pedras, carrega cestos de pedras no ombro nu como Atlas, o titã, cava, empurra carrinhos cheios de estrume. Ou fica misturando com uma pá e uma enxada cimento com saibro e areia, põe a mistura numa rede de ferro que entrelaçou, para fazer um piso novo. Por vezes eu o vejo, no fim do dia, empoleirado em um dos velhos eucaliptos que meu pai plantou há cinqüenta anos, numa rede que pendurou a uma altura de sete metros e, para meu espanto, lê algum livro. Ou conta as nuvens de perto. Ou fala com os pássaros na língua deles.

Uma vez encontrei-o junto ao depósito de ferramentas. Perguntei o que lia. Deu de ombros e respondeu relutante: “Um livro. Por quê?”.

Perguntei que livro.

"Um livro de língua."

O nome?

"*Gramática simplificada*. Para acabar com a escrita errada e tudo o mais."

Será possível ler um "livro de língua" como se fosse assunto para passar o tempo?

"As palavras e essas coisas", ele me deu o seu sorriso lento, "são como conhecer as pessoas. De onde vieram. Quem é parente de quem. Como cada uma se comporta em todo o tipo de situações. E além disso", fez uma pausa, lançou a mão direita numa longa jornada em torno de sua grande cabeça para coçar a têmpora esquerda, num movimento ilógico e ao mesmo tempo real, "e além disso, não há essa coisa de 'passar o tempo'. O tempo não passa."

Não passa? O que quer dizer?

"E eu sei? Talvez seja o contrário: nós passamos dentro do tempo. Por acaso eu sei? Ou o tempo é que faz passar as pessoas. Você não quer sentar e classificar para mim algumas sementes? É dentro do depósito. Na sombra. Só se estiver com vontade de fazer algo. Ou quem sabe você pode dobrar uns sacos vazios?"

Assim fui introduzido, mais ou menos, no trabalho deles (meia hora de manhã, sentado, se as dores não são particularmente fortes. Às vezes eu cochilo ali).

As moças que vivem aqui: duas ou três americanas. Uma francesa. Uma que parece uma ginasiana israelense de boa extração, talvez numa fuga romântica da família, talvez para "realizar-se". Ou como um substituto ao suicídio? Todas parecem ser amantes dele. Talvez os rapazes também. O que entende disso um homem como eu? (Na idade dele, eu ainda era virgem e me masturbava. Imagino que o senhor também, sr. Sommo. Eu ainda era virgem quando casei. Também o senhor?) Boaz, pela minha avaliação, está se aproximando do metro e noventa e cinco de altura e pesa pelo menos noventa quilos. Mesmo assim é ágil, felino, anda sempre descalço e nu, exceto por uma espécie de tanga desbotada. Seu cabelo dourado e revolto desce em cachos até os ombros. Sua barba loira macia, seus olhos semicerrados, seus lábios, que ele não fecha totalmente, mas pendem entreabertos, tudo isso lhe confere uma aparência de Jesus num ícone escandinavo.

Ainda assim, tem um ar sonhador: Não parece estar aqui. É quieto. Apesar das suas dimensões físicas, não vejo nele nenhuma semelhança com o meu pai, que era pesado e parecia um urso. Mas sim, de alguma forma, com Ilana. Talvez na suavidade da voz. Ou nas passadas longas, flexíveis. Ou nos sorrisos sonolentos, que parecem ao mesmo tempo infantis e perspicazes. "Você vai restaurar o chafariz, Boaz?" "Não sei. Talvez. Por que não?" "E o cata-vento que havia no telhado?" "Talvez. O que é cata-vento?"

Da janela do meu quarto: canteiros de cebola e pimentão. Galinhas ciscam em volta como numa aldeia árabe. Alguns cães vira-latas que foram atraídos para cá de longe e encontraram comida e afeto. Eucaliptos. Ciprestes. Oliveiras. Figueiras e amoreiras. Depois o campo destruído. Telhados vermelhos na colina oposta, a uma distância de oitocentos metros daqui. As colinas de Manasses. Florestas. E vapor ou uma tênue fumaça na linha oriental do horizonte. Até o xilofone de garrafas no quarto de cima, onde há quarenta e um anos minha mãe morreu numa noite de inverno, até ele me parece adequado e certeiro. Mesmo que o único alvo de seus sons estranhos seja apenas eu. Se você imaginou um covil de bandidos em cuja penumbra a sua esposa requebra dia e noite nos braços de um demônio cruel, a simples verdade é que não existe nenhuma penumbra: há uma forte luz de verão, ou escuridão. Quanto ao demônio, ele cochila a maior parte do tempo sob o efeito dos analgésicos que trouxe dos Estados Unidos. (À exceção deles, da Hermes Baby, pijama e cachimbo, tudo ainda está nas malas no canto do quarto. Mesmo o cachimbo, que serve mais para morder do que para fumar — o fumo o faz ficar nauseado.) E quando ele não dorme? Fica deitado na cama de tábuas e olha. Fica sentado à janela e olha. Escolhe algumas sementes no depósito frio no pátio até que as suas forças acabem. Um demônio destituído cumprindo a sua sentença. Confuso por causa dos remédios. Um demônio comportado, quieto, esforçando-se para não ser um fardo, e quase com modos agradáveis. Talvez como o seu pai, que se transformou de urso em cordeiro, no sanatório no monte Carmelo.

Ou arrastando-se, andando um pouco, apoiado na nova bengala, usando as sandálias que o filho fez de tiras de pneu e cordas, jeans desbotados e com uma camiseta infantil com o desenho do Popeye, gasto e esquelético, de um aposento para outro. Da entrada para o corredor. Da ala reconstruída para o jardim. Detendo-se para conversar com a sua filha. Tentando ensiná-la o jogo das cinco pedrinhas. Colocando nela o seu relógio de pulso. E continuando seu caminho para numerar e classificar para si mesmo as sombras da infância e da adolescência. Aqui ele criava bichos-da-seda. Aqui matou e enterrou o papagaio. Aqui pôs a funcionar (e depois explodiu com pólvora que tirou dos cartuchos) o trenzinho elétrico que o pai trouxera da Itália. Aqui ficou escondido dois dias e uma noite depois que o pai bateu nele. Aqui vinha se masturbar. Lá conquistou com alfinetes e setas o mapa da Europa ocidental. Aqui queimou um rato vivo dentro de uma lata. E aqui exibiu o seu membro e esfregou-o até quase ejacular na virilha da neta do empregado armênio. Aqui ajudou os invasores marcianos a invadir a Terra, e aqui experimentou secretamente a bomba atômica de Israel. Ali rogou pragas certo dia contra o pai, levou um soco no nariz e ficou deitado, sangrando como um porco. E aqui escondeu as delicadas sandálias que encontrou entre as coisas da mãe (e há dois dias descobriu, sob o piso vacilante, os seus restos apodrecidos). Ali fechou-se com Júlio Verne e conquistou ilhas remotas. E aqui, no espaço sob a escada posterior, encolheu-se e chorou sem ser visto pela última vez na sua vida: quando o pai matou seu macaco rhesus. Porque foi nesta casa que ele cresceu. E agora voltou para morrer nela.

Talvez assim: às vinte para as oito, depois que o sol se pôs e antes que desapareçam os raios incandescentes no horizonte do mar. E justamente no banco quebrado no início do declive, próximo à borda do penhasco, diante do bosque que se transformou em floresta subtropical e que Boaz começou a reformar. Há ali uma pilha de pedras no lugar onde havia o poço. Não um poço, mas uma cisterna de água que o pai havia cavado para armazenar água da chuva. Ilana se sentará ao lado dele. Suas mãos que vão esfriando estarão entre as mãos dela: porque há ocasiões em que ela e eu, como duas crianças tímidas, nos damos silenciosamente as mãos. Você tem uma alma generosa e não pensará mal dela por causa disso.

E assim, enquanto escrevo estas páginas que estão à sua frente, fui aos poucos levado a obedecer ao meu filho, que ontem me disse em sua voz indiferente que em vez de apodrecer no hospital de Hadassa, onde certamente não me ajudarão, é melhor ficar aqui e (como ele disse) curtir a tranqüilidade.

Será que a minha presença não os incomoda?

"Você paga."

Será que querem que eu tente ser útil em algo? Eu poderia dar algumas aulas? Conferência?

"Mas ninguém diz aqui ao outro o que fazer."

Fazer? Mas eu não faço quase nada aqui.

"Melhor para você: fique sentado sossegado."

A verdade é que permanecerei aqui. Tranqüilamente. O senhor será generoso e permitirá que elas fiquem mais um pouco? Diariamente entreterei a sua filha. Farei teatro de sombras com meus dedos na parede (foi Zakheim quem me ensinou. Quando eu tinha seis anos. Ou sete). Continuarei a trocar com ela conhecimentos sobre a natureza do fogo e da água e sobre o que sonham os lagartos. Ela me preparará remédios de lama, água com sabão e pinhas. E diariamente, na brisa da tarde, ficarei sentado com Ilana no banco para ouvir o sussurro do pinheiro.

Será por pouco tempo.

E o senhor tem todo o direito de recusar e exigir que elas voltem imediatamente.

Aliás, Boaz sugere que o senhor venha e junte-se a nós. Segundo ele, o senhor poderá contribuir aqui com a sua experiência de pedreiro, com a condição de que não tente ser supervisor de comida *kacher*. É o que diz Boaz. Qual a sua opinião?

Se o senhor exigir, eu as enviarei sem mais demora de táxi para Jerusalém e não me queixarei. (Que direito tenho de me queixar?)

Sabe, a minha morte parece-me aceitável. Não entenda mal: não se trata de desejo de morte ou algo semelhante (nisto não há dificuldade alguma: tenho um ótimo revólver que um general do Pentágono me deu certa vez), trata-se de um desejo totalmente diferente; não existir em absoluto. Apagar, retroativamente, a minha presença. Como se não tivesse nascido. Passar desde o princípio para alguma outra forma de vida: eucalipto, por exemplo. Ou uma colina vazia na Galiléia. Ou uma pedra na superfície da Lua.

Aliás, Boaz deixou para Ilana e Yifat a melhor parte da casa: decidiu colocá-las no térreo, no aposento semicircular de cuja janela francesa vêem-se os telhados do kibutz aos nossos pés, as plantações de bananas, a praia e o mar. (O mar nos seduz ao amanhecer. Tem um brilho profundo ao meio-dia, uma névoa azulada ao entardecer.) Antigamente encontrava-se aqui a imponente biblioteca do meu pai (jamais o vi abrir um livro). Agora pintaram o quarto com uma espécie de azul psicodélico vivo. Uma antiga rede de pescador enfeita o teto alto. Há nele também, além de quatro camas cobertas com cobertores militares de lã e uma cômoda rachada e descascada, uma pilha de sacos de adubo químico e alguns barris de óleo diesel. Alguma moça apaixonada desenhou ali numa parede inteira a imagem de Boaz, nu e radioso, caminhando de olhos fechados por uma tranqüila extensão de água.

Em vez de caminhar na água ele agora passa diante da minha janela, dirigindo o tratorzinho que comprou há pouco tempo (com meu dinheiro). Arrasta um arado de discos. E a sua filha, como uma macaquinha, está sentada no colo dele, com as mãos entre as mãos dele na direção. Ela quase já aprendeu a montar sozinha no burro. É um burrinho submisso. (Ontem à noite, na escuridão, tomei-o por engano por um cachorro e quase o acariciei. Desde quando acaricio cães? Ou burros?) Uma vez, perto de Bir Tamade, no Sinai, um camelo idiota entrou dentro do meu campo de fogo. Avançou vagarosamente por uma colina baixa a uma distância de dois mil metros. Um pouco acima do barril que nos servia de alvo. O atirador disparou dois projéteis nele e errou. O carregador pediu licença para atirar também e falhou. Tomado pelo espírito de competição, fui até o lugar do atirador, disparei e também errei. O camelo parou e calmamente mediu o lugar onde os projéteis tinham caído. No quarto disparo arranquei sua cabeça fora. E vi pelo binóculo o jato de sangue a uma altura de um ou dois metros. O pescoço decapitado ainda se virou de um lado para o outro, como se procurasse a cabeça arrancada, depois voltou-se para trás e encharcou a corcova com o sangue, parecia um elefante regando a si mesmo com a tromba, e com uma lentidão graciosa dobrou as finas patas da frente, ajoelhou-se e deitou-se sobre o ventre, apoiou o pescoço decepado na areia e imobilizou-se na colina como um estranho monumento, que tentei em vão explodir com mais três projéteis. De repente surgiu da zona deserta um beduíno agitando os braços, mandei parar com os disparos e partir.

Novamente a brisa marítima bate no xilofone de garrafas. Paro e deixo a Hermes Baby a fim de perguntar a mim mesmo se realmente fiquei maluco. Por que estou me expondo assim ao senhor? Por que estou escrevendo uma confissão? Será um desejo mórbido de parecer ridículo? Ou, ao contrário, para receber a absolvição? Do senhor? E de modo geral, monsieur Sommo, qual o fundamento da sua confiança cega na existência da "Providência Superior"? Expiação? Recompensa e castigo? Ou a graça? De onde o senhor tirou isso? Pode me dar alguma prova? Fazer um pequeno milagre? Transformar minha bengala em serpente? Ou a sua mulher numa coluna de sal, talvez? Ou confessar que tudo é apenas estupidez, ignorância, estreiteza de mentalidade, engano, degradação e medo.

Zakheim o descreve como um fanático astucioso, cheio de ambição, ainda que não desprovido de talentos jesuíticos e apurados instintos políticos. Na opinião de Boaz o senhor é apenas um chato de bom coração. Ilana, em seu estilo habitual, atribui ao senhor a santidade do anjo Gabriel. Ou, no mínimo, uma auréola de santo secreto. Embora, com outro estado de espírito, ela detecte no senhor um lado levantino. Também em mim o senhor conseguiu despertar uma certa curiosidade.

Mas o que é a santidade, sr. Sommo? Desperdicei cerca de nove anos da minha vida na busca inútil de uma definição razoável e mais ou menos desapaixonada. Talvez o senhor aprecie o meu esforço e concorde em me elucidar? Porque continuo sem a mínima idéia. Até a definição dos dicionários de "santidade" me parece vazia e oca, se não basicamente redundante. E ainda sinto a necessidade de conseguir decifrar algo. Mesmo que meu tempo já tenha acabado. Ou justamente por isso: santidade? Ou propósito? E graça? O que é que um lobo entende da lua para a qual ele uiva com o pescoço estendido? O que uma mariposa entende do fogo onde cai? Ou um matador de camelos a respeito de redenção? Será que o senhor pode me ajudar?

Mas nada de sermões carolas, seu hipócrita que se atreve a gabar-se para mim de nunca ter derramado uma gota de sangue. De nunca ter tocado num fio de cabelo árabe. De estar redimindo a Terra Santa com suas lambidas. De expulsar todos os estrangeiros com exorcismos e milagres misturados ao meu dinheiro. De purificar o patrimônio dos antepassados com puro óleo de oliva. O senhor trepa com a minha mulher, herda a minha casa, salva o meu filho, investe a minha fortuna e ainda despeja postulados bíblicos contra minha falta de moral. O senhor me cansa. Irrita como um mosquito. O senhor não tem nada de novo para me oferecer. Há muito tempo deixei de me preocupar com gente da sua espécie e passei para tipos mais complexos. Pegue o dinheiro e caia fora da minha vista.

Quanto a mim, o que tenho para oferecer ao senhor além de minha morte próxima? Em sua carta o senhor faz votos que "a minha taça transborde" — bem, realmente ela transbordou, está quase vazia. O senhor me acusa de ter roubado "a ovelha do pobre homem" e as migalhas de sua refeição. Mas na verdade sou eu que recolho agora as migalhas de sua mesa *kacher*. O senhor me ameaça dizendo que "em breve enfrentarei meu destino", mas eu já não consigo enfrentar mais nada. O senhor ouve sinos, mas os sinos estão aqui, em cima da minha cabeça. O que mais o senhor deseja? Comer do festim dos mortos?

A propósito de festim dos mortos, o querido Zakheim me avalia em aproximadamente dois milhões de dólares. De modo que, depois de deduzida a metade de Boaz, o seu festim dos mortos não será nada desprezível. O senhor poderá viajar de limusine pelos seus "primeiros passos da redenção". Zakheim e a sua filha de cabelos amarelos ameaçam vir aqui esta semana: ele decidiu levar-me, "mesmo à força", de carro a Jerusalém, para fazer radioterapia no Hadassa, e na mesma viagem também devolver ao senhor o seu rebanho perdido. Mas eu, contudo, enquanto escrevo estas páginas, decidi finalmente permanecer aqui. O que é que eu tenho que procurar em Jerusalém? Morrer entre profetas que babam e loucos messiânicos? Fico com o meu filho. Dobrarei sacos até o fim. Contarei rabanetes. Enrolarei cordas velhas. Talvez mande buscar, de Haifa, o palhaço que foi o meu pai: poderemos organizar aqui uma maratona familiar de bilhar até que eu caia morto. O senhor permitirá que ela fique mais um pouco comigo? Por favor? Talvez o senhor receba por isso um cupom extra de crédito na sua caderneta de boas ações.

Boaz me conta, num trejeito de lábios entre o enfado e a zombaria, que uma de suas amantes esteve aqui certa vez a serviço de um velho guru de Wisconsin que sabia, diz ela, expulsar doenças malignas com a ajuda de picadas de abelhas. E eu, para meu espanto, me diverti esta manhã enfiando a bengala dentro de uma colméia. Mas as abelhas de Boaz, distraídas e confusas como eu, ou pacíficas como ele, zumbiram ao meu redor e não se dignaram a picar. Talvez o cheiro da morte que emana de mim as repugne. Ou elas não têm interesse em curar gente de pouca fé.

Portanto, sem perceber, aqui está outra vez a minha antiga obsessão: transformar cada abelha desgarrada em portadora de uma questão teológica, apenas para enfurecer-me com ela com um ranger de dentes e esmagá-la, junto com sua questão. Para extrair desse esmagado vazio uma nova questão. E me apressarei a explodir a nova questão com um tiro certeiro. Durante nove anos lutei com Maquiavel, desmontei Hobbes e Locke, desfiz todas as costuras de Marx, ardendo com o desejo de provar de uma vez por todas que não são o egoísmo, nem a baixeza ou a crueldade da nossa natureza que nos transformam numa espécie que destrói a si própria. Nós aniquilamos a nós próprios (e breve exterminaremos todos os da nossa espécie) justamente devido aos nossos "anseios superiores", devido à doença religiosa. Por causa da necessidade ardente de "ser redimido". Devido à obsessão pela "redenção". O que é a obsessão pela redenção? Apenas uma máscara que esconde a ausência absoluta de talento básico para a vida. É o talento que todo gato possui. Quanto a nós, como as baleias que se atiram contra a praia num impulso coletivo, sofremos de uma avançada degeneração do talento para a vida. Daí a vontade popular de destruir e exterminar o que temos, para abrir caminho até regiões de redenção que jamais existiram e não são sequer possíveis. Sacrificar alegremente nossas vidas, exterminar em êxtase o próximo, em proveito de algo falsamente mágico que nos parece uma "Terra Prometida". Um tipo de miragem considerada "superior à vida". E o que, na Terra, não é considerado superior à própria vida? Na cidade de Upsala, no século XIV, dois monges mataram numa única noite noventa e oito órfãos, depois puseram fogo em si próprios, tudo porque uma raposa azul tinha aparecido na janela do mosteiro para anunciar que a Virgem esperava por eles. Por isto: revestir sempre e sempre a face da Terra "com o tapete dos nossos crânios partidos/ como rosas brancas", um tapete destinado a receber os passos puros de algum salvador rejeitado (poema de um fanático local, que por certo foi bem-sucedido em conseguir um belo espalhar de miolos com as vinte balas que os britânicos lhe meteram na cabeça). Ou numa variante local: "Porque a tranqüilidade é lama/ renuncie ao sangue e à alma/ pelo esplendor oculto". Que esplendor oculto, sr. Sommo? Será que o senhor enlouqueceu? Dê uma olhada em sua filha de vez em quando: esse é todo o esplendor oculto. Não há outro. É uma vergonha gastar minhas palavras com o senhor. O senhor a matará. Assassinará tudo o que se move à sua volta. E chamará a isso de "as dores da vinda do Messias" e dirá que é a aceitação do julgamento divino. O senhor pode até me vencer, e conseguirá matar sem derramar uma gota de sangue. Ferverá em óleo de oliva e murmurará três vezes "sagrado".

Fiz um breve intervalo para o almoço. Uma jovem chamada Sandra veio descalça ao meu quarto e, sorrindo como uma tonta, colocou à minha frente uma chaleira cheia de chá de ervas perfumadas e um prato coberto com outro. Um ovo duro cortado ao meio. Algumas azeitonas. Fatias de tomate e de pepino. Anéis de cebola. Duas fatias de pão feito em casa com queijo de cabra e alho. E um pequeno frasco de mel. Provei, mastiguei um pouco e me servi de mais. Sandra continuava parada com sua túnica árabe, olhando para mim sem esconder a curiosidade. Talvez tivesse recebido instruções para contar as minhas garfadas. Ao mesmo tempo, como se tivesse medo de mim, permaneceu junto à porta. Que deixara aberta atrás de si.

Decidi tentar uma conversa rápida. Ainda que em geral não tenha a menor idéia de como manter uma conversa casual com estranhos. De onde ela era, se não se importava de dizer?

De Omaha, estado de Nebraska.

Seus pais sabem onde ela está e o que faz?

É o seguinte: seus pais não são exatamente seus pais.

Como assim?

A segunda esposa do pai e o novo marido da mãe deram a ela algum dinheiro para que viajasse e visse o mundo, com a condição de que prometesse voltar no fim do ano e fosse para a faculdade.

E o que ela planeja estudar?

Ainda não sabe. Na verdade, está aprendendo muito aqui.

O que, por exemplo? Introdução à agricultura primitiva?

A compreender a si própria. Um pouco. E também a ter uma idéia sobre o Sentido da Vida.

Será que ela poderia me esclarecer? O que é este Sentido?

Mas isso, na opinião dela, "Não pode ser dito em palavras".

Então talvez ela me dê uma idéia geral? Uma pista?

"Isto é uma coisa que cada um tem que fazer por si, não é?"

Ela tem o hábito insólito de terminar todas as frases com um ponto de interrogação. Não como se perguntasse, mas como se estivesse surpresa com as próprias palavras. Mantive meu pedido para receber ao menos um leve indício quanto ao sentido da vida.

Embaraçada. Pestaneja. E sorri como se me pedisse para desistir. Muito bonita. E tímida. Espantosamente infantil. Enrubesce e dá de ombros quando a convido para sentar um pouco. E ficou, a amante do meu filho, uma das suas amantes, parada junto à porta como uma gazela que farejou um perseguidor. A inquietação faz sua pele estremecer. Mais uma palavra e ela vai embora. Mas eu insisto:

"Por onde começar, Sandra?"

"Acho que do começo, não?"

"E onde é o começo?"

"Acho que é o mais longe que a memória consegue alcançar, não é?"

"Até a minha circuncisão, é suficiente? Ou é preciso procurar ainda antes disso?" (Eu estava cansado dessas banalidades.)

"Até onde pela primeira vez o humilharam, não?"

"Humilharam? Espere um momento. Sente-se. Acontece que sou dos que humilham. Não um dos humilhados."

Mas recusa-se a sentar. Esperam por ela embaixo. Boaz. E os companheiros. Hoje vão trabalhar na abertura do poço fechado. A cisterna de água.

"Então quem sabe podemos conversar mais tarde? E aliás você não precisa de um pouco de dinheiro? Não me interprete mal. Então? Podemos conversar um pouco hoje à noite?"

"Pode ser", ela diz surpreendida, evitando a sugestão do dinheiro. E depois de refletir sonhadoramente, pergunta cuidadosamente: "Sobre o que vamos falar?".

E recolhe os pratos, minha refeição quase intocada, e desliza para fora do quarto (deixa o chá e o mel). De fora, do corredor escuro, ela acrescentou em inglês: "*Never mind. Be at peace? Can't you?*"

De qualquer forma: onde é o começo?

Minha primeira lembrança da infância é a imagem de um dia escaldante de verão, imerso na fumaça acre dos ramos queimados de eucalipto no declive do pátio. Velado pela bruma do siroco. Uma nuvem densa de formigas voadoras — ou seriam gafanhotos? — pousou na cabeça do menino, em seus ombros, nos joelhos sob a calça curta, nos pés descalços e nos dedos ocupados em demolir as colinas das toupeiras. Ou captar, com um caco de vidro encontrado na terra do jardim, os raios de sol para queimar um pedaço de papel de um maço de cigarros (Simon Arzdt?). Uma sombra densa caiu sobre ele e decompôs o mundo. Seu pai. Que apagou o fogo. E flamejando de raiva como o Jeová bíblico bateu na cabeça dele.

E o jardim: havia algo que não crescesse nele? Albarrã e azedas na sua estação. Ciclâmenes e tremoços e tasneirinhas no final do inverno. Margaridas brancas. E papoulas. E cassidônias. Todas essas flores eram desprezadas por meu pai, que as eliminava em favor dos seus canteiros de rosas, as espécies raras e exóticas que encomendava do Extremo Oriente e talvez dos Andes. Havia insetos, bichinhos rastejantes, lagartos e catedrais invertidas de teias de aranha, tartarugas e cobras que o menino capturava e prendia em latas e potes no porão. Por vezes escapavam e escondiam-se nas fendas da pedra ou faziam ninhos na casa. E os bichos-da-seda que colhia na amoreira, esperando vê-los transformarem-se em borboletas, e invariavelmente acabavam por se tornar manchas de podridão malcheirosas. O samovar na sala de jantar era um demônio ofegante. A louça chinesa por trás do vidro da cristaleira era como soldados coloridos numa formação antes da batalha. Os morcegos no telhado eram foguetes dirigidos à distância. Na biblioteca havia um aparelho de rádio marrom atarracado, na escuridão brilhava dentro dele um olho verde demoníaco sobre Viena, Belgrado, Cairo e Cirenaica no vidro do dial. E havia um gramofone com manivela e amplificador rugindo por vezes numa ópera extática acompanhada pelos berros do pai. Descalço, curvado como um ladrão, o menino escondia-se pelos cantos da casa e do jardim. Com lama, sozinho, construía, ao pé de alguma torneira enferrujada, cidades, aldeias e pontes, fortificações, torres, castelos, que ele gostava de destruir com bombardeios aéreos de pinhas. Guerras distantes ocorriam na Espanha, Etiópia, Finlândia.

Certa vez ele teve difteria. Meio adormecido, com febre alta, entreviu o pai entrando no quarto nu até a cintura, os pêlos grisalhos no amplo peito moreno, e inclinando-se sobre a enfermeira. Houve gemidos, súplicas e sussurros desesperados antes que o sono modorrento da febre afogasse a recordação entre fragmentos de sonhos.

Nas manhãs do fim de verão, como nesta manhã de sábado, vinham camponeses árabes da aldeia junto à costa. Com seus burros submissos, com seus mantos escuros, num tumulto de súplicas guturais, sob os bigodes frementes, descarregavam as cestas de vime. Cachos de uva moscatel escura. Tâmaras. Estrume animal. Figos verde-arroxeados. Um leve cheiro feminino enchia a casa e permanecia também após a sua partida. O pai ria: eles são melhores que os mujiques russos, não se embriagam, não insultam, só estão sujos e roubam um pouco, como filhos da mãe natureza, mas se os deixarmos esquecer qual é o seu lugar, são capazes de cortar nossas gargantas.

Às vezes o menino madrugava com o som do zurrar dos camelos. Uma caravana da Galiléia ou do deserto trazia pedras para a construção. Ou apenas melancias. Da janela, ele via a suavidade dos pescoços dos animais. Sua expressão de tristeza zombeteira. O contorno delicado de suas patas.

À noite, de seu quarto, na extremidade do segundo andar, podia ouvir os sons das festas que seu pai às vezes dava. Oficiais britânicos, comerciantes gregos e egípcios, agentes imobiliários do Líbano (além de Zakheim, poucos judeus punham os pés aqui) reuniam-se no salão para um serão masculino, bebiam, contavam piadas, jogavam cartas e de vez em quando explodiam em soluços bêbados. O salão era pavimentado com mosaicos de mármore fino (todos roubados nos anos de abandono, Boaz está colocando no seu lugar um novo piso de cimento cinzento). Havia sofás orientais macios, baixos, cobertos com almofadas bordadas. Os estranhos costumavam afogar o menino em brinquedos complicados e caros. Que não duravam muito. Ou caixas de bombons. Que desde pequeno detestava (mas anteontem mandou comprar alguns na loja da aldeia vizinha, para mimar a sua filha). Um menino astucioso, atento, esquivo, espiando e desaparecendo como uma sombra, urdindo planos, amargo e orgulhoso, vagando sozinho verão após verão pelos caminhos vazios da propriedade. Sem mãe, irmão nem amigo, exceto o macaco rhesus que o pai matou, e sobre cuja sepultura construiu uma espécie de mausoléu histérico. Agora também em ruínas, e sua filha cria ali uma tartaruga. Foi Boaz que achou a tartaruga para ela.

E nas noites: o silêncio das noites. Que não era silêncio.

A casa ficava isolada. Cerca de três quilômetros separavam sua janela no lado norte da última construção da aldeia. Nas bordas do bosque havia cinco ou seis cabanas que o pai mandara construir com chapas metálicas e blocos de cimento para os trabalhadores circassianos que trouxera do Líbano ou da Galiléia. Sombrias e opacas, à noite suas vozes erguiam-se num canto que tinha só duas notas. Na escuridão raposas resmungavam. O chacal derramava-se num lamento pela estepe espinhosa de pedras, onde sussurravam arbustos de almécegas, estendidos em torno da casa. Uma vez uma hiena apareceu junto ao depósito de ferramentas à luz da lua cheia. O pai atirou e matou-a. De manhã o cadáver foi queimado na borda do declive. Quatro quartos vazios, um corredor e seis degraus separavam o quarto do menino do dormitório do pai. Apesar disso, às vezes ouvia dali gemidos de mulher. Ou risos macios, úmidos. Toda manhã era despertado pelos ruídos dos corvos e dos pombos. Um cuco inflexível costumava repetir a cada manhã o mesmo mote insistente. Continua aqui, sempre repetindo. O mesmo mote. Ou talvez os bisnetos dele voltaram para ensinar a Boaz o que seu pai esqueceu. Às vezes, num vôo semelhante a uma flecha, gansos selvagens passavam em suas peregrinações. As cegonhas pousavam e continuavam. O senhor é capaz, sr. Sommo, de distinguir uma cegonha de um ganso selvagem? Um chacal de uma raposa? Uma papoula de uma cassidônia? Ou só entre o sagrado e o profano, entre o jornal da manhã e o vespertino? Não faz mal. É provável que a sua filha saiba.

Até os quatro anos o menino não tinha aprendido a falar. Talvez não tivesse feito esforço algum. Mas com quatro anos já sabia matar uma pomba com uma pedrada e asfixiar toupeiras com fumaça. E sabia também atrelar uma carroça de duas rodas ao burro (amanhã vou ensinar sua filha, se Boaz não se antecipou a mim).

Passava horas e horas, sozinho, sobrevoando os mares (Atlântida, Shangri-lá, Eldorado) num balanço que o empregado armênio fizera para ele no jardim. Aos onze anos construiu um posto de observação com uma escada de cordas no topo de um eucalipto. Costumava subir ali com o macaco rhesus para espiar além da Muralha da China e vigiar as viagens de Kubla Khan. (Ainda posso ver restos da fortaleza pela minha janela, enquanto estou escrevendo esta carta. Um dos estranhos companheiros de Boaz está deitado ali, nu, a cabeça raspada, tocando gaita de boca. O som entrecortado, melancólico, chega-me em fragmentos.)

Durante dez áridos anos aquele menino, o mais alto de todos, mas magro e ossudo como um beduíno, estudou na classe de monsieur Markovich na aldeia. Sempre no último banco. Cumpridor zeloso de seus deveres e, apesar disso, isolado de todos por um círculo de persistente solidão. Lia sozinho em silêncio. Lia também nos intervalos. Decorava as páginas do atlas. E uma vez, num ataque de raiva, atirou uma cadeira e quebrou o nariz de monsieur. Essas explosões de ira, raras mas violentas a ponto de tirar sangue, conferiram-lhe uma espécie de aura de perigo. Que não o abandonou pelo resto da vida. E dentro da qual ele sempre pareceu entrincheirar-se contra a estupidez geral.

Ao completar nove anos, por ordem do pai começou a viajar duas vezes por semana a Haifa, para aulas particulares de boxe. Aos dez o pai o ensinou a montar e desmontar um revólver. Em seguida estavam atirando nos fundos do pátio. Seu pai também decidiu iniciá-lo nos segredos do uso do punhal: uma coleção de punhais curvos — beduínos, drusos, damasquinos, persas — ocupava metade da parede da biblioteca. O senhor sabe como usar uma adaga, sr. Sommo? Quem sabe poderíamos travar um pequeno duelo?

E a casa ampla, tosca, construída como uma aposta de bêbado, num gesto desenfreado de desperdício. De pedra local. Quase preta. Com cornijas de pedra diferente trazida do sul do monte Hebron ou dos montes Chuf. Com muros altos numa incongruência raivosa. Passagens tortuosas, escadas de caracol trazidas dos conventos de Jerusalém, depósitos, esconderijos, entradas que apenas levavam a outras entradas. E um túnel secreto pelo qual era possível passar agachado do porão embaixo da casa até sair no pavilhão do jardim (agora coberto de terra).

Quando o senhor vier fazer uma visita, um dia, depois que eu tiver partido, espero que Boaz o leve para passear. O senhor poderá ver com seus próprios olhos e pronunciar as bênçãos adequadas. Talvez até lá abram o túnel fechado, assim como estão limpando agora a cisterna de água erroneamente tomada por poço. Aliás, meu pai comprou para Boaz uma montanha no Tibet, oficialmente chamada pico Boaz Guideon. Talvez eu me comunique com aquela firma italiana de vigaristas e compre também uma montanha para a sua filha. Como explicar o desejo que me tomou, de escrever minhas recordações da infância para o senhor? Será que o senhor pode encontrar um versículo para isso? Ou um relato pequeno e adequado? Uma história dos rabis dos velhos tempos? Talvez eu tenha sido tocado pelo que o senhor escreveu sobre sua própria juventude. Ou pelo desprezo que o senhor sente por mim. Ou talvez pelo meu instinto de ordem, a necessidade de deixar algum relatório nas mãos de alguém confiável. Ilana contou ao senhor sobre minha mania de ordem? Que sempre a divertiu? Ela compartilhou consigo, sr. Sommo — ou permite-me dirigir-me a você por seu nome próprio, Marcel, não é? Michel? —, as outras brincadeiras dos tempos do primeiro casamento?

Desde pequeno sempre fiz questão de colocar tudo no lugar. Minhas ferramentas, chaves de fenda, limas, serrotes, estavam todas arrumadas num quadro de cortiça no meu quarto, como um pequeno museu. Meus brinquedos eram classificados e dispostos de acordo com o tipo e o país de origem. Até hoje minha mesa em Chicago está permanentemente arrumada e pronta para uma inspeção do comandante. Meus livros estão arranjados pela altura, como uma guarda de honra. Meus papéis, arquivados de forma exemplar. Na Guerra do Yom Kipur, na dura batalha entre dois exércitos egípcios, fui o único oficial israelita que saiu para o assalto bem barbeado, com uma camisa limpa engomada. No meu apartamento de solteiro, antes e também depois de Ilana, os lençóis estavam dispostos no armário com a precisão de uma mira, e os discos em ordem alfabética. Pelas costas, chamavam-me no Exército de "Ângulo Reto". À vista da minha prateleira de sapatos Ilana sempre caía numa gargalhada. Ela contou a respeito disso? Por acaso contou a respeito das nossas noites? Sobre meu ferimento? Sobre a destruição de Hirbet Wahadane? Como você me vê, Marcel — um patife, ou um patife ridículo?

Mas não me importa. Não faz diferença saber o que um policial pensa de mim.

De qualquer forma, sr. Sommo, Michel, é bom que tome cuidado. Mesmo uma velha cobra doente continua capaz de um último bote. Talvez ainda reste uma gota na minha glândula venenosa. Por que não revelar ao senhor que a sua bela mulher vem me ver todas as noites? Desliza para meu quarto de camisola, depois que todos adormeceram. A lanterna de Boaz treme em sua mão e faz estremecerem também as bolhas pálidas no estuque descascado. Ela tira o cobertor de cima de mim. Espalma a mão sobre meu ventre. Na escuridão, seus lábios molham o pêlo ralo do meu peito. Talvez esteja realmente tentando obter de mim um coito sonolento. E talvez consiga. Não posso dizer com certeza: acordado, pareço estar sonhando, e meu sono é uma batalha contida. Talvez tudo isso aconteça só nas minhas fantasias. Nas fantasias dela. E nas suas, Marcel.

Por que não atiço Zakheim contra você? Ainda conseguirei alterar o meu testamento. Dividir tudo entre a Sociedade Protetora dos Animais e o Conselho de Reconciliação com os Palestinos. Esmagarei você, meu caro, se esta for a minha vontade.

Mas não há vontade. Minhas forças diabólicas estão me abandonando junto com meus cabelos ralos, minhas faces encovadas, meus lábios que se retraem para dentro da boca deixando apenas uma fenda rancorosa.

Agora também o rancor se foi.

Por que haveria de esmagá-lo?

Você já sofreu o suficiente. E agora é a minha vez de pagar e a sua vez de ser recompensado. Você não recusará, não é? Assumirei o papel de ser o seu messias. Para trazê-lo da escravidão para a liberdade, da pobreza para uma grande fortuna. Como está escrito nos seus livros sagrados: A tua semente crescerá e herdará os bens dos inimigos.

Fique tranqüilo, Marcel: sua mulher é fiel. Não há incursões noturnas, nem coitos moribundos. Exceto na imaginação de nós três. Onde nem tanques nem brilhos de redenção podem penetrar. A sua filhinha não o esquece: acabou de entrar no meu quarto e decidiu promover o meu barbeador à categoria de telefone (que não existe aqui) e utiliza-o para contar ao senhor, aí em Jerusalém em conversas de meia hora, o desenvolvimento de suas relações com as cabras, os gansos e o pavão. Já lhe disse que Boaz achou uma tartaruga para ela?

Vou concluir, meu senhor. Não se preocupe. Caim está morrendo e Abel herdará. Não é só no Havaí que a justiça vence no final. Sua antiga pergunta teológica, até quando se regozijará o malvado, recebe neste caso uma resposta concreta simples: até setembro ou outubro. No máximo, dezembro.

Depois, como está escrito em seus livros, "O homem e o animal serão salvos e o riacho de teus deleites os saciará".

Não tenho telefone nesta casa, e por isto, para me certificar que você entrementes não fugirá para o Havaí, pedi a Boaz que vá de bicicleta à aldeia e chame um táxi. Por quarenta e cinco dólares (quanto é isso hoje em libras israelenses?) certamente o motorista concordará em levar esta carta diretamente à sua casa em Jerusalém e entregá-la exatamente no final do shabat. Estou um pouco cansado, Michel. E há também as dores. Assim, paro por aqui. Basta. O motorista será instruído a aguardar até que você me escreva uma resposta, e a trará ainda esta noite. O que eu pergunto a você é: continua a insistir no seu direito de ter as duas de volta imediatamente? Em caso positivo, vou enviá-las amanhã de manhã e pronto.

Por outro lado, se concordar em deixá-las aqui ainda por algum tempo, você receberá metade da minha herança. E também um bônus de primeira categoria pela boa ação. Pense depressa e decida. Aguardo a sua resposta ainda esta noite pelo motorista do táxi.

Cuide-se, meu caro. Não aprenda nada de mim.

A. G.

*

Sr. A. Guideon
Casa Guideon em Zichron Yaakov

Pela Graça de D'us
Jerusalém
Fim do santo shabat
9 de Elul de 5736 (4/9/76)

Para ser entregue pessoalmente pelo emissário especial

Senhor Guideon,

Pelo motorista que me enviou, e que aguarda gentilmente enquanto toma um café, remeto algumas breves linhas em resposta à sua carta desta manhã. Em primeiro lugar, peço-lhe que me perdoe e desculpe os insultos pesados e dispensáveis que lhe dirigi na minha carta de anteontem, sem saber que o senhor está gravemente enfermo e no seu leito de morte. Está escrito nos nossos Livros: "Um homem não deve ser acusado quando sofre", e quando escrevi ao senhor eu estava imerso numa imensa dor.

Agora estamos no limiar dos Dias Temíveis, quando os portões da penitência e da misericórdia abrem-se amplamente. De modo que sugiro que Ilana e Yifat voltem amanhã de manhã para casa, que também o senhor venha para cá sem demora, para receber o tratamento adequado no hospital de Hadassa. Sugiro que hospede-se em nossa casa, Alexander. E que Boaz venha para cá também, porque é um dever sagrado dele estar perto do pai, à sua cabeceira de doente. Graças ao seu arrependimento, graças aos seus sofrimentos, graças à sua bravura pela santificação do Nome em nossas guerras, e com a ajuda da misericórdia celestial, creio que o senhor se recuperará. Até então, deve ficar conosco. Não com Zakheim, não num hotel, e não me importo com o que dirão às nossas costas os de coração incircunciso. Amanhã de manhã irei explicar toda a história ao ilustre rabi Busquila, cujos olhos sem dúvida vêem o fundo da questão. E pedirei a ele para recebê-lo o quanto antes para um encontro; ele não negará a sua bênção, que já produziu maravilhas em doentes gravemente enfermos. Além disso, telefonei para o primo da minha cunhada que trabalha no serviço de oncologia do Hadassa, arranjei para que o senhor tenha um tratamento especial e eles farão tudo o que puderem.

Outra coisa, Alexander. Logo depois que o motorista terminar seu café e partir de volta com esta carta, irei ao Muro rezar por você e colocar um bilhete entre as pedras pedindo a sua cura. São dias de misericórdia. Por favor, diga ainda esta noite para Ilana e também para Boaz que perdoamos um ao outro, que perdôo Ilana e confio que o Céu perdoará a todos nós.

Com votos de Bom Ano, de completa recuperação, e sem o menor vestígio da raiva que talvez tenha existido no passado,

Michael (*Michel Sommo*)

*

Para Michel Sommo
Tarnaz, 7
Jerusalém

21 de outubro de 1976 (quinta-feira)

Querido Michel

Chove desde a noite passada. Havia uma luz cinzenta esta manhã nas janelas. No horizonte no mar brilham relâmpagos violentos, sem trovões. As pombas que até ontem arrulhavam hoje estão caladas, como atordoadas. Apenas o latido dos cães no pátio corta às vezes o ruído da água caindo. Novamente a casa grande está abandonada e totalmente apagada, com suas entradas, quartos, porões, sótãos, tudo foi outra vez entregue aos velhos fantasmas. A vida retirou-se para a cozinha: Boaz acendeu esta manhã um fogo grande e bonito com galhos na lareira. Diante deste fogo eles ficam sentados ou deitados em seus colchões, preguiçosos, cochilando, enchendo horas a fio o coração da casa vazia com melodias do violão e as suas canções lentas.

Boaz os domina quase sem palavras. Envolto na capa que fez de uma pele de cordeiro, fica sentado no canto da cozinha, as pernas cruzadas, costurando sacos em silêncio. Nenhum trabalho o envergonha. Na semana passada, como se adivinhasse a chegada adiantada da chuva, consertou e limpou a chaminé da lareira. Tampou as fendas com cimento. Hoje, durante toda a manhã, também permaneci entre eles. Enquanto tocavam e cantavam, descasquei batatas, bati manteiga, fiz conservas de pepino com vinagre, alho e salsa. Vestida numa túnica beduína preta e ampla, bordada, que tomei emprestada a uma moça chamada Amy, com um lenço xadrez na cabeça feito uma camponesa polonesa da minha infância. Com os pés descalços como os deles.

São duas da tarde agora. Acabei meu trabalho na cozinha e fui para o quarto abandonado onde morávamos Yifat e eu, antes de você mandar buscá-la. Acendi um aquecedor a querosene e sentei-me para escrever estas páginas. Espero que com esta chuva você e Yifat tenham posto um capacho na porta. Que você tenha lembrado de vestir nela uma calça plástica por baixo da de flanela. Que tenha fritado para vocês dois ovos estrelados, e tirado a nata do leite com chocolate. E que ela e você estejam construindo um avião de mentira para a boneca que chora ou brincando entre a roupa da cama de caçar um dragão alado. Depois dê-lhe um banho, façam bolhas de sabão, penteiem o cabelo crespo um do outro, vista-a com um pijama quente e cante para ela "Lechá Dodi". Ela vai resmungar para os dedinhos e você a beijará dizendo "uma moedinha no jarro vazio faz barulho, num jarro cheio não faz barulho", nada de sair da cama. E você irá ligar a televisão, com o jornal vespertino nos joelhos, assistirá ao noticiário em árabe, um programa humorístico, o noticiário em hebraico, um filme sobre a natureza, um drama, o versículo bíblico diário e talvez você adormeça de meias diante do aparelho. Sem mim. Eu sou a pecadora e você cumpre a sentença. Você não a entregou para a sua cunhada? Para a prima e o marido? Não se livrou dela para começar uma nova vida? Ou talvez a sua espantosa família já tenha arranjado uma nova companheira para você, alguma criatura piedosa, pequena e obediente, com lenço na cabeça e meias grossas de lã? Uma viúva? Ou uma divorciada? Você vendeu o nosso apartamento e mudou-se para a sua Kiriyat Arba? Silêncio. Não quero saber. O cruel Michel. O coitado. Sua mão escura peluda tateia à noite, buscando nas dobras do cobertor o meu corpo que não está lá. Seus lábios procuram em sonho os meus seios. Você não me esquecerá.

Um aroma, difuso e sensual, infiltra-se de fora. É o cheiro das gotas de chuva tocando o solo pesado e crestado pelo sol durante todo o verão. Um sussurro atravessa as folhas das árvores no jardim. Há neblina nas colinas arborizadas do leste. Esta carta é inútil: você não a lerá. E se ler, não me responderá. Ou responderá por intermédio do seu irmão, que exigirá de mim outra vez, categoricamente, que eu pare de atormentar você e saia para sempre da sua vida, que transformei num inferno. E dirá que, com minhas faltas, já perdi todos os direitos sobre a menina, e que há lei e há um Juiz e o mundo não é uma terra de ninguém.

Logo mais passará pela minha janela uma moça curvada na chuva, a cabeça e os ombros cobertos por um pedaço de lona velha, Sandra ou Amy ou Cindy, indo alimentar os animais no pátio. Os cães a acompanharão. Enquanto isso, não há nada além das cortinas de chuva na janela. Nenhum som de fora, exceto o sussurro dos pinheiros e palmeiras ao contato com o vento molhado. Nenhum som se ouve de dentro, a cantoria e a música cessaram na cozinha. Um pequeno riacho desce pelo escorregador vazio que Boaz construiu para Yifat. E de cima chega até mim o eco ritmado dos passos dele. As batidas da bengala que seu filho fez. Com passos estranhos, ele mede mais uma vez os três metros vazios entre a parede e a porta em seu novo local no sótão. Há três semanas ele ordenou subitamente a Boaz que retirasse o xilofone de garrafas e que transferisse todos seus objetos para o velho aposento da mãe. Na parede desnudada, com reboco descascado, achou um prego enferrujado e pendurou nele os restos da sandália que tinha enterrado sob o assoalho dentro de casa. Num dos caixotes do porão descobriu a foto dela em sépia, manchada pela umidade. E colocou a foto em sua mesa. Sem os castiçais, sem as flores imortais com que o pai dele costumava rodear esta fotografia na antiga biblioteca.

A partir de agora ela nos observa com seus sonhadores olhos russos, com sua trança presa por uma grinalda em torno da cabeça triste, a sombra de um tênue sorriso pairando em torno dos lábios. Alec fala com ela numa voz rabugenta, infantil, como um rapazinho mimado que nunca está contente com nada. Sou incapaz de acalmá-lo. O que tento contar é que eu também mudei para lá. Apenas para cuidar dele à noite: com freqüência, ele acorda em pânico. Senta na cama e começa a murmurar vagas ordens, como se continuasse o pesadelo. Eu levanto do colchão que estendi aos pés da cama, dou-lhe chá de ervas da garrafa térmica, meto entre os seus lábios dois ou três comprimidos, seguro sua mão entre as minhas até que volte a adormecer, num ressonar doloroso, entrecortado.

Seu rosto cobriu-se de ciúme? O ciúme está toldando os seus olhos? Não atire pedras em mim. Deve estar escrito em um dos seus livros sagrados que estou cumprindo um mandamento. Realizando um ato de piedade. Você não vai abrir para mim aqueles portões do arrependimento? Toda manhã eu o barbeio com o aparelho elétrico movido a pilha. Penteio o que resta dos seus cabelos. Visto-o, calço-o, amarro bem os cordões dos sapatos e sento-o delicadamente junto à mesa. Estendo um guardanapo sobre ele e o alimento, com uma colherzinha, de ovo quente e iogurte. Ou mingau de leite e flocos. Enxugo seu queixo e sua boca. Na hora em que você terminar seu café, dobrando o jornal e abaixando a grade do berço da menina, soltará um grito imitando um galo e dirá "*Bonjour, Mamzel* Sommo", levante-se, desperte como um leão a serviço do Criador. E se ela perguntar por mim? Viajei para muito longe? E se ela quiser saber quando eu vou voltar? Quando eu vou voltar, Michel?

Nos dias em que não faz muito frio, costumo sentá-lo por meia hora na espreguiçadeira que Boaz montou para ele na varanda, ponho-lhe óculos escuros e cuido de seu cochilo ao sol. Às vezes ele pede uma história. Conto de memória capítulos dos romances que você me trazia da biblioteca. Ele mostra uma vaga e distraída curiosidade, ouvindo sobre a vida de outras pessoas. Assim como você, ele sempre fez pouco caso de histórias: *Pai Goriot*, Dickens, Galsworthy, Somerset Maugham. Talvez eu peça a Boaz para comprar uma televisão. Já estamos conectados à rede de luz.

Boaz cuida dele com uma espécie de submissão tensa: colocou persianas na janela, trocou os vidros, estendeu no banheiro uma pele de cordeiro, encarrega-se da compra de remédios na farmácia da aldeia, corta e traz diariamente um ramo de hortelã para afastar os cheiros da doença, tudo num silêncio tenso. Evita obstinadamente falar, exceto bom dia, boa noite. Como Sexta-feira com Robinson Crusoé.

Às vezes ele e eu passamos a maior parte da manhã em jogos de damas infindáveis. Ou baralho: bridge, rummy, canastra. Quando ele ganha, fica radiante e cheio de alegria infantil, como uma criança mimada. Se eu ganho, começa a bater com os pés e reclama para a mãe que eu trapaceei. Manipulo o jogo de modo que quase sempre seja ele o vencedor. Se ele tenta enganar-me, voltar a pôr no tabuleiro uma peça que consegui comer, apoderar-se de uma carta a mais, bato na sua mão e levanto-me para sair do quarto. Deixo que ele implore e prometa que de agora em diante se comportará bem. Por duas vezes cravou-me um olhar estranho, sorriu numa loucura silenciosa e pediu que eu tirasse a roupa. Uma vez mandou-me enviar Boaz ao telefone público na aldeia para convocar com urgência o ministro da Defesa e o chefe do Estado-Maior, ambos são seus conhecidos antigos, a fim de tratar de um assunto proibido para mim, mas que não admite demora. Outra ocasião, ao contrário, surpreendeu-me com uma conferência estruturada, aterradora, brilhante e totalmente lúcida sobre o modo como os exércitos árabes derrotarão Israel na década de 90.

Mas na maior parte do tempo ele não diz nada. Rompe o silêncio apenas para pedir que o acompanhe ao banheiro. É uma tarefa complexa, dolorosa, e tenho que ajudá-lo em tudo, como se trocasse um bebê.

Por volta do meio-dia geralmente ele se sente um pouco melhor. Levanta-se, anda pelo quarto e começa obsessivamente a colocar cada coisa em seu lugar. Dobra minhas roupas no encosto da cadeira. Põe o baralho de volta na caixa. A caneta sobre o papel. Coloca no banco do corredor os copos vazios. Esforça-se durante bastante tempo para arrumar caprichosamente os cobertores, como se aqui fosse um quartel de recrutas. Repreende-me por um pente que ficou no canto da mesa.

Ao meio-dia eu sirvo para ele purê de batata ou arroz cozido com leite. Faço-o beber um copo de suco de cenoura. Depois desço para trabalhar por duas ou três horas na cozinha ou em um dos depósitos, levando os pratos sujos do banco do corredor e a roupa suja que se acumulou. E ele começa sua caminhada diária entre a parede e a porta, a bengala batendo, sempre no mesmo trajeto, como um animal enjaulado. Até as quatro ou cinco da tarde, no início do crepúsculo, quando ele começa a tatear com a bengala degrau por degrau, e desce até a cozinha. Boaz trançou uma espécie de poltrona de deitar para ele, uma rede de cordas com as bordas feitas de galhos de eucalipto. Ele recosta-se ali, perto do fogo, enrolado em três cobertores de lã e olha silenciosamente as moças que preparam o jantar. Ou para Boaz que estuda gramática. Por vezes adormece na rede, um sono sem dores, o polegar na boca, o rosto tranqüilo, a respiração lenta e regular. É o melhor momento dele. Quando acorda já é noite fechada lá fora, a cozinha está iluminada por uma luz amarela e pelo fogo dos galhos na lareira. Eu o alimento. Dou-lhe comprimidos com um copo de água. Depois ele fica sentado na sua rede, apoiado numa pilha de almofadas que Boaz costurou de sacos e encheu de algas, ouve as músicas ao violão até quase meia-noite. Um a um, ou aos pares, eles se levantam e o cumprimentam de longe com uma cortesia silenciosa e saem. Boaz inclina-se para ele, pega-o com cuidado nos braços e carrega-o em silêncio para cima, pela escada, até nosso quarto no sótão. Coloca-o suavemente na cama, sai e fecha a porta.

Ele sai e eu entro. Trago uma garrafa térmica de chá para a noite e a bandeja de remédios. Ligo o aquecedor a querosene. Fecho as persianas que Boaz instalou para nós. Envolvo-o em seus cobertores e canto algumas canções de ninar. Se ele acha que fui negligente, que repeti alguma canção ou parei antes da hora, ele volta-se para a mãe e começa a reclamar de mim. Mas de vez em quando um clarão forte, um brilho rápido e astuto se acende e apaga em seus olhos, e o sorriso de lobo passa por um instante em seus lábios. Como para me indicar que, apesar de tudo, ele ainda domina o jogo, e deliberadamente decidiu fazer-se um pouco de louco para que eu pudesse fazer o papel de enfermeira. Se o suor das dores brota em sua testa pálida e alta, enxugo-o com a mão. Passo os dedos no rosto dele e nos cabelos que restam. Depois, é a mão dele entre as minhas e o silêncio e o cochilo e o borbulhar do querosene quando passa do depósito do aquecedor para o pavio que arde com uma chama azul. Do cochilo, às vezes ele sussurra num queixume: "Ilana. Molhado".

E eu troco suas calças e o lençol debaixo dele sem levantá-lo. Já me especializei nisto. Coloquei um oleado sob o lençol. À uma da madrugada ele acorda, senta-se na cama e quer ditar algo.

Sento na mesa, acendo um abajur, tiro a tampa da Hermes Baby. Espero. Ele hesita, tosse, por fim balbucia: "Não tem importância. Vá dormir, mamãe. Você também está cansada".

E volta a enrolar-se em seus cobertores.

No silêncio da noite ele diz depois de duas horas em sua voz profunda e baixa: "Você fica bem nesta túnica beduína". Ou: "Houve uma matança lá, não uma batalha". Ou: "Aníbal devia ter garantido inicialmente a supremacia naval". Quando finalmente adormece, deixo a luz da parede acesa. Sento para tricotar ao som dos cães latindo e do vento que varre o jardim escuro, até que meus olhos se fecham. Nas quatro últimas semanas, fiz para ele um pulôver, um gorro e um cachecol. Para Yifat, fiz luvas e uma malha. Vou tricotar também para você, Michel, um pulôver. Branco. Com listras. Quem está passando suas camisas? Sua cunhada? Sua prima? A companheira nanica que arrumaram para você? Você já aprendeu a lavar e a passar sozinho as roupas de Yifat e as suas? Silêncio. Não responda. Exílio. Como se nunca tivesse existido. Sou indigna de todos os castigos bíblicos que vocês sentenciam para mim. O que você fará se eu aparecer amanhã ao anoitecer na sua porta? A mala na mão direita, uma sacola de plástico no ombro, um ursinho peludo para Yifat, uma gravata e uma loção de barbear para você, tocarei a campainha, você abrirá e eu direi: veja, voltei. O que é que você fará, Michel? Onde você colocará sua vergonha? Baterá a porta na minha cara. Nunca mais voltarão nossas manhãs de sábado no apartamento modesto, os pardais cantando no nosso sono tardio, entre os galhos da oliveira na janela aberta, Yifat em seu pijama estampado de ciclâmenes enfiando-se entre nós dois com a boneca sob o cobertor, para fazer uma cabana com os travesseiros. As suas mãos quentes, semidespertas antes que seus olhos se abram, tateando cegamente no meu cabelo comprido e nos cachos crespos dela. O beijo da manhã que nós três dávamos, cerimoniosos, na boneca careca de plástico. Seu hábito de nos trazer um copo de suco de laranja e uma xícara de chocolate coado na cama, nas manhãs de sábado. Seu hábito de colocar Yifat sentada no mármore junto à pia do banheiro, ensaboar o rosto dela e o seu com o creme de barbear, e competir com ela ao escovar os dentes enquanto eu preparo o café-da-manhã e os pardais gritam lá fora como se tanta felicidade fosse mais do que podiam suportar. Nossos passeios de sábado ao uádi aos pés do mosteiro. A oração na varanda executada pelo Trio Sommo. A grande luta de travesseiros, as fábulas de animais e aves e a construção do Templo com cubos no tapete, com pedras de dominó e os botões coloridos da minha cesta de costura representando sacerdotes e levitas. O repouso da tarde do shabat entre jornais vespertinos espalhados na cama, na poltrona, sobre a esteira. O repertório de suas histórias de Paris e a imitação dos *clochards* cantores, que nos faziam rir até as lágrimas. Que enchem meus olhos também agora, quando me lembro e escrevo. Uma vez Yifat coloriu com meu batom o mapa das dez tribos sobre sua escrivaninha, um brinde do jornal para os leitores, e você ficou zangado e a trancou fora na varanda "para meditar um pouco sobre seus atos e corrigir os maus modos", depois tampou os próprios ouvidos para que seu coração não esmorecesse ao ouvir o choro fino e me proibiu de ficar com pena dela, porque está escrito "Quem poupa a vara ao filho é porque lhe quer mal". Mas quando o choro dela parou de repente e desceu um estranho silêncio, você pulou para a varanda e recolheu o corpinho dela num abraço bem fundo de dentro do seu pulôver. Como se você estivesse grávido dela. Você não quer também ter pena de mim, Michel? Não poderia me abrigar no calor do seu ventre peludo sob a camisa, quando meu castigo terminar?

Na véspera do Ano-Novo, há um mês, você mandou seu cunhado Armand no Peugeot buscar a Yifat para você. Por meio do rabi Busquila você me informou por escrito que dera início ao processo de divórcio, alegando a lei da "mulher rebelde", e disse que começara a recolher empréstimos para devolver "o dinheiro sujo de vocês". No início da semana Rahel e Yoash estiveram aqui; vieram me convencer a contratar um advogado (não Zakheim) para fazer valer o meu direito de saber o que foi que você fez com a minha filha, que eu exija vê-la, que não ouse desistir dela. Yoash desceu com Boaz para cuidar da bomba de água e Rahel me abraçou e disse "com ou sem advogado, Ilana, você não tem o direito de destruir a sua vida e abandonar Yifat". Ofereceu-se para ir a Jerusalém tentar fazer você concordar com uma reconciliação. Exigiu falar com Alec cara a cara. Sugeriu convocar Boaz para uma viagem diplomática, que pelo visto ela está planejando. E eu fiquei sentada diante dela como uma boneca automática com a corda quebrada e não disse nada exceto "deixe-me em paz". Quando partiram subi até Alec para ver se tinha tomado os remédios. Perguntei-lhe se ele concordaria que você e Yifat viessem aqui, conforme o convite de Boaz. Alec sorriu secamente e perguntou se eu estava pensando em organizar uma pequena orgia aqui. E acrescentou "certamente, doçura, quartos é que não faltam e eu pagarei a ele cem dólares por dia que se dispuser a ficar". No dia seguinte ordenou que chamassem urgente Zakheim. Que chegou duas horas mais tarde de Jerusalém, vermelho e ofegante, no seu Citröen, recebeu uma repreensão gélida e uma ordem de transferir imediatamente para você mais vinte mil dólares. Que você, aparentemente, decidiu receber, apesar de tudo, sujeira ou não: porque o cheque não voltou até hoje. Alec ainda disse a Zakheim para registrar a casa e as terras em volta em nome de Boaz. Dorit Zakheim recebeu de presente um pequeno terreno perto de Nes Tsiona. E o próprio Zakheim, no dia seguinte, duas caixas de champanhe.

"Você é mulher dele ou não?"

"Sou. E também sua mulher."

"E a menina?"

"Está com ele."

"Vá para ele. Vista-se e vá. É uma ordem."

E depois, com tristeza, baixinho: "Ilana. Molhado".

Pobre Michel: ele levou a melhor até o fim. Estou nas mãos dele, a sua honra está sob os pés dele e até a aura de vítima digna de pena foi arrancada de você, porque ele está moribundo e colocou a coroa na própria cabeça calva. Vi o bilhete nobre que você enviou, convidando-o com magnanimidade para irmos todos para sua casa e, em vez de chorar, rompi de repente num riso incontrolável: "É uma proposta sub-reptícia, Alec. Ele acha que você ficou fraco, e pensa que chegou a hora de anexar a todos sob as asas do seu espírito". E Alec torceu os lábios naquele esgar que serve de sorriso.

Todo domingo vou com ele de táxi para Haifa, até o hospital onde faz quimioterapia. Por enquanto interromperam as radiações. Surpreendentemente houve uma melhora no estado dele: ainda está fraco e cansado, dorme a maior parte do dia, fica meio desperto à noite, a cabeça confusa com os remédios, mas as dores diminuíram. Já consegue andar da parede para a porta durante duas ou três horas. Caminha com a bengala ao anoitecer e chega até a cozinha com suas próprias forças. Eu permito que fique ali até que os outros se recolham, por volta da meia-noite. Até o encorajo a conversar com eles, para distrair-se. Mas uma vez, na semana passada, não conseguiu controlar as necessidades e sujou-se enquanto estava com eles. Teve preguiça ou esqueceu-se de me pedir que o levasse ao banheiro. Mandei Boaz levá-lo imediatamente ao nosso quarto, limpei-o, troquei-o, e no dia seguinte, como castigo, proibi-o de descer. Desde então ele se empenha mais. Antes das chuvas que começaram a cair ontem, ele até passeou um pouco sozinho no jardim. Alto e esquelético nos jeans gastos e uma camiseta ridícula. Quando se comporta mal não hesito em bater-lhe. Por exemplo, quando escapou de mim uma noite e subiu sorrateiramente ao observatório de estrelas no telhado, e na volta despencou, caiu da escada de corda e ficou deitado no corredor, atordoado, até que eu o encontrei. Bati nele como num cachorrinho, e agora ele já sabe que subir escada está além das suas forças, e ele permite que Boaz o carregue nos braços toda noite até o nosso quarto. Aprendemos com você a ter compaixão.

E você? Por acaso você consegue livrar-se das questões de redenção para buscar Yifat na creche à uma e meia? Canta para ela em sua voz rouca "Pelo alimento que nos deste", "És bela" ou "Poderoso no seu reinado"? Ou você já a passou para a família do seu irmão, colocou todas as roupas e brinquedos dela na mala marrom, e partiu para as montanhas pedregosas de Hebron? Se você vier trazê-la, eu o perdôo, Michel. Até dormirei com você. Farei tudo o que você pedir. E também o que você tiver vergonha de pedir. O tempo passa, e cada dia e cada noite são mais uma colina e mais um vale que perdemos. Não voltarão. Você permanece calado. Vingativo, ressentido, castigando com todo o rigor do seu silêncio. Você tem compaixão por Israel, por todas as antigas ruínas, por Boaz, por Alec, mas não de sua mulher e filha. Até os procedimentos do divórcio você considerou adequado me enviar pelo seu rabi. Que me informou, em seu nome, que sou uma esposa rebelde e estou proibida de ver Yifat. Não sou digna de você me pedir explicações? De você me impor uma pena e me indicar o caminho do arrependimento? De que você me escreva uma maldição bíblica?

Boaz diz: "O melhor para você, Ilana, é deixar acabar a raiva dele. Deixe ele descarregar tudo sobre os carolas amigos dele. Depois ele vai se acalmar e dará tudo o que você quiser".

"Você acha que eu agi mal com ele?"

"Ninguém é melhor do que o próximo."

"Boaz. Seja franco: você acha que sou louca?"

"Ninguém é mais normal do que o próximo. Quem sabe você está com vontade de separar algumas sementes?"

"Diga: para quem você está construindo este carrossel?"

"Para a menina, para quem poderia ser? Para quando ela voltar."

"Você acredita?"

"Não sei. Talvez. Por que não?"

Esta manhã bati nele novamente. Porque saiu sem autorização para a varanda e molhou-se na chuva. Havia uma expressão de imbecilidade absoluta em seu rosto torturado. Será que decidiu se matar? Ele sorriu. Respondeu que a chuva é muito boa para os campos. Agarrei-o pela camisa, puxei-o para dentro e dei-lhe um tapa. Não pude me controlar. Bati com os punhos no seu peito, derrubei-o na cama e continuei a bater até machucar minhas mãos, e ele não parou de rir, como se estivesse se divertindo por me proporcionar alegria. Deitei ao lado dele e beijei seus olhos, o peito encovado, a testa que aumenta enquanto os cabelos caem. Acariciei-o até que adormeceu. Levantei e saí também para a varanda, para ver o que a chuva faz nos campos e lavar a dor da minha saudade de você, do cheiro do seu corpo peludo, o cheiro de pão e *halva* e alho. Da sua voz rouca de cigarro, da sua moderação decidida. Você virá? Trará Yifat? Ficaremos todos aqui. Aqui é bonito. Maravilhosamente sossegado.

Por exemplo, o tanque destruído dos peixes: foi consertado com cimento e agora há peixes novamente. Carpas no lugar de peixinhos dourados. O chafariz restaurado responde à chuva em sua língua: não jorra, pinga. E em torno dele as árvores frutíferas e as ornamentais permanecem no silêncio cinzento da chuva suave que cai sobre elas o dia todo. Não tenho esperança, Michel. Esta carta é inútil. No momento em que você identificar minha letra no envelope, rasgará o papel em pedacinhos e jogará na privada. Você já está de luto por mim. Tudo perdido. O que me restou senão acompanhar minha obsessão até a sepultura?

E depois, desaparecer. Não existir. Se Alec me deixar algum dinheiro, sairei do país. Alugarei um quartinho numa grande cidade distante. Se a solidão aumentar, me entregarei a homens estranhos. Fecharei com força meus olhos e saborearei neles você e ele. Ainda consigo despertar olhares tímidos de desejo nos três rapazes estranhos que andam por aqui, entre moças vinte anos mais novas que eu. A comuna de Boaz está se expandindo lentamente, de vez em quando cai por aqui mais uma alma perdida. E o jardim está tratado agora, as árvores do pomar foram podadas, novos pés foram plantados no declive da colina. As pombas foram expulsas da casa e instaladas num grande pombal. Só o pavão continua a passear livremente pelos quartos, corredores e escadas. A maior parte dos aposentos já foi limpa. A rede de luz está instalada. Temos cerca de vinte aquecedores a querosene. Comprados? Ou roubados? Impossível saber. Em vez dos mosaicos afundados há pisos de cimento. Na lareira da cozinha arde um fogo de ramos perfumados. Há um pequeno trator sob o telhado de metal e, em torno dele, diversos acessórios: aspersor, segadora, debulhadora, grade de discos. Não foi em vão que mandamos Boaz estudar na escola agrícola. Ele comprou tudo isso com o dinheiro que o pai lhe dá. E há colméias, um curral para as cabras, um pequeno estábulo para o burro e galinheiros para os gansos, dos quais aprendi a cuidar. Ainda que as galinhas continuem a passear pelo pátio, ciscando entre os canteiros como numa aldeia árabe, perseguidas pelos cachorros. Diante da minha janela o vento agita os farrapos dos espantalhos que Yifat e eu colocamos na horta, antes que você a tirasse de mim. Ela não pede para voltar? Ela pergunta por Boaz? Pelo pavão? Se ela reclamar de novo de dor de ouvido não se apresse em dar antibiótico, espere um dia ou dois, Michel.

A buganvília e o oleandro selvagem foram expulsos de casa. As rachaduras na parede foram tapadas. Não há mais corridas de ratos pelo chão durante a noite. As amigas e os amigos de Boaz assam o seu próprio pão, cujo cheiro quente e gutural desperta minha saudade de você. Fazemos também iogurte e até queijos com o leite das cabras. Boaz construiu duas pipas de madeira, e no próximo verão teremos nosso próprio vinho. O telescópio está colocado no telhado, na noite do Dia da Expiação fui convidada a espiar nele, e vi os mares mortos que se estendem pela superfície da lua.

Baixa, insistente, compassada — a chuva continua a cair. Para encher a cisterna de pedra do pátio, a cisterna que Volodia Gudonski escavou e o neto limpou e consertou, e que erroneamente eles chamam de poço. Os celeiros, os depósitos e os telheiros encheram-se de sacos de sementes, sacos de adubo orgânico e químico, barris de querosene e diesel, pesticidas, latas de óleo para motores, canos, aspersores, e outros equipamentos de irrigação. Yoash envia mensalmente a revista *O Campo*. Arranjaram móveis velhos, camas de campanha, colchões, estantes, armários, uma grande mistura de móveis e utensílios de cozinha. Na marcenaria improvisada no porão ele constrói mesas, bancos, uma poltrona de deitar para o pai. Será que ele está tentando dizer algo a Alec com suas imensas mãos? Ou ele também, a seu modo, está possuído? Num nicho aberto sob o aquecedor enferrujado foi descoberta a caixa do tesouro escondida ali pelo pai de Alec. Havia nela mais cinco moedas de ouro turcas, que

Boaz está guardando para Yifat. Para você, ele reserva o cargo de construtor porque contei a ele que no seu primeiro ano em Israel você trabalhou como pedreiro.

O xilofone de garrafas movido a vento soa agora no térreo, porque a cama de tábuas de Alec, com a mesa, a cadeira e a máquina de escrever foram levadas para o antigo quarto da mãe, do qual se vê a praia e o mar pela janela e uma pequena varanda. Ele não escreve nada, nem dita para mim. O pó está se acumulando na máquina. Os livros que pediu que Boaz comprasse na loja da aldeia estão arrumados de pé, conforme a altura, como soldados, numa prateleira, mas Alec não toca neles. Bastam-lhe as histórias que lhe conto. Apenas o dicionário de hebraico e o livro de gramática estão abertos na mesa. Porque nos seus momentos de lucidez, à tarde, às vezes Boaz aparece no quarto: Alec ensina a ele ortografia e os princípios da sintaxe. Como Robinson Crusoé com Sexta-Feira.

Ao sair, Boaz inclina-se ligeiramente à porta, como um gesto de reverência para nós dois. Alec pega a bengala e começa a medir o quarto com suas passadas ritmadas. As sandálias de pneu e corda que Boaz fez para ele produzem um som particular. Por vezes ele se detém, surpreso, morde o cachimbo apagado, e apóia-se para endireitar o ângulo da cadeira em relação à mesa. É rigoroso com as dobras do cobertor dele. E com o meu. Tira o meu vestido do gancho da porta e o pendura no caixote que serve de guarda-roupa. Um homem levemente curvado, perdendo os cabelos, a pele fina, sua imagem me lembra um pastor escandinavo de aldeia, com o rosto onde se misturam estranhamente a mortificação, a meditação e a ironia, os ombros caídos, as costas ossudas e rígidas. Apenas os olhos cinzentos se mostram enevoados, sombrios, como os de um alcoólatra. Às quatro eu subo para trazer um chá de ervas, um pão sírio saído do forno, um pouco do queijo de cabra que eu própria fiz. Na mesma bandeja, uma xícara de café para mim. Na maioria das vezes ficamos sentados e bebemos em silêncio. Uma vez ele disse, sem ponto de interrogação no fim da frase: “Ilana. O que é que você está fazendo aqui”.

E respondeu por mim: “Brasas. Mas não há brasas”.

E depois: “Cartago foi destruída. E daí. E se não tivesse sido destruída, como seria. O problema é muito diferente. O problema é que não há luz aqui. Onde quer que você vá, você tropeça”.

No fundo da mala dele encontrei o revólver. Entreguei-o a Boaz e ordenei que o escondesse.

Não resta muito tempo. Já é inverno. Com a chegada das grandes chuvas será necessário desmontar e retirar o telescópio do telhado. Boaz terá que desistir de seus passeios solitários pelo monte Carmelo. Não mais desaparecerá por três ou quatro dias, para explorar os vales arborizados, cavernas abandonadas, para surpreender pássaros noturnos em suas tocas, para perder-se no emaranhado espesso dos arbustos. Deixará de ir para o mar navegar sozinho na jangada feita sem nenhum prego. Fugindo? Perseguindo? Procurando inspiração astral? Tateando espaços vazios, um órfão gigantesco e tartamudo, à procura de algum seio perdido?

Algum dia ele partirá para as suas andanças e não voltará. Seus companheiros o aguardarão por algumas semanas, depois darão de ombros e desaparecerão um por um. A comuna se dispersará. Não restará vivalma. O lagarto, a raposa e a víbora herdarão novamente a casa e as ervas daninhas voltarão. Eu serei deixada sozinha para velar os tormentos da morte.

E depois? Para onde irei?

Quando eu era pequena, uma filha de imigrantes lutando contra os vestígios do sotaque ridículo e resquícios de maneiras estranhas, ficava encantada com as antigas canções dos pioneiros, que você não conhece porque veio para cá mais tarde. Melodias que me suscitavam anseios secretos, vagos desejos femininos, pouco antes de tornar-me mulher. Até hoje estremeço quando tocam no rádio “Na terra amada pelos pais”. Ou “Havia uma jovem no Kineret”. Ou “No alto da colina”. Como se, de longe, me lembrassem um voto de lealdade. Como se me dissessem que há uma terra, mas nós não a encontramos. Algum brincalhão disfarçado infiltrou-se e nos fez detestar o que tínhamos descoberto. Destruiu o que era precioso, e que não voltará. Nos atraiu com um fogo-fátuo, até que atolamos num pântano e a escuridão desceu sobre nós. Você lembrará de mim em suas orações? Por favor, diga em meu nome que estou esperando misericórdia. Para mim, para ele e para você. Para o filho dele. Para o pai dele. Para Yifat e para a minha irmã. Diga em suas orações, Michel, que a solidão, o desejo e a saudade são mais do que conseguimos suportar. E sem eles, perecemos. Diga que tentamos receber e dar amor, mas nos perdemos no caminho. Diga que não nos esqueçam e que continuamos a cintilar na escuridão. Tente esclarecer como poderemos sair. E onde fica aquela terra prometida.

Ou não. Não reze.

Em vez de rezar, construa com Yifat uma torre de Davi com os cubos. Leve-a ao zoológico. Ao cinema. Frite ovos estrelados para ela, tire a nata do chocolate, diga-lhe "beba, jarro cheio não faz barulho". Não se esqueça de comprar para ela um pijama de flanela para o inverno. E também sapatos novos. Não a entregue para a sua cunhada. Pense às vezes como Boaz carrega o pai nos braços. E à noite, ao voltar de suas viagens? Você senta de meias diante da televisão até que o cansaço o vença? Adormece vestido na poltrona? Acende um cigarro no outro? Ou, em vez disso, fica sentado aos pés do seu rabi, estudando a Torá entre lágrimas? Compre um cachecol quente para você. Em meu nome. Não se resfrie. Não fique doente.

E eu esperarei por você. Pedirei a Boaz que faça uma cama larga de tábuas e um colchão de algas. Despertos e atentos, deitaremos de olhos abertos no escuro. A chuva tamborilará na janela. O vento passará através das copas das árvores. Trovões altos avançarão em direção às montanhas do leste e cães latirão. Se o moribundo gemer, se o frio o fizer estremecer, poderemos abraçá-lo, nós dois, um de cada lado, até aquecê-lo. Quando você me desejar, me deitarei com você e os dedos dele acariciarão nossas costas. Ou você o abraçará, e eu acariciarei vocês dois. Como você sempre imaginou: unido a ele e a mim. Unido nele a mim, em mim a ele. Seremos os três um só. E então, de fora, da escuridão, pelas fendas da persiana, virão o vento e a chuva, o mar, nuvens, estrelas envolver silenciosamente a nós três. E pela manhã meu filho e minha filha sairão com uma cesta de vime para colher rabanetes no jardim. Não fique triste.

Sua mãe

*

Ao Senhor Guideon
À Senhora (em resposta à carta que me enviou)
E ao querido Boaz
Casa Guideon em Zichron Yaakov

Pela Graça de D'us, Jerusalém, 4 de Marheshvan de 5737 (28/10/76)
Saudações!

Assim está escrito no salmo "Bendiz o Senhor, minha alma" (Salmo 103): "O Senhor é misericórdia e piedade, lento para a cólera e cheio de graça. Não repreenderá eternamente, não durará para sempre o seu rancor. Não nos trata conforme os nossos pecados, nem nos retribui segundo as nossas iniqüidades. Grande como o Céu que se ergue sobre a Terra, assim é a sua graça para com os que O temem. Assim como é longe o Oriente do Ocidente, assim afasta Ele de nós as nossas transgressões. Como um pai se compadece dos seus filhos, assim o Senhor se compadece dos que O temem. Porque Ele conhece o nosso ser, lembra o pó de que somos feitos. Os dias do homem são como a relva: como uma flor do campo, assim ele floresce. Porque o vento passa por ela, e ela desaparece e ninguém se lembra do seu lugar. Mas a misericórdia divina do Senhor é desde sempre e para sempre para aqueles que O temem. Amém".

Michael Sommo

Amós Oz nasceu em Jerusalém, em 1939. Traduzido em mais de vinte línguas, em 1992 recebeu o prêmio da Paz na Feira do Livro de Frankfurt, anteriormente atribuído a escritores como Hermann Hesse e Octavio Paz. Viveu mais de trinta anos num kibutz, e hoje mora em Arad, no deserto do Neguev, onde leciona literatura hebraica na Universidade Ben-Gurion. Pela Companhia das Letras publicou *Conhecer uma mulher* (1992), *Fima* (1996), *Não diga noite* (1997), *Pantera no porão* (1999), *O mesmo mar* (2001), *Meu Michel* (2002), *De amor e trevas* (2005), *De repente, nas profundezas do bosque* (2007) e *Rimas da vida e da morte* (2008).

COMPANHIA DE BOLSO

Hannah ARENDT
Homens em tempos sombrios

Karen ARMSTRONG
Uma história de Deus

Marshall BERMAN
Tudo que é sólido desmancha no ar

David Eliot BRODY, Arnold R. BRODY
As sete maiores descobertas científicas da história

Italo CALVINO
O cavaleiro inexistente
Fábulas italianas
Por que ler os clássicos

Bernardo CARVALHO
Nove noites

Jorge G. CASTAÑEDA
Che Guevara: a vida em vermelho

Ruy CASTRO
Chega de saudade
Mau humor

Jung CHANG
Cisnes selvagens

Catherine CLÉMENT
A viagem de Théo

Joseph CONRAD
Coração das trevas
Nostromo

Rubem FONSECA
Agosto
A grande arte

Meyer FRIEDMAN, Gerald W. FRIEDLAND
As dez maiores descobertas da medicina

Jostein GAARDER
O dia do Curinga

Jostein GAARDER, Victor HELLERN, Henry NOTAKER
O livro das religiões

Luiz Alfredo GARCIA-ROZA
O silêncio da chuva

Eduardo GIANNETTI
Auto-engano
Vícios privados, benefícios públicos?

Edward GIBBON
Declínio e queda do Império Romano

Carlo GINZBURG
O queijo e os vermes

Marcelo GLEISER
A dança do Universo

Tomás Antônio GONZAGA
Cartas chilenas

Philip GOUREVITCH
Gostaríamos de informá-lo de que amanhã seremos mortos com nossas famílias

Milton HATOUM
Dois irmãos
Relato de um certo Oriente

Albert HOURANI
Uma história dos povos árabes

Henry JAMES
Os espólios de Poynton
Retrato de uma senhora

Ismail KADARÉ
Abril despedaçado

Franz KAFKA
O castelo
O processo

John KEEGAN
Uma história da guerra

Amyr KLINK
Cem dias entre céu e mar

Jon KRAKAUER
No ar rarefeito

Milan KUNDERA
A insustentável leveza do ser

Danuza LEÃO
Na sala com Danuza

Paulo LINS
Cidade de Deus

Claudio MAGRIS
Danúbio

Naghib MAHFOUZ
Noites das mil e uma noites

Javier MARÍAS
Coração tão branco

Heitor MEGALE (Org.)
A demanda do Santo Graal

Patrícia MELO
O matador

Ana MIRANDA
Boca do Inferno

Vinicius de MORAES
Livro de sonetos
Nova antologia poética

Fernando MORAIS
Olga

Vladimir NABOKOV
Lolita

Friedrich NIETZSCHE
Além do bem e do mal
Ecce homo
Humano, demasiado humano
O nascimento da tragédia

Michael ONDAATJE
O paciente inglês

Malika OUFKIR, Michèle FITOUSSI
Eu, Malika Oufkir, prisioneira do rei

Amós OZ
A caixa-preta

Adauto NOVAES (Org.)
Ética

José Paulo PAES (Org.)
Poesia erótica em tradução

Fernando PESSOA
Livro do Desassossego
Poesia completa de Alberto Caeiro
Poesia completa de Álvaro de Campos
Poesia completa de Ricardo Reis

Décio PIGNATARI (Org.)
Retrato do amor quando jovem

Edgar Allan POE
Histórias extraordinárias

Darcy RIBEIRO
O povo brasileiro

Edward RICE
Sir Richard Francis Burton

João do RIO
A alma encantadora das ruas

Philip ROTH
Adeus, Columbus
O avesso da vida

Elizabeth ROUDINESCO
Jacques Lacan

Arundhati ROY
O deus das pequenas coisas

Salman RUSHDIE
Os versos satânicos

Oliver SACKS
Um antropólogo em Marte

Carl SAGAN
Bilhões e bilhões
Contato
O mundo assombrado pelos demônios

Edward W. SAID
Orientalismo

José SARAMAGO
O Evangelho segundo Jesus Cristo
O homem duplicado
A jangada de pedra

Moacyr SCLIAR
A mulher que escreveu a Bíblia

Dava SOBEL
Longitude

Susan SONTAG
Doença como metáfora / AIDS e suas metáforas

I. F. STONE
O julgamento de Sócrates

Drauzio VARELLA
Estação Carandiru

Caetano VELOSO
Verdade tropical

Erico VERISSIMO
Clarissa
Incidente em Antares

XINRAN
As boas mulheres da China

Edmund WILSON
Rumo à estação Finlândia

1ª edição Companhia das Letras [1993] 2 reimpressões
2ª edição Companhia das Letras [2001] 3 reimpressões
1ª edição Companhia de Bolso [2007] 1 reimpressão

Esta obra foi composta pela Verba Editorial
em Janson Text e impressa pela RR Donnelley em ofsete
sobre papel Pólen Soft da Suzano Papel e Celulose